Asas

APRYLINNE PIKE

Asas

Tradução
Sibele Menegazzi

Copyright © 2009 *by* Aprilynne Pike

Título original: *Wings*

Capa: Silvana Mattievich
Foto de capa: Ray Shappell

Editoração: DFL

Texto revisado segundo o novo
Acordo Ortográfico da Língua Portuguesa

2011
Impresso no Brasil
Printed in Brazil

CIP-Brasil. Catalogação na fonte
Sindicato Nacional dos Editores de Livros, RJ

P685a
v.1
	Pike, Aprilynne
	    Asas: série, volume 1/Aprilynne Pike; tradução Sibele Menegazzi.
	– Rio de Janeiro: Bertrand Brasil, 2011.
	    294p.: 23 cm
	
	    Tradução de: Wings
	    ISBN 978-85-286-1523-4
	
	    1. Romance americano. I. Menegazzi, Sibele. II. Título.

	CDD – 813
11-5013	CDU – 821.111(73)-3

Todos os direitos reservados pela:
EDITORA BERTRAND BRASIL LTDA.
Rua Argentina, 171 – 2º andar – São Cristóvão
20921-380 – Rio de Janeiro – RJ
Tel.: (0xx21) 2585-2070 – Fax: (0xx21) 2585-2087

Não é permitida a reprodução total ou parcial desta obra, por
quaisquer meios, sem a prévia autorização por escrito da Editora.

Atendimento e venda direto ao leitor:
mdireto@record.com.br ou (21) 2585-2002

Para Kenny — o método por trás da minha loucura

Um

OS SAPATOS DE LAUREL TAMBORILAVAM UM RITMO ALEGRE que desafiava seu ânimo sombrio. Conforme caminhava pelos corredores da Del North High, as pessoas a observavam com olhares curiosos.

Depois de verificar uma e outra vez seu horário de aulas, Laurel encontrou o laboratório de biologia e se apressou a ocupar uma cadeira perto das janelas. Se tinha de ficar em um ambiente fechado, queria, ao menos, poder olhar para fora. O restante da turma lentamente ocupou a sala. Um garoto sorriu na sua direção enquanto seguia até a frente da sala de aula e ela tentou esboçar um sorriso em resposta. Esperou que ele não a visse como careta.

Um homem alto e magro se apresentou como Professor James e começou a distribuir os livros didáticos. O início do livro parecia bastante comum: classificações de plantas e animais, que ela já sabia, passando depois para a anatomia humana básica. Por volta da página 80, o texto começava a parecer grego. Laurel resmungou baixinho. Ia ser um duro semestre.

Quando o Professor James fez a chamada, Laurel reconheceu alguns nomes das duas primeiras aulas que tivera naquela manhã, mas levaria um bom tempo até conseguir identificar, pelo menos, a metade dos rostos que a rodeavam. Sentiu-se perdida naquele mar de gente desconhecida.

Sua mãe havia garantido que *todos* os alunos se sentiriam assim — afinal, também era o primeiro dia de aula para eles. No entanto, ninguém mais parecia perdido ou assustado. Talvez ficar perdido e assustado fosse algo a que as pessoas se acostumassem, depois de tantos anos de escola pública.

Ter aulas em casa havia funcionado perfeitamente bem para Laurel nos últimos dez anos; ela não via motivo algum para mudanças. Seus pais, porém, estavam decididos a fazer sempre o melhor para sua única filha. Aos cinco anos de idade, o melhor significava estudar em casa, numa cidadezinha minúscula. Aparentemente, agora que estava com quinze anos, significava ir à escola pública, numa cidade ligeiramente menos minúscula.

A sala ficou em silêncio e Laurel voltou a si quando o professor repetiu seu nome.

— Laurel Sewell?

— Presente — disse rapidamente.

Ela se remexeu quando o Professor James a observou por cima das lentes dos óculos e, depois, passou para o nome seguinte.

Laurel soltou a respiração que vinha prendendo e pegou seu caderno, tentando atrair o mínimo possível de atenção.

Enquanto o professor explicava o programa do semestre, os olhos dela insistiam em se desviar para o garoto que lhe havia sorrido antes. Precisou conter um sorriso ao perceber que ele também lhe lançava olhares furtivos.

Quando o Professor James os liberou para o almoço, Laurel guardou, com alívio, o livro na mochila.

— Oi.

Ela ergueu os olhos. Era o garoto que a vinha observando. Os olhos dele foram a primeira coisa a atrair sua atenção. Eram de um azul-claro que contrastava com o tom moreno de sua pele.

A cor parecia incoerente ali, mas não de maneira negativa. Era um tanto exótico. Seu cabelo, castanho-claro e levemente ondulado, era comprido e caía sobre a testa, formando um arco suave.

—Você é a Laurel, certo? — Sob seu olhar havia um sorriso caloroso, mas descontraído, de dentes muito alinhados. *Provavelmente aparelho*, pensou Laurel enquanto passava a língua, inconscientemente, pelos próprios dentes, também bastante alinhados. Naturalmente, por sorte.

— Sim. — Sua voz entalou na garganta e ela tossiu, sentindo-se boba.

— Eu sou o David. David Lawson. Eu... eu queria falar oi. E bem-vinda à Crescent City.

Laurel forçou-se a esboçar um sorrisinho.

— Obrigada — disse.

— Quer se sentar comigo e com meus amigos no almoço?

— Onde? — perguntou Laurel.

David a olhou com estranheza.

— Na... cantina?

— Ah — disse ela, desapontada. Ele parecia simpático, mas Laurel estava cansada de ficar entre quatro paredes. — Na verdade, vou procurar algum lugar lá fora. — Fez uma pausa. — Obrigada, de qualquer forma.

— Lá fora me parece uma boa. Quer companhia?

— Sério?

— Claro. Meu almoço está na mochila, podemos ir agora. Além disso... — disse ele, pendurando a mochila no ombro —, não é legal você almoçar sozinha no seu primeiro dia.

— Obrigada — disse ela após um instante mínimo de hesitação. —Vai ser legal.

Caminharam juntos até o gramado atrás da escola e encontraram um lugar que não estava úmido demais. Laurel estendeu a jaqueta no chão e sentou-se sobre ela; David não tirou a dele.

— Você não está com frio? — perguntou ele, olhando ceticamente para o short jeans e a regata que ela usava.

Laurel descalçou os sapatos e enterrou os dedos dos pés na grama compacta.

— Não sinto muito frio... pelo menos, não aqui. Se vamos a algum lugar com neve, eu me sinto péssima. Mas esse clima é perfeito para mim. — Sorriu, sem jeito. — Minha mãe brinca dizendo que tenho sangue-frio.

— Sorte sua. Eu me mudei de Los Angeles para cá há uns cinco anos e ainda não me acostumei à temperatura.

— Não é *tão* frio assim.

— Claro — disse David com um sorriso —, mas também não é muito quente. Depois de nosso primeiro ano aqui, verifiquei os registros de temperatura; você sabia que a diferença entre a média de temperatura em julho e em dezembro é de apenas oito graus? Isso *sim* é loucura.

Ficaram em silêncio enquanto David comia um sanduíche e Laurel espetava com o garfo sua salada.

— Minha mãe mandou um bolinho extra — disse David, rompendo o silêncio. — Quer? — Ele lhe estendeu um bolinho bonito, com cobertura de glacê azul. — É feito em casa.

— Não, obrigada.

David olhou para a salada dela com desconfiança e, então, voltou o olhar para o bolinho.

Laurel percebeu o que David estava pensando e suspirou. Por que todo mundo sempre chegava à mesma conclusão? Com certeza, ela não era a primeira pessoa no mundo a gostar realmente de vegetais. Laurel bateu com a unha em sua lata de Sprite.

— Não é diet.

— Eu não quis...

— Sou vegetariana — interrompeu Laurel. — E bem radical, na verdade.

— Ah, é?

Ela assentiu; em seguida, riu com rigidez.

— Vegetais nunca são demais, não é mesmo?

— Imagino que não.

David pigarreou e perguntou:

— Então, quando foi que você se mudou para cá?

— Em maio. Trabalho com meu pai. Ele é dono da livraria no centro da cidade.

— Verdade? — perguntou David. — Fui lá na semana passada. É uma loja excelente. Mas não me lembro de ter visto você.

— Isso é culpa da minha mãe. Ela me arrastou a semana toda para comprar material escolar. É o primeiro ano que não estudo em casa, e minha mãe está convencida de que não tenho material escolar suficiente.

— Você estudava em casa?

— Sim. Mas este ano eles me obrigaram a frequentar a escola pública.

David sorriu.

— Bem, fico contente por isso. — Ele ficou olhando o bolinho por alguns segundos, antes de perguntar: — Você tem saudade da sua cidade anterior?

— Às vezes. — Ela sorriu. — Mas aqui é legal. Minha cidade anterior, Orick, é realmente pequena. Quinhentos habitantes no máximo.

— Uau. — Ele soltou uma risada. — Los Angeles é um pouquinho maior que isso.

Ela riu e engasgou com o refrigerante.

Asas **12**

David pensou em perguntar mais alguma coisa, mas o sinal tocou e, em vez disso, ele sorriu.

— Podemos repetir a dose amanhã? — Ele hesitou por um segundo e, então, acrescentou: — Com meus amigos, talvez?

O primeiro instinto de Laurel foi dizer que não, mas tinha gostado da companhia de David. Além disso, socializar mais fora outro motivo pelo qual sua mãe insistira para que ela fosse matriculada numa escola pública naquele ano.

— Claro — disse ela, antes que perdesse a coragem. —Vai ser divertido.

— Maravilha. — Ele se levantou e lhe estendeu a mão. Puxou-a para que se levantasse e deu um sorrisinho torto. — Bem, eu... vejo você por aí, então.

Ela o observou se afastar. A jaqueta e o jeans largo se pareciam com os que todos usavam, mas havia uma segurança em seu jeito de andar que o diferenciava da multidão. Laurel sentiu inveja daquele andar confiante.

Talvez algum dia.

Laurel jogou a mochila sobre a bancada da cozinha e se deixou cair sobre uma banqueta. Sua mãe, Sarah, ergueu os olhos da massa de pão que estava preparando.

— Como foi a escola?

— Um porre.

As mãos pararam de sovar a massa.

— Olhe o linguajar, Laurel.

— Bem, é verdade. E não encontro nenhuma palavra melhor para descrever.

—Você tem que ter paciência, querida.

—Todos me olham como se eu fosse uma aberração.

— Eles olham porque você é nova.

— Não me pareço com os outros.

Sua mãe sorriu.

— E gostaria de parecer?

Laurel revirou os olhos, mas tinha de admitir que a mãe estava certa. Ela podia ter estudado em casa e ter sido um pouco protegida demais, mas sabia que se parecia muito com as adolescentes das revistas e da televisão.

E gostava disso.

A adolescência tinha sido gentil com ela. Sua pele branca quase translúcida não sofrera os efeitos da acne, e os cabelos louros nunca haviam ficado oleosos. Ela era uma jovem de quinze anos, miúda e esguia, com um rosto ovalado perfeito e olhos verde-claros. Sempre fora magra, mas não em demasia, e tinha até mesmo desenvolvido algumas curvas nos últimos anos. Seus membros eram longilíneos e esbeltos, e ela caminhava com a graciosidade de uma bailarina, apesar de nunca ter tido aulas de dança.

— Eu quis dizer que me *visto* de forma diferente.

— Você poderia se vestir como todo mundo se quisesse.

— É, mas eles usam sapatos desconfortáveis e jeans apertados e, por exemplo, três camisas, uma por cima da outra.

— E daí?

— Não gosto de roupas apertadas. São ásperas e me fazem sentir estranha. E, falando sério, quem é que pode *querer* usar sapatos que incomodam? Eca!

— Então, use o que quiser. Se suas roupas são o bastante para afastar possíveis amigos, então é porque não são o tipo de amigos que você quer ter.

Típico conselho materno. Doce, honesto e completamente inútil.

— É superbarulhento lá.

Sua mãe parou de sovar o pão e afastou a franja do rosto, deixando um traço de farinha na testa.

— Meu bem, você não pode querer que uma escola inteira seja tão silenciosa quanto nós duas, sozinhas em casa. Seja razoável.

— Eu sou razoável. Não estou falando de barulhos necessários; eles correm por toda parte feito macacos selvagens. Gritam e riem alto e reclamam a plenos pulmões. *E* ficam se agarrando na frente dos armários.

Sua mãe apoiou a mão no quadril.

— Mais alguma coisa?

— Sim. Os corredores são escuros.

— Não são escuros — disse a mãe num tom de voz levemente repreensivo. — Percorri aquela escola inteira com você na semana passada e todas as paredes são brancas.

— Mas não há janelas, apenas aquelas horríveis luzes fluorescentes. São falsas e não trazem nenhuma luz de verdade aos corredores. Eles são simplesmente... escuros. Sinto saudade de Orick.

Sua mãe começou a moldar a massa em pãezinhos.

— Me conte alguma coisa boa sobre hoje. Estou falando sério.

Laurel dirigiu-se lentamente para a geladeira.

— Não — disse a mãe, levantando a mão para impedi-la. — Primeiro uma coisa boa.

— Humm... conheci um cara legal — disse ela, contornando o braço da mãe e pegando um refrigerante. — David... David alguma-coisa.

Foi a vez de a mãe revirar os olhos.

— Claro. Mudamos para uma cidade nova, eu matriculo você numa escola novinha em folha e você vai logo se agarrando com um cara.

— Não é bem assim.

— Estou brincando.

Laurel ficou quieta, ouvindo a massa de pão ser golpeada contra a bancada.

— Mãe?

— Sim?

Laurel respirou fundo.

— Eu tenho mesmo que continuar indo?

Sua mãe esfregou as têmporas.

— Laurel, já conversamos a esse respeito.

— Mas...

— Não. Não vamos discutir novamente. — Ela se inclinou sobre a bancada, seu rosto próximo de Laurel. — Não me sinto qualificada para continuar ensinando você em casa. Para ser sincera, eu deveria ter colocado você na escola desde a quinta série. É que ficava tão longe de casa, em Orick, e seu pai já tinha que viajar para o trabalho e... seja como for, já era hora.

— Mas você poderia encomendar um daqueles programas de ensino em casa. Pesquisei alguns na internet — disse Laurel apressadamente quando a mãe abriu a boca. —Você não precisa realmente ensinar. Os materiais abrangem tudo.

— E quanto custa isso? — perguntou a mãe, em voz baixa, as sobrancelhas erguidas de forma enfática.

Laurel ficou em silêncio.

— Escute — disse a mãe, depois de uma pausa —, dentro de alguns meses poderemos considerar essa possibilidade, se você ainda odiar a escola. No entanto, até vendermos nossa propriedade em Orick, não teremos dinheiro para nenhum gasto extra. Você sabe disso.

Laurel baixou os olhos para a bancada, os ombros curvados.

O principal motivo pelo qual haviam se mudado para Crescent City era porque seu pai havia comprado uma livraria na Washington Street. No começo daquele ano, ele tinha passado de carro por lá e visto um anúncio de VENDE-SE numa livraria que estava fechando. Laurel se lembrava de ter ouvido os pais discutirem durante semanas sobre o que poderiam fazer para comprar a loja — um sonho em comum que tinham desde quando haviam se casado —, mas os números nunca batiam.

Então, no fim de abril, um cara chamado Jeremiah Barnes abordou o pai de Laurel no trabalho, em Eureka, e disse estar interessado em sua propriedade em Orick. Seu pai voltara para casa praticamente pulando de emoção. O resto acontecera tão rapidamente que Laurel mal se lembrava do que tinha vindo primeiro. Seus pais passaram vários dias na agência bancária de Brookings e, no início de maio, a livraria era deles e eles estavam se mudando de seu pequeno chalé em Orick para uma casa ainda menor em Crescent City.

Mas os meses se passaram e a negociação com o Sr. Barnes ainda estava pendente. Até que fechassem o negócio, o orçamento estaria apertado, o pai de Laurel teria de trabalhar até tarde na livraria e Laurel estaria presa ao colégio.

Sua mãe pousou a mão sobre a dela, morna e confortante.

— Laurel, além do custo, você precisa aprender a conquistar coisas novas. Isso será muito bom para você. No ano que vem você pode ter aulas extras e entrar para alguma equipe esportiva ou um clube. Essas coisas têm muito valor na hora de se inscrever para uma universidade.

— Eu sei. Mas...

— Eu sou a mãe aqui — disse ela com um sorriso que suavizava seu tom firme. — E eu digo: escola.

Laurel bufou e começou a traçar com o dedo o rejunte entre os azulejos da bancada.

O relógio tiquetaqueou sonoramente enquanto sua mãe deslizava as formas para dentro do forno e acertava o timer.

— Mãe, tem algum daqueles seus potes de pêssegos em calda aí? Estou com fome.

A mãe de Laurel olhou bem para ela.

— Você está com fome?

Laurel desenhou espirais com o dedo no vapor de água que havia se condensado na lata de refrigerante, evitando o olhar da mãe.

— Fiquei com fome hoje à tarde. Na última aula.

Sua mãe estava tentando não fazer muito estardalhaço a respeito daquilo, mas ambas sabiam que era algo extraordinário. Laurel raramente sentia fome. Seus pais a haviam atormentado durante anos por causa de seus estranhos hábitos alimentares. Ela comia a cada refeição para satisfazê-los, mas não era algo de que necessitasse, muito menos que lhe desse prazer.

Fora por isso que a mãe havia finalmente concordado em manter um estoque de Sprite na geladeira. Ela protestava contra os danos teoricamente provocados pela gaseificação, mas não podia discutir com as 140 calorias por lata. Eram 140 calorias a mais do que simplesmente água. Pelo menos, assim ela sabia que Laurel estava colocando algumas calorias em seu organismo, ainda que fossem "calorias vazias".

Sua mãe correu até a despensa para apanhar um pote de pêssegos, provavelmente temendo que Laurel mudasse de ideia. A torção pouco familiar no estômago de Laurel havia começado durante a aula de espanhol, vinte minutos antes do sinal de saída. Havia diminuído um pouco no caminho para casa, mas não desaparecera totalmente.

— Aqui está — disse ela, colocando uma tigela diante de Laurel. Então, virou-se de costas para ela, dando a Laurel um pouquinho de privacidade. Laurel baixou os olhos para o recipiente. Sua mãe não tinha se arriscado muito: servira uma metade de pêssego e cerca de meia xícara de calda.

Ela comeu o pêssego em bocados pequenos, olhando fixamente para as costas da mãe, esperando que ela se virasse para espiar. Mas a mãe estava ocupada com os pratos e não olhou nem uma vez. Ainda assim, Laurel sentiu que havia perdido algum tipo de batalha imaginária; então, quando terminou de comer, puxou a mochila de cima da bancada e saiu de fininho da cozinha, antes que a mãe pudesse se virar.

Dois

O SINAL TOCOU NO FIM DA AULA DE BIOLOGIA E LAUREL SE apressou a enfiar o maldito livro o mais fundo possível na mochila.

— Como foi o segundo dia?

Ela olhou para cima e viu David sentado de trás para a frente na cadeira, no lado oposto de sua mesa de laboratório.

— Foi tranquilo. — Pelo menos, tinha ouvido seu nome de primeira, em todas as chamadas até agora.

— Está pronta?

Laurel tentou sorrir, mas a boca não obedeceu. No dia anterior, quando concordara em almoçar com David e seus amigos, tinha parecido uma boa ideia. Mas a perspectiva de se encontrar com um grupo de completos estranhos a fez encolher-se de medo.

— Estou — respondeu, mas pôde perceber um tom de voz nada convincente.

— Tem certeza? Porque você não é obrigada a fazer isso.

— Não, tenho certeza — disse ela rapidamente. — Deixe-me só pegar as minhas coisas. — Ela guardou o caderno e as canetas vagarosamente. Quando derrubou uma das canetas no chão, David a apanhou e a estendeu para ela, que a puxou de sua mão, embora ele não a soltasse até ela erguer os olhos para ele. — Eles não vão morder você — disse ele, sério. — Prometo.

No corredor, David monopolizou a conversa, tagarelando até entrarem na cantina. Ele acenou para um grupo na extremidade de uma das mesas compridas e estreitas.

— Vamos — disse ele, colocando a mão na parte baixa das costas dela.

Era um pouco esquisito que alguém a tocasse daquela forma, mas, estranhamente, também era reconfortante. Ele a guiou pelo corredor lotado entre as mesas e, então, tirou a mão assim que chegaram à mesa certa.

— Ei, pessoal, esta é a Laurel.

David apontou para cada pessoa ali e disse um nome, mas, cinco segundos depois, Laurel não teria sido capaz de repetir nenhum deles. Ela se sentou em uma cadeira vazia ao lado de David e tentou captar trechos da conversa à sua volta. Distraidamente, tirou da bolsa uma lata de refrigerante, uma salada de espinafre com morango e uma metade de pêssego em calda que sua mãe lhe havia preparado naquela manhã.

— Salada? Hoje é dia de lasanha, e você vai comer salada?

Laurel olhou para uma garota de cabelo castanho encaracolado, com uma bandeja cheia de comida da cantina à sua frente.

David falou rapidamente, cortando qualquer resposta que Laurel pudesse dar.

— Laurel é vegetariana... ela é bastante radical.

A garota olhou de viés para a pequena metade de pêssego, com uma sobrancelha erguida.

— Está parecendo ser mais do que vegetariana. Vegetarianos não comem pão?

O sorriso de Laurel foi rígido.

— Alguns.

David revirou os olhos.

— A propósito, essa pessoa interrogando você é a Chelsea. Oi, Chelse.

— Parece que você está fazendo uma megadieta — disse Chelsea, ignorando o cumprimento de David.

— Na verdade, **não**. Este é apenas o tipo de comida de que eu gosto.

Laurel viu os olhos de Chelsea voltarem para a salada e pôde sentir que mais perguntas estavam a ponto de irromper. Seria melhor explicar logo do que ter de responder a um interrogatório.

— Meu sistema digestivo não aceita muito bem as comidas normais — disse ela. — Qualquer coisa além de frutas e vegetais me faz mal.

— Que estranho. Quem é que consegue viver só de coisas verdes? Você consultou um médico a respeito disso? Porque...

— Chelsea? — a voz de David era incisiva, porém baixa. Laurel duvidou de que mais alguém na mesa tivesse sequer escutado.

Os olhos cinzentos de Chelsea se arregalaram um pouco.

— Oh, desculpe. — Ela sorriu e, ao fazê-lo, seu rosto se iluminou. Laurel se pegou sorrindo de volta. — É um prazer conhecer você — disse Chelsea. Então, voltou à sua refeição e não olhou novamente para a comida de Laurel.

O intervalo para o almoço durava apenas 28 minutos — curto na opinião de todos —, mas naquele dia parecia estar se arrastando infinitamente. A cantina era pequena, e as vozes rebatiam nas paredes como bolas de pingue-pongue, agredindo os ouvidos de Laurel. Ela sentia como se todos estivessem gritando com ela ao mesmo tempo. Vários amigos de David tentaram incluí-la em suas conversas, mas ela não conseguia se concentrar, com a temperatura do ambiente parecendo elevar-se a cada minuto. Não conseguia entender por que ninguém mais parecia notar.

Naquela manhã, ela havia escolhido uma camiseta de mangas curtas em vez da regata, porque tinha se sentido incomodada no dia anterior. Mas agora o decote parecia subir cada vez mais por seu pescoço até o ponto em que sentia estar usando uma gola rulê. Uma gola rulê *apertada*. Quando o sinal finalmente tocou, ela sorriu, disse adeus e correu porta afora antes que David pudesse alcançá-la.

Caminhou apressadamente para o banheiro, largou a mochila no chão sob o peitoril da janela e esticou o rosto para o ar livre. Inspirou o ar fresco, salgado, e sacudiu a frente da camiseta, tentando fazer com que a brisa tocasse a maior parte possível de seu corpo. A ligeira náusea que sentira durante o almoço começou a se dissipar, e ela saiu do banheiro mal tendo tempo suficiente para correr para a próxima aula.

Depois da escola, caminhou lentamente para casa. O sol e o ar fresco a revigoraram e fizeram a sensação de enjoo desaparecer completamente. Não obstante, ao escolher sua roupa na manhã seguinte, voltou à regata.

No começo da aula de biologia, David se sentou na cadeira a seu lado.

—Você se importa? — perguntou ele.

Laurel balançou a cabeça.

— A garota que geralmente senta aí passa a aula inteira desenhando corações para alguém chamado Steve. Acaba me distraindo um pouco.

David riu.

— Provavelmente é Steve Tanner. Ele faz o maior sucesso.

—Todo mundo se sente atraído pelas pessoas óbvias, imagino. — Ela tirou seu livro da mochila e encontrou a página que o Professor James havia escrito no quadro branco.

— Quer almoçar comigo hoje de novo? E com meus amigos? — acrescentou ele rapidamente.

Laurel hesitou. Imaginara que ele fosse convidar, mas ainda não tinha pensado numa forma de responder que não magoasse seus sentimentos. Ela gostava muito dele. E gostava de seus amigos, ou, ao menos, dos que ela tinha conseguido escutar, por cima da barulheira. — Acho que não — ela começou. — Eu...

— É por causa da Chelsea? Ela não teve a intenção de deixar você constrangida sobre o seu almoço; é que ela é realmente sincera o tempo todo. Na verdade, chega a ser reconfortante, quando a gente se acostuma.

— Não, não é por causa dela... todos os seus amigos são muito legais. Mas eu não consigo... eu não suporto a cantina. Se tenho que ficar num ambiente fechado o dia todo, preciso passar a hora de almoço ao ar livre. Acho que, com toda a liberdade de estudar em casa durante dez anos, estou tendo dificuldades para abrir mão dela tão rapidamente.

—Você se importa se formos lá para fora com você, então?

Laurel ficou quieta ao ouvir o início da aula de biologia sobre os filos.

— Seria legal — finalmente sussurrou.

Quando o sinal tocou, David disse:

— Encontro você lá fora. Só vou avisar os outros para que eles possam vir também se quiserem.

Quando o almoço terminou, Laurel se lembrava de, pelo menos, metade dos nomes dos garotos e havia conseguido participar de várias conversas. Chelsea e David a acompanharam à aula seguinte e lhe pareceu muito natural andar ao lado deles. Quando David fez uma piada sobre o Professor James, a risada de Laurel ecoou pelos corredores. Depois de apenas três dias, a escola começava a parecer mais familiar; ela não se sentia tão perdida, e até mesmo a multidão de alunos, tão opressiva na segunda-feira, já não era tão ruim. Pela primeira vez desde que partira de Orick, Laurel sentiu que fazia parte de um lugar.

Três

As semanas seguintes de escola voaram mais rapidamente do que Laurel teria imaginado depois daqueles primeiros dias tão difíceis. Sentia que tivera sorte por ter conhecido David; geralmente ficavam juntos na escola, e ela compartilhava também uma aula com Chelsea. Nunca almoçava sozinha e sentiu que chegara ao ponto em que podia chamar Chelsea e David de amigos. E as aulas transcorriam tranquilas. Era diferente ter de aprender na mesma velocidade que todos os demais, mas Laurel estava se acostumando àquilo.

Também estava se acostumando à Crescent City. Era maior do que Orick, claro, mas ainda assim havia inúmeros espaços abertos, e nenhum prédio tinha mais que dois andares. Pinheiros altos e árvores de folhas largas cresciam por toda parte, até mesmo na frente da mercearia. O capim nos gramados era denso e verde, e as flores vicejavam nas trepadeiras que subiam pela maioria dos prédios.

Uma sexta-feira, em setembro, Laurel deu um encontrão em David quando saía furtivamente da aula de espanhol, a última do dia.

— Desculpe — disse David, detendo-a com a mão em seu ombro.

—Tudo bem. Eu não estava prestando atenção.

Laurel encontrou os olhos de David. Ela sorriu timidamente, até perceber que estava parada em seu caminho.

— Oh, me desculpe — disse Laurel, afastando-se da porta.

— Humm, na verdade, eu estava... estava procurando você. Ele parecia nervoso.

— Tudo bem. Eu só preciso... — Ela levantou seu livro. — Preciso colocar isto no meu armário.

Foram, então, até o armário de Laurel, onde ela guardou o livro de espanhol e depois olhou, intrigada, para David.

— Eu só estava pensando se você gostaria de, talvez, dar uma volta comigo essa tarde.

O sorriso continuou no rosto dela, apesar de sentir o nervosismo apoderar-se de seu estômago. Até aquele momento, a amizade entre eles restringira-se à escola; Laurel, de repente, percebeu que não tinha muita certeza do que David gostava de fazer, quando não estava comendo nem assistindo às aulas. Mas a possibilidade de descobrir pareceu subitamente interessante.

— O que você vai fazer?

— Há um bosque atrás da minha casa... como você gosta de ficar ao ar livre, pensei que pudéssemos dar um passeio. Tem uma árvore superlegal lá e pensei que você gostaria de vê-la. Bem, são duas árvores, na verdade, mas... você vai entender quando vir. Se quiser ir, quero dizer.

—Tudo bem.

— Sério?

Laurel sorriu.

— Claro.

— Ótimo. — Ele olhou ao longo do corredor até a porta dos fundos. —Vai ficar mais fácil se sairmos pelos fundos.

Laurel seguiu David pelo corredor lotado e saiu para o ar fresco de setembro. O sol lutava para romper a névoa, e o ar estava frio e pesado de umidade.

O vento soprava do oeste, trazendo consigo o toque salgado do oceano, e Laurel inspirou profundamente, apreciando o ar outonal, quando entraram em um tranquilo loteamento de casas, a cerca de 800 metros da casa de Laurel.

— Então, você mora com a sua mãe? — perguntou ela.

— Moro. Meu pai foi embora quando eu tinha nove anos. Então, minha mãe terminou os estudos e veio para cá.

— O que ela faz?

— Ela é farmacêutica na Medicine Shoppe.

—Ah. — Laurel riu. — Que ironia.

— Por quê?

— Minha mãe é médica naturopata.

— O que é isso?

— É alguém que, basicamente, faz todos os seus medicamentos com ervas. Ela cultiva várias pessoalmente, inclusive. Nunca tomei nenhum remédio, nem mesmo analgésico.

David olhou embasbacado.

—Tá brincando!

— Não. É a minha mãe que faz as coisas que nós usamos.

— Minha mãe teria um ataque, se soubesse. Ela acha que existem comprimidos para tudo.

—Já a *minha* acha que os médicos querem é matar a gente.

— Acho que elas poderiam aprender algumas coisas, uma com a outra.

Laurel riu.

— Provavelmente.

— Então, sua mãe nunca vai ao médico?

— Nunca.

— Então, você nasceu em casa?

— Fui adotada.

— Ah, verdade? — Ele ficou quieto por alguns momentos. —Você sabe quem são seus pais biológicos?

Laurel riu com uma fungada.

— Não.

— Por que você achou graça?

Laurel mordeu o lábio.

— Promete que não vai rir?

David ergueu a mão com uma seriedade fingida.

— Eu prometo.

—Alguém me deixou numa cesta, na porta da casa dos meus pais.

— Fala sério! Você está me sacaneando.

Laurel ergueu uma sobrancelha para ele.

David ficou boquiaberto.

— Jura?

Laurel assentiu.

— Sou o bebê do cestinho. Não era realmente um bebê, na verdade. Eu tinha uns três anos, e minha mãe disse que eu estava esperneando e tentando sair da cesta, quando eles abriram a porta.

— Então, você já era uma criança? Sabia falar?

— Sim. Minha mãe disse que eu tinha um sotaque estranho que permaneceu comigo por cerca de um ano.

— Sei. Você não sabia de onde tinha vindo?

— Minha mãe disse que eu sabia meu nome, mas nada mais. Eu não sabia de onde era nem o que havia acontecido nem nada.

— É a coisa mais estranha que já ouvi na vida.

— Isso provocou uma gigantesca confusão jurídica. Depois que meus pais decidiram me adotar, contrataram um investigador particular para procurar pela minha mãe biológica e todo tipo de coisa sobre custódia temporária e tal. Levou mais de dois anos até que tudo se tornasse definitivo.

—Você morou num lar temporário ou algo assim?

— Não. O juiz com quem meus pais trabalharam foi bastante cooperativo, então pude morar com eles durante todo o processo. No entanto, uma assistente social vinha nos visitar toda semana, e meus pais não tiveram permissão para me tirar do Estado até eu completar sete anos.

— Que estranho. Você não tem curiosidade de saber de onde veio?

— Costumava ter. Mas não há respostas; então, depois de um tempo, acaba sendo frustrante pensar no assunto.

— Se pudesse descobrir quem é a sua mãe biológica, você o faria?

— Não sei — disse ela, enterrando as mãos nos bolsos. — Provavelmente. Mas eu gosto da minha vida. Não acho ruim ter ficado com minha mãe e meu pai.

— Isso é genial. — David indicou com um gesto a entrada de uma casa. — Por aqui. — Ele ergueu os olhos para o céu. — Parece que vai chover logo. Vamos deixar as mochilas e, com sorte, teremos tempo de ver a árvore.

— Esta é a sua casa? É bonita. — Eles estavam passando em frente a uma casinha branca com uma luminosa porta vermelha; zínias multicoloridas enchiam um comprido canteiro de flores que se estendia pela frente da casa.

— É melhor que seja mesmo — disse David, virando para a entrada. — Passei duas semanas desse verão pintando-a.

Deixaram as mochilas perto da porta da frente e entraram em uma cozinha limpa, decorada de forma simples.

— Posso oferecer alguma coisa a você? — perguntou David, entrando na cozinha e abrindo a geladeira. Ele tirou de dentro uma lata de refrigerante e pegou no armário uma caixa de bolinhos recheados.

Laurel se esforçou para não torcer o nariz para os bolinhos e, em vez disso, olhou ao redor. Seus olhos encontraram uma fruteira.

— Posso pegar uma? — perguntou, apontando para uma pera fresca.

— Claro. Pegue e traga com você. — Ele levantou uma garrafa de água. — Água?

Ela sorriu.

— Sim.

Guardaram o lanche nos bolsos, e David indicou a porta dos fundos.

— Por aqui. — Caminharam até os fundos da casa, onde ele abriu a porta corrediça.

Laurel saiu para um quintal bem-cuidado e cercado.

— Parece o fim da trilha para mim.

David riu.

— À primeira vista, talvez.

Ele se aproximou do muro de blocos de concreto e, com um salto rápido, ergueu-se até o alto e se empoleirou ali.

—Venha — disse ele, estendendo a mão. — Eu ajudo você.

Laurel o olhou com ceticismo, mas estendeu a mão. Surpreendentemente, pularam o muro sem muito esforço.

A linha de árvores se estendia até o muro; então, com aquele pequeno salto, eles se encontraram em uma floresta cujas folhas caídas e úmidas formavam um grosso tapete sob seus pés. As copas densas das árvores abafavam o som dos carros a distância, e Laurel olhou em volta com admiração.

— Que bonito.

David olhou para cima com as mãos na cintura.

— É sim, também acho. Nunca fui muito de gostar do campo, mas encontro um monte de plantas diferentes aqui que posso observar no microscópio.

Laurel olhou para ele de soslaio.

— Você tem um microscópio? — Ela abafou uma risada. —Você é mesmo um nerd da ciência.

David riu.

— Sim, mas todo mundo achava que Clark Kent também fosse um nerd, e olha só no que deu.

— Está me dizendo que você é o Super-Homem? — perguntou Laurel.

— Nunca se sabe — disse David, provocativo.

Laurel riu e baixou o olhar, subitamente tímida. Quando olhou para cima, David a estava encarando. O bosque pareceu ainda mais silencioso quando seus olhos se encontraram. Ela gostava de como ele a olhava, com aqueles olhos ternos e observadores. Como se pudesse descobrir mais sobre ela apenas estudando seu rosto.

Após um longo momento, ele sorriu, um pouco encabulado, e inclinou a cabeça na direção de uma trilha discreta.

—A árvore fica por aqui.

Ele a guiou por um caminho que se desviava para um lado e para outro, aparentemente sem qualquer propósito. Depois de alguns minutos, apontou para uma árvore grande, próxima à trilha.

— Uau! — exclamou Laurel. — Isto é legal *mesmo*! — Na verdade, eram duas árvores, um abeto e um amieiro, que tinham brotado juntos. Os troncos haviam se juntado e retorcido, resultando no que parecia ser uma árvore com agulhas de pinho de um lado e folhas largas do outro.

— Eu a descobri quando nos mudamos para cá.

— E então... onde seu pai mora? — perguntou Laurel, apoiando as costas numa árvore e deslizando até sentar-se numa pilha macia de folhas. Ela tirou a pera do bolso.

David soltou uma risada do fundo da garganta.

— Em San Francisco. Ele é advogado de defesa em um escritório grande.

—Você o vê com frequência? — perguntou ela.

David se uniu a ela no chão, com o joelho apoiando-se gentilmente na coxa dela. Ela não se afastou.

— A cada dois ou três meses. Ele tem um jatinho particular, que pousa no aeroporto McNamara Field e me leva com ele para passar o fim de semana.

— Que máximo.

— Pois é.

— Você não gosta dele?

David deu de ombros.

— Até que gosto. Mas foi ele quem nos abandonou e nunca tentou passar mais tempo comigo nem nada; então, não me sinto uma prioridade na vida dele, sabe?

Laurel assentiu.

— Sinto muito.

— Tudo bem. Nós sempre nos divertimos. Só que... é um pouco estranho, às vezes.

Ficaram sentados num silêncio pacífico por alguns minutos, a clareira tranquila embalando-os a um estado de relaxamento. Mas, então, ambos olharam para o alto quando um trovão ressoou pelo céu.

— É melhor eu levar você de volta. Vai chover logo.

Laurel se levantou e sacudiu a roupa.

— Obrigada por ter me trazido aqui — disse ela, apontando para a árvore. — Isso é muito legal.

— Fico contente de que tenha gostado — disse David. Ele evitou os olhos dela. — Mas... não foi realmente para isso que eu trouxe você aqui.

— Ah. — Laurel se sentiu lisonjeada e envergonhada ao mesmo tempo.

— Por aqui — disse David, o rosto ruborizando um pouco ao virar-se.

Pularam o muro de volta bem quando os primeiros pingos de chuva começaram a cair.

—Você quer ligar para a sua mãe vir buscar você? — perguntou David quando estavam na cozinha.

— Não, não tem problema.

— Mas está chovendo. Eu deveria acompanhar você.

— Não, tudo bem. É sério, eu gosto de andar na chuva.

David ficou em silêncio por um segundo e em seguida soltou:

— Posso lhe telefonar, então? Talvez amanhã?

Laurel sorriu.

— Claro.

— Ótimo. — Mas ele não se moveu da porta da cozinha.

—A porta é por ali, certo? — perguntou ela, o mais educadamente possível.

— Sim. Só que não vou poder ligar se não tiver seu número de telefone.

— Ah, desculpe. — Ela pegou uma caneta e rabiscou seu número num caderno ao lado do telefone.

— Posso lhe dar o meu?

— Claro.

Laurel começou a abrir a mochila, mas David a deteve.

— Não se preocupe com isso — disse ele. —Aqui.

David segurou a mão dela e escreveu seu telefone em sua palma.

—Assim você não irá perdê-lo — disse ele com timidez.

— Ótimo. A gente se fala mais tarde. — Ela lhe deu um sorriso caloroso antes de sair para a chuva fina e densa.

Quando chegou ao final da rua, suficientemente longe para não ver mais a casa, Laurel afastou o capuz da jaqueta e ergueu o rosto para o céu. Inspirou profundamente conforme a chuva borrifava suas bochechas e escorria pelo pescoço. Começou a levantar os braços, até que se lembrou do número de telefone. Enterrou as mãos nos bolsos e retomou o passo, sorrindo enquanto a chuva caía suavemente sobre sua cabeça.

O telefone estava tocando quando ela entrou em casa. Sua mãe não parecia estar lá, então Laurel correu os últimos passos para atender.

— Alô? — disse ela, sem fôlego.

— Ah, oi, você está em casa. Eu ia apenas deixar um recado.

— David?

— É. Oi. Desculpe por já estar ligando — disse David —, mas eu estava pensando que vamos ter aquela prova de biologia na semana que vem e pensei que, talvez, você quisesse vir aqui amanhã e estudar comigo.

— Sério? — disse Laurel. — Seria maravilhoso! Estou tão estressada por causa dessa prova. Sinto que sei apenas metade da matéria.

— Ótimo. — Ele fez uma pausa. — Não ótimo que você esteja se estressando, mas ótimo que... enfim.

Laurel sorriu da falta de jeito dele.

— A que horas?

— Quando você quiser. Não vou fazer nada amanhã, além de alguns serviços para a minha mãe.

— Está bem. Eu ligo pra você.

— Ótimo. Vejo você amanhã.

Laurel se despediu e desligou. Ela sorria enquanto subia a escada aos saltos, pulando dois degraus de cada vez.

Quatro

NO SÁBADO DE MANHÃ, OS OLHOS DE LAUREL SE ABRIRAM AO nascer do sol. Ela não se importava — era madrugadora, sempre fora. Geralmente acordava cerca de uma hora antes dos pais, e isso lhe dava a chance de fazer uma caminhada sozinha, curtir o sol em suas costas e o vento em seu rosto antes de ter de passar horas numa sala fechada, na escola.

Depois de colocar um vestido leve de alcinhas, ela tirou o antigo violão de sua mãe do estojo, guardado perto da porta dos fundos, e saiu sorrateiramente para curtir o silêncio revigorante do início da manhã. O fim de setembro havia espantado as manhãs claras e límpidas, e trazido, em troca, a neblina, que vinha do oceano e pairava sobre a cidade até o começo da tarde.

Seguiu por uma trilha curta que serpenteava pelo quintal. Apesar do tamanho pequeno da casa, o terreno era bastante grande, e os pais de Laurel haviam discutido a possibilidade de ampliá-lo, algum dia. O quintal tinha várias árvores que davam sombra à casa, e Laurel havia passado quase um mês ajudando a mãe a plantar moitas de flores e trepadeiras ao longo das paredes externas.

A casa deles tinha vizinhança de ambos os lados; porém, assim como muitas casas em Crescent City, seu quintal se estendia até a floresta preservada. Laurel geralmente fazia suas caminhadas pelas trilhas sinuosas do pequeno vale e ia até o riacho que corria no meio dele, paralelamente à fileira de casas.

Nesse dia, perambulou até ele e se sentou na sua margem. Enfiou os pés na água fresca que, de manhã, era límpida e fria, antes que os insetos aquáticos e mosquitos se aventurassem a sair e pontilhassem a superfície à procura de migalhas.

Laurel apoiou o violão no joelho e começou a dedilhar algumas cordas ao acaso, distinguindo uma melodia depois de algum tempo. Era agradável encher com música o espaço ao seu redor. Ela havia começado a tocar três anos antes, quando encontrara o antigo violão de sua mãe no sótão. Estava seriamente necessitado de cordas novas e de um bom trabalho de afinação, mas Laurel convencera a mãe a mandá-lo consertar. Ela lhe dissera que, então, o violão era seu, mas Laurel ainda gostava de pensar que pertencia à mãe — fazia parecer mais romântico. Como uma relíquia de família.

Um inseto pousou em seu ombro e começou a descer pelas suas costas. Quando Laurel o golpeou, seus dedos tocaram em alguma coisa. Ela esticou o braço um pouco mais para trás e apalpou novamente. Ainda estava lá: uma protuberância redonda, que mal era perceptível sob a pele. Virou o pescoço, mas não pôde ver nada além do ombro. Tocou-a novamente, tentando descobrir o que era. Finalmente se levantou, frustrada, e voltou para casa, à procura de um espelho.

Depois de trancar a porta do banheiro, Laurel sentou-se à penteadeira, retorcendo-se até conseguir ver suas costas no espelho. Abaixou a parte de cima do vestido e procurou a protuberância. Finalmente a identificou, justo entre as omoplatas: um círculo elevado, minúsculo, que se fundia com a pele ao redor. Mal era perceptível, mas, definitivamente, estava ali. Apalpou, sondando-a — não doía, mas tocá-la provocava uma espécie de formigamento. Parecia uma espinha. *Isso é tranquilizador*, pensou Laurel com ironia. *De um jeito totalmente pouco tranquilizador.*

Laurel ouviu os passos leves de sua mãe percorrendo o corredor e enfiou a cabeça pela porta do banheiro.

— Mãe?

— Na cozinha — respondeu a mãe com um bocejo.

Laurel seguiu a voz.

— Tem um caroço nas minhas costas. Você poderia dar uma olhada? — perguntou, virando-se.

Sua mãe o pressionou levemente algumas vezes.

— É só uma espinha — concluiu.

— Foi o que deduzi — disse Laurel, deixando o vestido voltar ao lugar.

— Você nunca tem espinhas. — Ela hesitou. — Começou a... você sabe?

Laurel balançou a cabeça rapidamente.

— Só uma casualidade. — Sua voz não teve qualquer entonação e seu sorriso foi acentuado. — Faz parte da puberdade, como você sempre diz. — Virou-se e fugiu antes que a mãe pudesse fazer mais perguntas.

De volta ao quarto, sentou-se na cama e apalpou o pequeno caroço. Ter sua primeira espinha fazia com que se sentisse estranhamente normal; como um rito de passagem. Não tinha vivenciado a puberdade como os livros didáticos a descreviam. Nunca tinha espinhas e, embora seus seios e quadris houvessem se desenvolvido como deveriam — um pouco cedo, na verdade —, aos quinze anos e meio ainda não tivera a primeira menstruação.

Sua mãe sempre minimizava a importância daquilo, dizendo que, como eles não tinham ideia de qual era o histórico médico de sua mãe biológica, não podiam ter certeza de que aquilo não fosse uma característica familiar, perfeitamente normal.

Mas Laurel percebia que a mãe estava começando a ficar preocupada.

Ela vestiu a regata e o jeans de costume, e começou a prender o cabelo num rabo de cavalo. Então, pensou nas marcas que vez ou outra via nas costas das outras garotas no vestiário e soltou o cabelo. Para o caso de o caroço se transformar em algo feio, mais tarde.

Principalmente na casa de David. Aquilo seria péssimo.

Laurel apanhou uma maçã ao sair porta afora e gritou um até logo para a mãe. Estava quase na casa de David quando ergueu os olhos e viu Chelsea correndo no sentido oposto. Laurel acenou e chamou-a.

— Oi! — disse Chelsea, sorrindo, com os cachos balançando levemente em volta do rosto.

— Oi — disse Laurel com um sorriso. — Eu não sabia que você era corredora.

— De cross-country. Geralmente treino com a equipe, mas, aos sábados, é cada um por si. O que você vai fazer?

— Estou indo para a casa do David — disse Laurel. —Vamos estudar.

Chelsea riu.

— Bem, seja bem-vinda ao fã-clube de David Lawson. Eu já sou a presidente, mas você pode ser a tesoureira.

— Não é nada disso — disse Laurel, sem ter certeza absoluta de estar dizendo a verdade. — Só vamos estudar. Tenho uma prova de biologia na segunda-feira e vou tirar zero, se não tiver uma ajuda séria.

— Ele mora logo ali, virando a esquina. Acompanho você até lá.

Dobraram a esquina e ouviram o cortador de grama. David não as viu se aproximarem e ambas ficaram paradas, olhando.

Ele empurrava um cortador de grama pelo capim denso, usando apenas um jeans e tênis velhos. Seu peito e braços eram longilíneos e magros, mas cobertos por músculos delgados; a pele estava bronzeada de sol e reluzia com uma leve camada de suor, conforme ele forçava o cortador para a frente. O peito de Laurel se apertou um pouco.

— Acho que morri e fui para o céu — disse Chelsea, sem se incomodar em esconder a admiração de seus olhos.

Como se sentisse que elas o observavam, David subitamente ergueu os olhos e encontrou o olhar de Laurel. Ela abaixou o queixo e olhou para os próprios pés.

Chelsea nem sequer piscou.

Quando Laurel olhou novamente para cima, David estava colocando uma camisa.

— Oi, garotas. Vocês acordaram cedo.

— Ainda é cedo? — perguntou Laurel. Eram quase nove horas, afinal. — Ah — disse ela, encabulada —, eu me esqueci de telefonar.

David deu de ombros com um sorriso.

— Tudo bem. — Ele indicou o cortador de grama. — Já estou acordado.

— Bem, tenho que correr — disse Chelsea, sua falta de fôlego repentinamente de volta. — Literalmente. — Ela se virou para que apenas Laurel pudesse ver seu rosto e fez com a boca "uau", antes de acenar para os dois e sair correndo pela rua.

David deu uma risadinha e balançou a cabeça ao vê-la ir. Então, voltou-se para Laurel e apontou na direção da casa.

— Vamos? A biologia não espera por ninguém.

Depois que todos entregaram suas provas, na segunda-feira, David se virou para Laurel.

— Então, foi muito difícil?

Laurel sorriu. — Não foi tão ruim assim. Mas só por causa da sua ajuda. — Eles haviam estudado durante cerca de três horas no sábado e conversaram por mais uma hora no domingo à noite. Obviamente, a conversa ao telefone não tivera nada a ver com biologia, mas talvez ela houvesse aprendido alguma coisa por osmose. Osmose pelo telefone. Sei.

Ele hesitou apenas um segundo antes de dizer:

— Poderíamos fazer isso sempre. Estudar juntos, quero dizer.

— Sim — disse Laurel, gostando da ideia de mais sessões tranquilas de "estudo" com ele. — E, na próxima vez, você poderia vir à minha casa — acrescentou.

— Ótimo.

Estava chovendo quando a aula terminou; então, o grupo se reuniu sob um pequeno pavilhão. Quase ninguém almoçava ali porque não havia mesas de piquenique nem piso de cimento, mas Laurel gostava do trecho de grama irregular que nunca parecia secar totalmente, apesar do telhado que o cobria.

Quando chovia, a maior parte do grupo ficava do lado de dentro, mas David e Chelsea se juntaram a ela, assim como um rapaz chamado Ryan. David e Ryan atiravam pedaços de pão um no outro, e Chelsea comentava as jogadas, criticando a pontaria, o estilo de lançamento e a inabilidade de evitar atingir os espectadores.

— Está bem, esse foi de propósito — disse Chelsea, pegando um pedaço de casca de pão que a havia atingido em cheio no peito e atirando-o de volta nos rapazes.

— Que nada, foi um acidente — disse Ryan. — Foi você que me falou que eu não conseguiria acertar em *nada* que mirasse.

— Então, talvez, você devesse mirar em mim, assim posso ficar tranquila de não ser atingida — retrucou ela, suspirando e virando-se para Laurel. — Eu *não* nasci para morar no norte da Califórnia — disse ela, afastando o cabelo do rosto. — No verão, meu cabelo até que vai bem, mas é só chover um pouco que *tcharam*! Ele se transforma nisto. — Chelsea tinha o cabelo castanho comprido, com um matiz avermelhado, que caía em cachos por suas costas. Cachos macios e sedosos nos dias ensolarados; cachos agitados e ásperos que pulavam descontroladamente em volta de seu rosto quando o ar estava frio e úmido — coisa que acontecia praticamente a metade do tempo. Ela tinha olhos cinza-claros que lembravam Laurel do oceano quando o sol estava nascendo, e as ondas pareciam infinitas, na obscura meia-luz.

— Eu acho bonito — disse Laurel.

— Só porque não é o seu. Eu tenho de usar xampus e condicionadores especiais só para conseguir penteá-lo todos os dias. — Ela olhou para Laurel e tocou seu cabelo liso e macio por um segundo. — O seu é macio; o que você usa?

— Ah, qualquer coisa.

— Humm. — Chelsea tocou o cabelo dela mais uma vez. — Você usa creme para pentear? É o que funciona melhor no meu.

Laurel inspirou e exalou ruidosamente.

— Na verdade... eu não uso nada. Qualquer tipo de condicionador deixa meu cabelo superliso e oleoso. E, se eu uso xampu, ele fica super, superseco... mesmo com xampus hidratantes.

— Então, você simplesmente não lava? — Aquela ideia era, aparentemente, mais do que estranha para Chelsea.

— Eu o lavo bem, de verdade. Quer dizer, está limpinho e tudo.

— Mas sem nenhum xampu?

Laurel balançou a cabeça e esperou por um comentário cético, mas Chelsea apenas murmurou:

— Que sorte! — E voltou para seu almoço.

Naquela noite, Laurel examinou seu cabelo de perto. Será que ela precisava lavá-lo? Mas a aparência e a textura eram as de sempre. Virou-se de costas para o espelho, tocou e apalpou o caroço. Tinha sido uma coisa minúscula no sábado de manhã, mas ao longo do fim de semana havia ficado bem grande.

— Que baita primeira espinha — Laurel resmungou para seu reflexo.

Na manhã seguinte, Laurel acordou com um leve formigamento entre as omoplatas. Tentando não entrar em pânico, correu para o banheiro e esticou o pescoço para olhar as costas no espelho.

O diâmetro do caroço era maior do que uma moeda grande!

Aquilo não era uma espinha. Tocou-o cuidadosamente, e uma sensação estranha de formigamento se estendeu por toda a área apalpada por seus dedos. Em pânico, agarrou a camisola de encontro ao corpo e correu pelo corredor até o quarto dos pais. Tinha acabado de levantar a mão para bater na porta quando se obrigou a parar e inspirar algumas vezes.

Laurel olhou para si mesma e, de repente, se sentiu tola. No que estava pensando? Parada no corredor, usando pouco mais que suas roupas íntimas. Envergonhada, afastou-se da porta do quarto dos pais e voltou de fininho para o banheiro, fechando a porta tão rápida e silenciosamente quanto pôde. Virou as costas novamente para o espelho e analisou o caroço. Virou-se para olhá-lo sob ângulos diferentes até se convencer de que não era tão grande quanto havia pensado.

Laurel tinha sido criada segundo a filosofia de que o corpo humano sabe se cuidar. A maior parte das coisas — se deixadas em paz — desaparece sozinha. Tanto seu pai quanto sua mãe viviam daquela forma. Eles nunca iam ao médico, nem mesmo tomavam antibióticos.

— É apenas uma espinha monstruosa. Vai desaparecer sozinha — disse Laurel ao seu reflexo, num tom de voz exatamente igual ao da mãe.

Vasculhando a gaveta, encontrou um tubo da pomada que a mãe fazia todos os anos. Continha alecrim, lavanda, óleo essencial de melaleuca e quem sabe o que mais, e sua mãe a aplicava em tudo.

Mal não podia fazer.

Laurel pegou uma porção da pomada cheirosa e começou a esfregar em suas costas. Entre o formigamento de suas mãos irritando o caroço e a queimação provocada pelo óleo de melaleuca, as costas de Laurel estavam queimando quando ela enfiou a camisola pela cabeça e, com os ombros pressionados de encontro à parede, correu de volta para quarto.

Escolheu uma camiseta larga, estilo beisebol, com mangas japonesas e as costas fechadas, para vestir naquele dia. A maioria de suas regatas *provavelmente* cobriria o caroço, mas Laurel não queria correr nenhum risco. Aquele troço não cresceria muito mais sem ficar nojento e, quando ficasse, Laurel preferiria que estivesse escondido sob uma camiseta. Formigava toda vez que qualquer coisa roçava nele: seu cabelo comprido, a camiseta que enfiara pela cabeça e, é claro, toda vez que ela o tocava, tentando lembrar a si mesma de que era real. Quando, finalmente, desceu a escada, estava convencida de que todos os nervos de seu corpo haviam se conectado ao caroço.

Ao chegar a quinta-feira, Laurel já não podia mais negar que, o que quer que fosse aquela coisa nas suas costas, não era uma espinha. Não só continuara a crescer durante os últimos dois dias como parecia estar crescendo *mais rápido*. Naquela manhã, estava do tamanho de uma bola de golfe.

Laurel tinha descido para tomar o café, decidida a contar aos pais sobre o estranho caroço. Até havia respirado fundo e aberto a boca para, simplesmente, desembuchar tudo. Mas, no último segundo, ela se acovardou e apenas pediu ao pai que lhe passasse o melão.

Entre as camisetas que vinha usando nos últimos dias e o fato de deixar o cabelo solto, ninguém ainda havia notado o caroço, mas era só uma questão de tempo, principalmente se continuasse crescendo. *Se*, Laurel repetiu para si mesma, *se continuar crescendo, talvez a pomada da minha mãe dê certo.*

Já vinha colocando a pomada havia três dias seguidos, mas não parecia estar dando muito resultado. Também, algo que houvesse crescido tanto e tão rapidamente não podia ser uma coisa que um pouco de óleo de melaleuca pudesse consertar, não é? Talvez fosse um tumor. Laurel tinha certeza de que havia lido histórias sobre pessoas que tinham tumores na coluna. Respirou fundo. Um tumor fazia todo o sentido.

— Olá? Você, pelo menos, está me escutando? — A voz de Chelsea interrompeu os pensamentos de Laurel e ela virou o rosto para a amiga.

— O quê?

Chelsea apenas riu.

— Não achei que estivesse. — Então disse, mais baixo: — Você está bem? Você estava realmente distante.

Laurel ergueu os olhos e, por um segundo, não conseguiu se lembrar para que aula estava indo.

— Estou bem — murmurou com irritação. — Só estava pensando.

Chelsea perscrutou seu rosto por alguns segundos antes que uma sobrancelha se levantasse.

— Então, tudo bem.

David se aproximou e começou a caminhar ao lado delas. Quando Chelsea se separou para ir para sua própria aula, Laurel tentou adiantar-se a ele. Estendendo a mão, ele a puxou de volta.

— Onde é o incêndio, Laury? Ainda faltam três minutos para o sinal.

— Não me chame assim — retrucou ela.

A boca de David se fechou repentinamente e ele não disse mais nada enquanto o fluxo de pessoas passava por eles.

Laurel procurou palavras para se desculpar, mas o que deveria dizer? *Me desculpe, David, só estou irritada porque pode ser que eu tenha um tumor.* Em vez disso, ela soltou:

— Não gosto de apelidos.

David já havia estampado seu sorriso intrépido no rosto.

— Eu não sabia. Desculpe. — Correu os dedos pelo cabelo. —Você... — Sua voz foi sumindo e ele pareceu mudar de ideia. —Vamos. Vou acompanhá-la até a sua aula.

Ela se sentia estranha agora, andando ao lado dele. Virou-se para ele quando chegaram à sala de aula dela e acenou.

— Até mais.

— Laurel?

Ela se virou.

— O que você vai fazer no sábado?

Ela hesitou. Havia esperado que ela e David pudessem fazer alguma coisa juntos novamente. E, até aquela manhã, vinha tentando encontrar uma forma casual de convidá-lo. Mas talvez não fosse uma ideia tão boa assim.

— Eu estava pensando que alguns de nós poderíamos nos reunir e fazer um piquenique, talvez uma fogueira. Conheço um lugar superlegal na praia. Chelsea disse que iria. Ryan, Molly e Joe também. E mais algumas pessoas disseram que talvez fossem.

Comida, areia e uma fogueira fumarenta. Nada daquilo parecia divertido.

— Está um pouco frio, então não poderemos nadar, mas... você sabe. Alguém geralmente é empurrado para a água. É divertido.

O sorriso falso de Laurel se esvaneceu. Ela detestava a sensação da água salgada em sua pele. Mesmo depois de tomar banho, ainda a sentia — como se o sal houvesse penetrado em seus poros. A última vez em que fora nadar no mar, anos atrás, ficara letárgica e cansada durante dias. E tampouco haveria uma maneira de esconder seu caroço — ou o que quer que fosse — num traje de banho.

Laurel estremeceu ao imaginar a que tamanho o caroço chegaria em dois dias! Não poderia ir, mesmo que quisesse.

— David, eu... — Ela odiava recusar algo para ele. — Não vou poder.

— Por que não? — perguntou David.

Ela podia dizer que tinha trabalho a fazer na livraria — até algumas semanas atrás, havia passado praticamente todos os sábados lá, ajudando o pai —, mas não pôde se obrigar a mentir. Não para David.

— Simplesmente não vou poder — murmurou e entrou encolhida pela porta da sala de aula, sem se despedir.

Na sexta-feira de manhã, o caroço estava do tamanho de uma bola de beisebol. Era, com certeza, um tumor. Laurel nem se deu ao trabalho de ir ao banheiro para olhar. Podia senti-lo.

Nenhuma camiseta conseguiria esconder aquilo.

Ela precisou escarafunchar no fundo de seu guarda-roupa para encontrar uma blusa felpuda que iria, ao menos, camuflar o caroço. Esperou em seu quarto até que fosse hora de ir para a escola e, então, desceu correndo as escadas e saiu porta afora com apenas um grito de "Bom-dia" e "Até logo" para os pais.

O resto do dia se arrastou interminavelmente. Agora, o caroço formigava o tempo todo, e não somente quando Laurel o tocava. Era apenas no que conseguia pensar, como se fosse um zumbido persistente em sua cabeça. Não falou com ninguém na hora do almoço e se sentiu mal por isso, mas não podia se concentrar em nada, com suas costas formigando tanto.

No final da última aula, havia já dado a resposta errada quatro vezes ao ser chamada. As perguntas tinham ficado progressivamente mais fáceis — como se a Professora Martinez estivesse tentando dar a ela uma chance de se redimir —, mas era como se a professora estivesse falando suaíli. Assim que o sinal tocou, Laurel pulou da cadeira e se dirigiu para a porta antes de todo mundo. E, certamente, antes que a Professora Martinez pudesse questioná-la sobre seu péssimo desempenho.

Ela viu David e Chelsea conversando perto do armário de Chelsea, então se dirigiu para o lado oposto e correu até as portas dos fundos, esperando que nenhum dos dois se virasse e a reconhecesse pelas costas. Assim que escapou da escola, atravessou o campo de futebol, incerta sobre aonde ir naquela cidade ainda desconhecida. Enquanto caminhava, não conseguia afastar o medo crescente. *E se for câncer? Câncer simplesmente não desaparece. Talvez eu devesse contar à minha mãe.*

— Na segunda-feira — Laurel sussurrou baixinho, quando o ar frio sacudia seus cabelos. — Se não sumir até segunda-feira, vou contar para os meus pais.

Subiu as arquibancadas, os pés golpeando cada degrau de metal, até chegar ao topo. Apoiou-se contra a grade, olhando por cima da copa das árvores até o horizonte ao oeste. Estar tão acima de seu ambiente a fez se sentir separada e isolada. Combinava.

Sua cabeça voltou a se erguer quando ouviu passos atrás de si. Ela se virou e viu o rosto encabulado de David.

— Oi — disse ele.

Laurel não disse nada, enquanto o alívio e a irritação lutavam em sua mente. O alívio estava ganhando.

Ele indicou com a mão o banco perto do qual ela estava.

— Posso me sentar?

Laurel ficou imóvel por um momento, então se sentou no banco e deu uma batidinha ao lado, com um leve sorriso.

David se sentou cautelosamente, como se não confiasse muito no convite.

— Não tive intenção alguma de seguir você — disse ele ao inclinar-se para a frente com os cotovelos apoiados nos joelhos. — Eu ia esperar você lá embaixo, mas... — Ele deu de ombros. — O que posso dizer? Sou impaciente.

Laurel ficou calada.

Permaneceram sentados em silêncio por um longo tempo.

—Você está bem? — perguntou David, sua voz anormalmente alta ao ressoar nos bancos vazios de metal.

Laurel sentiu lágrimas queimarem seus olhos, mas se forçou a piscar para afastá-las.

—Vou ficar bem.

— É que você esteve tão calada a semana toda...

— Desculpe.

— Eu... eu fiz alguma coisa?

A cabeça de Laurel se ergueu rapidamente.

—Você? Não, David. Você... você é ótimo. — A culpa tomou conta dela; então, forçou um sorriso. — Eu só tive um dia ruim, só isso. Me dê o fim de semana para me recuperar. Estarei melhor na segunda-feira. Prometo.

David assentiu e o silêncio retornou, pesado e incômodo. Então, ele pigarreou.

— Posso acompanhar você até a sua casa?

Ela balançou a cabeça.

—Vou ficar aqui um pouco. Não se preocupe — acrescentou.

— Mas... — Ele não prosseguiu. Apenas assentiu, levantou-se e começou a se afastar. Então, voltou-se. — Se você precisar de alguma coisa, sabe meu telefone, não é?

Laurel assentiu. Ela o havia memorizado.

— Está bem. — Ele mudou o peso do corpo de um pé para o outro. — Então, vou embora.

Pouco antes que ele sumisse de vista, Laurel o chamou.

— David?

Mas, quando ele se voltou para ela, com o rosto tão aberto e franco, ela perdeu a coragem. — Divirta-se amanhã — disse ela, de forma pouco convincente.

O rosto dele murchou um pouco, mas ele assentiu e continuou se afastando.

Naquela noite, Laurel ficou sentada na penteadeira do banheiro, olhando fixamente para suas costas. As lágrimas corriam por seu rosto enquanto ela, mais uma vez, passava pomada por tudo. Não surtira nenhum efeito antes, e a lógica lhe dizia que tampouco surtiria agora, mas ela precisava tentar alguma coisa.

Cinco

A MANHÃ DE SÁBADO CHEGOU FRESCA, COM APENAS UMA BRUMA leve que o sol provavelmente faria evaporar até o meio-dia. Laurel previa uma chance de 100% de que todos no piquenique mergulhassem ou fossem empurrados nas águas geladas do Pacífico, e ficou duplamente agradecida por ter caído fora. Ficou deitada na cama durante vários minutos, olhando o nascer do sol com seus matizes cor-de-rosa, laranja e azul, suave e nebuloso. A maior parte das pessoas apreciava a beleza de um pôr do sol, mas, para Laurel, o nascer do sol era verdadeiramente de tirar o fôlego. Espreguiçou-se e em seguida se sentou, ainda olhando para a janela. Pensou nas pessoas daquela pequena cidade que ainda dormiam durante aquela cena inacreditável. Seu pai, por exemplo. Ele era um dorminhoco notório e raramente se levantava antes do meio-dia no sábado — ou "dia do sono", como ele o chamava.

Sorriu àquele pensamento, mas a realidade foi rápida demais em se intrometer. Seus dedos se deslocaram por cima do ombro e seus olhos se arregalaram. Sufocou um grito enquanto a outra mão se uniu à primeira, tentando confirmar o que estava sentindo.

O caroço sumira.

Mas outra coisa o substituíra. Algo longo e frio.

E *muito* maior do que o caroço.

Xingando-se por não ser do tipo de garota que tem espelho no quarto, Laurel torceu o pescoço, tentando ver por cima do ombro, mas podia apenas vislumbrar as bordas arredondadas de algo branco. Jogou para longe o lençol e correu até a porta. A maçaneta girou silenciosamente e Laurel abriu apenas uma frestinha. Pôde ouvir o pai roncando, mas, às vezes, sua mãe se levantava cedo, e ela era supersilenciosa. Laurel deixou a porta se abrir totalmente, agradecida, pela primeira vez na vida, pelas dobradiças bem-lubrificadas, e deslizou pelo corredor em direção ao banheiro com as costas viradas para a parede, como se fosse ajudar muito.

Suas mãos estavam trêmulas ao fechar a porta do banheiro e brigar com o trinco. Somente quando ouviu o clique da tranca se fechando foi que se permitiu respirar novamente. Apoiou a cabeça contra a madeira áspera e sem acabamento, e forçou sua respiração a se acalmar. Seus dedos encontraram o interruptor de luz. Respirando fundo, piscou para afastar os pontos escuros de sua visão e deu um passo na direção do espelho.

Nem precisou se virar para ver a nova mudança. Formas compridas, branco-azuladas, erguiam-se acima de ambos os ombros. Por um momento, Laurel ficou hipnotizada, olhando com olhos arregalados para aquelas coisas pálidas. Eram assustadoramente belas — quase belas demais para serem descritas.

Virou-se lentamente para poder vê-las melhor. Extensões semelhantes a pétalas brotavam de onde estivera o caroço, formando uma estrela com quatro pontas delicadamente curvadas em suas costas. As pétalas mais longas — que se curvavam sobre os ombros e assomavam ao redor de sua cintura — tinham mais de 30 centímetros de comprimento e a largura de sua mão.

Pétalas menores — com cerca de 20 centímetros de comprimento — encaracolavam-se ao redor do centro, preenchendo o espaço restante. Havia até mesmo algumas folhinhas verdes, no ponto em que a enorme flor se conectava à sua pele.

Todas as pétalas tinham um tom azul-escuro no centro que clareava até o mais suave azul-celeste no meio e ficavam brancas nas extremidades. As bordas eram onduladas e se pareciam misteriosamente às violetas africanas que sua mãe se esforçava tanto em cultivar na cozinha. Devia haver umas vinte daquelas coisas compridas que lembravam pétalas. Talvez mais.

Laurel virou-se novamente de frente para o espelho, os olhos fixos nas pétalas flutuantes que pairavam ao lado de sua cabeça. Quase se pareciam a asas.

Uma sonora pancada na porta tirou Laurel do transe, com um susto.

— Já acabou? — perguntou sonolentamente sua mãe. As unhas de Laurel se enterraram na palma das mãos enquanto ela olhava com horror para as imensas coisas brancas. Eram bonitas, claro, mas quem, no mundo, desenvolvia uma flor enorme nas costas? Aquilo era dez... não... *mil* vezes pior que o caroço. Como ela iria esconder aquela flor?

Talvez fosse possível simplesmente arrancar as pétalas. Pegou, então, uma das tiras alongadas e a puxou com força. Uma dor aguda se irradiou por sua espinha e ela precisou morder a bochecha para sufocar um grito. Mas não pôde conter o gemido que lhe escapou por entre os dentes.

Sua mãe bateu novamente.

— Laurel, você está bem?

Laurel inspirou fundo várias vezes conforme a dor ia diminuindo até se tornar um latejar surdo e recuperou o poder da fala.

— Estou bem — disse, a voz tremendo um pouco. — Só um minuto. — Seus olhos varreram o cômodo em busca de algo útil. A camisola fina e de alcinhas que estava usando não ajudaria em nada. Apanhou a gigantesca toalha e a jogou sobre os ombros, puxando-a para junto do corpo. Depois de um exame rápido no espelho para se certificar de que não houvesse pétalas gigantes à vista, Laurel abriu a porta e obrigou-se a dar um sorriso para a mãe. — Me desculpe por ter demorado tanto.

Sua mãe piscou.

—Você tomou banho? Não ouvi água correndo.

— Foi rápido. — Laurel hesitou. — E não molhei o cabelo — acrescentou.

Mas a mãe não estava prestando muita atenção.

— Desça quando estiver vestida, pois vou preparar o seu café da manhã — disse com um bocejo. — Parece que vai ser um dia lindo.

Laurel contornou a mãe e voltou para a segurança de seu próprio quarto. Ela não tinha trinco na porta, mas calçou uma cadeira sob a maçaneta, como tinha visto as pessoas fazerem nos filmes. Olhou com ceticismo para a instalação. Não parecia que fosse impedir por muito tempo, mas era o melhor que podia fazer.

Deixou a toalha cair de seus ombros e examinou as pétalas amassadas. Estavam amarrotadas, mas não doíam. Puxou uma extremidade comprida sobre o ombro e a examinou. Um caroço era uma coisa, mas o que ela iria fazer com *aquilo*?

Cheirou a coisa branca, fez uma pausa, e tornou a cheirar. Cheirava como uma flor de fruta, só que mais forte. *Muito* mais forte. O aroma inebriante estava começando a tomar o quarto. Pelo menos aquela coisa enorme não fedia. Teria de dizer à mãe que havia comprado um perfume novo ou algo parecido. Laurel inalou novamente e desejou *poder* encontrar algo que cheirasse tão bem na perfumaria.

Conforme a enormidade daquela situação se abatia sobre Laurel, o quarto pareceu girar sob seus pés. Sentiu o peito apertado, enquanto pensava no que fazer.

Primeiro, o mais importante: precisava esconder aquilo.

Laurel abriu o guarda-roupa e parou diante dele, procurando alguma coisa que a ajudasse a esconder uma flor enorme brotando de suas costas; no entanto, quando comprara roupas novas, aquela não fora exatamente uma prioridade. Laurel gemeu para o guarda-roupa cheio de blusas leves e finas e vestidos de verão. Praticamente não escondiam *nada*.

Separou suas roupas e apanhou alguns tops. Depois de verificar que a barra estava limpa, Laurel correu para o banheiro, jurando que iria a uma loja naquele mesmo dia para comprar um espelho para o seu quarto. A porta se fechou com um pouco mais de força do que ela pretendia, porém, embora ficasse parada com o ouvido colado à madeira fria por vários segundos, não ouviu qualquer resposta de sua mãe.

O primeiro top sequer entrava sobre a enorme flor. Ela a observou no espelho. Tinha de haver outro jeito.

Pegou o máximo de pétalas longas que podia e tentou enrolá-las em volta dos ombros. Não deu muito certo. Além disso, não queria usar mangas compridas pelo resto da vida — fosse lá de quanto tempo precisasse.

Puxou-as sob os braços e as enrolou em volta da cintura. Isso funcionou melhor. *Muito* melhor. Apanhou uma longa echarpe de seda de um dos cabides e a envolveu ao redor da cintura, prendendo as pétalas junto à pele. Então, abotoou o short por cima de uma parte da echarpe. Não doía, mas ela se sentia oprimida e sufocada.

No entanto, era melhor do que nada. Pegou uma blusa leve, estilo camponesa, e a vestiu sobre a coisa toda. Apreensiva, virou-se para olhar no espelho.

Bastante impressionante, se é que podia dizer. O tecido da blusa era volumoso, de qualquer forma. Portanto, não dava para perceber que havia algo por baixo. Mesmo pela lateral, o volume em suas costas mal era perceptível e, se penteasse o cabelo por cima, ninguém notaria. Um pequeno problema resolvido.

Uma centena de grandes a resolver.

Aquilo era muito mais que uma estranha manifestação da puberdade. Mudanças de humor, acne que deixava marcas, até mesmo menstruações que duravam meses eram, ao menos, próximas da normalidade. Mas pétalas de flores excessivamente grandes, brotando de suas costas a partir de uma espinha do tamanho de uma bola de beisebol? Isso já era algo totalmente à parte.

Mas o quê, exatamente? Era o tipo de coisa que se via nos filmes de terror baratos. Ainda que ela decidisse contar para alguém, quem iria acreditar? Nunca, nem em seus piores pesadelos, havia imaginado que algo assim pudesse lhe acontecer.

Aquilo iria estragar tudo. Sua vida, seu futuro. Era como se tudo fosse por água abaixo, num só instante.

O banheiro, de repente, pareceu quente demais. Pequeno demais, escuro demais... *tudo* demais. Desesperada para se afastar de casa, Laurel escapuliu pela cozinha, pegou uma lata de refrigerante e abriu a porta dos fundos.

—Vai dar um passeio?

— Sim, mãe — disse ela sem se virar.

— Divirta-se.

Laurel emitiu baixinho um som evasivo.

Percorreu com passos pesados o caminho até o bosque, não prestando qualquer atenção às plantas cobertas de orvalho à sua volta. Ainda havia um pouco de neblina no horizonte a oeste, de onde ela se originava no mar, mas a parte mais alta do céu estava azul e límpida, e o sol seguia gradualmente para cima. Seria, sem dúvida, um dia lindo. *Obviamente*. Sentiu como se a Mãe Natureza estivesse zombando dela. Sua vida estava desmoronando e, no entanto, tudo ao seu redor era lindo, como se a estivesse espicaçando.

Agachou-se atrás de um grande aglomerado de árvores, fora do campo de visão tanto da estrada quanto de sua casa. Porém, ainda não era o bastante. Continuou indo adiante.

Depois de mais alguns minutos, parou e tentou ouvir se havia alguém — ou alguma coisa — à sua volta. Quando se sentiu segura, puxou a parte de trás da blusa para cima e desamarrou a echarpe que a confinava. Um suspiro escapou de seus lábios quando as pétalas voltaram à posição original, nas suas costas. Era como ser libertada de uma caixa minúscula e apertada.

Um raio de sol brilhou por uma abertura entre as árvores acima, fazendo com que sua silhueta se estendesse pelo gramado à frente. O contorno de sua sombra parecia uma imensa borboleta de asas transparentes. E, da mesma forma estranha que os balões de ar lançavam sombras, a parte escura da silhueta continha um levíssimo toque de azul. Tentou fazer com que as asas se mexessem, mas, embora pudesse senti-las — sentir cada centímetro delas agora, banhando-se nos raios de sol —, não tinha qualquer controle sobre elas. Algo capaz de destruir uma vida não deveria ser assim tão lindo.

Olhou para a imagem no chão por um longo tempo, pensando no que fazer. Deveria contar a seus pais? Ela havia prometido a si mesma que contaria a eles na segunda-feira, se o caroço não tivesse sumido.

Bem, ele *havia* sumido.

Puxando uma das longas extensões sobre o ombro, Laurel passou os dedos por ela. Era tão macia. E não doía. *Talvez simplesmente desapareça*, pensou otimista. Aquilo era o que sua mãe sempre dizia. No final, a maioria das coisas desaparecia sozinha. Talvez... talvez tudo ficasse bem.

Bem? A palavra pareceu encher sua cabeça, reverberando em seu crânio. *Tenho uma flor gigantesca crescendo na minha coluna. Como isso pode ficar bem?*

Enquanto as emoções se agitavam à sua volta como um furacão, seus pensamentos, repentinamente, se centraram em David. Talvez David pudesse ajudá-la a compreender aquilo. Tinha de haver uma explicação científica. Ele possuía um microscópio — e bastante bom, pelo que dissera. Talvez ele pudesse examinar um pedaço daquela flor estranha. Ele poderia dizer a ela do que se tratava. E, mesmo que ele dissesse que não fazia a menor ideia, ela não estaria numa situação pior do que agora.

Enrolou a echarpe novamente em volta da flor e correu até sua casa, quase dando um encontrão em seu pai, que entrava sonolentamente na cozinha.

— Pai! — disse ela, surpresa. Seus nervos, já a ponto de um ataque, se estressaram ainda mais.

Ele se inclinou e beijou-a no topo da cabeça.

— Bom-dia, linda. — Ele passou um braço sobre seus ombros. Laurel inspirou nervosa o ar, esperando que ele não sentisse as pétalas através de sua camisa.

No entanto, seu pai raramente notava alguma coisa antes da segunda xícara de café.

— Por que está de pé? — perguntou ela, com um leve tremor na voz.

Ele gemeu.

— Tenho que abrir a loja. Maddie precisou tirar o dia de folga.

— Certo — disse Laurel distraidamente, tentando não ver essa mudança na rotina normal como uma espécie de mau presságio.

Ao afastar o braço, ele parou e cheirou o ar próximo ao ombro dela. Laurel congelou.

—Você está cheirosa. Deveria usar esse perfume com mais frequência.

Laurel assentiu, rezando para que seus olhos não saltassem das órbitas, e se desvencilhou do abraço do pai. Apressando-se para pegar o telefone sem fio, subiu as escadas.

Em seu quarto, olhou fixamente para o telefone por um longo tempo antes que seus dedos conseguissem discar o número de David. Ele atendeu após o primeiro toque.

—Alô?

— Oi — disse ela rapidamente, obrigando-se a não desligar.

— Laurel. Oi! E aí?

Os segundos se arrastaram em direção ao silêncio.

— Laurel?

— Sim?

— Foi *você* que me ligou.

Mais silêncio.

— Posso ir até a sua casa?

— Humm, claro. Quando?

—Agora mesmo?

Seis

ALGUNS MINUTOS DEPOIS, LAUREL APOIOU NOVAMENTE A cadeira sob a maçaneta da porta. Levantou, então, a frente da blusa e puxou a ponta de uma das compridas extensões brancas e azuis para fora da echarpe cor-de-rosa. Parecia tão inofensiva, pousada ali em sua mão. Ela quase podia esquecer que estava presa às suas costas. Pegou a tesourinha de unha de sua mãe e observou a extremidade da pétala. Provavelmente não precisaria de um pedaço muito grande. Olhou-a novamente e selecionou uma pequena curva na ponta ondulada.

Preparou-se, enquanto colocava a tesoura brilhante em posição de cortar. Ela queria fechar os olhos, mas tinha medo de fazer mais estrago ainda. Contou silenciosamente. *Um, dois, três!... Minha intenção era contar até cinco.* Depois de se chamar mentalmente de covarde, posicionou novamente a tesoura. *Um, dois, três, quatro, cinco!* Laurel pressionou a tesoura e cortou de uma vez, lançando um pedacinho branco em cima da colcha de sua cama. Ela ofegou e saiu pulando por alguns segundos, até que o ardor diminuísse; então, olhou para a extremidade cortada. Não estava sangrando, mas vertia um pouquinho de um líquido transparente. Laurel secou o líquido com uma toalha, antes de guardar a ponta de volta na echarpe. Em seguida, embrulhou o pedacinho branco em um lenço de papel e guardou-o cuidadosamente no bolso.

Desceu saltando as escadas, tentando parecer o mais natural possível. Ao passar rapidamente pela mãe e pelo pai, sentados à mesa e tomando o café da manhã, disse:

—Vou à casa do David.

— Espere aí — disse seu pai.

Laurel parou de andar, mas não se virou.

— Que tal: "Posso ir à casa do David?"

Laurel voltou-se com um sorriso forçado no rosto.

— *Posso* ir à casa do David?

Os olhos do pai nem se levantaram do jornal quando ele ergueu sua xícara de café até a boca.

— Claro. Divirta-se.

Laurel obrigou seus pés a seguirem num passo normal até a porta, mas, assim que esta se fechou às suas costas, correu até sua bicicleta e se pôs a caminho. Eram somente alguns quarteirões até a casa de David, e logo estava encostando sua bicicleta na garagem dele. Parou no capacho da entrada, concentrou-se na brilhante porta vermelha e tocou a campainha, antes que pudesse se convencer a girar nos calcanhares e correr para casa. Prendeu a respiração quando ouviu passos e a porta se abriu.

Era a mãe de David. Laurel tentou ocultar a surpresa em seu rosto — afinal, era sábado, e Laurel deveria ter esperado que ela estivesse em casa. Mas era também apenas a segunda vez que a encontrava. Ela usava uma bonita regata vermelha e jeans, e seu cabelo comprido, quase negro, estava solto e caía em ondas pelas suas costas. Era a mãe menos maternal que Laurel já conhecera. No bom sentido.

— Laurel, que bom ver você.

— Oi — disse Laurel com nervosismo, e, então, ficou ali parada.

Por sorte, David apareceu.

— Oi — disse ele com um sorriso largo. —Venha aqui. — Indicou a Laurel que se dirigisse ao corredor. — Laurel precisa de ajuda para os deveres de biologia — explicou para a mãe. — Estaremos no meu quarto.

A mãe de David sorriu para os dois.

—Vocês precisam de alguma coisa? Um lanche ou algo assim?

Ele balançou a cabeça.

— Só de um pouco de tranquilidade. São exercícios bastante complicados.

—Vou deixá-los em paz, então.

A porta verde do quarto de David estava aberta; com um gesto amplo do braço, ele conduziu Laurel para dentro. Inclinou-se para apanhar seu fichário de biologia e, depois de olhar de relance pelo corredor para ter certeza de que a mãe não estava por perto, fechou a porta.

Laurel olhou para a porta fechada. Ela já estivera antes naquele quarto, mas ele nunca tinha fechado a porta. Notou, então, pela primeira vez, que a maçaneta não tinha trinco.

— Sua mãe não viria escutar atrás da porta, não é? — perguntou Laurel, sentindo-se boba assim que a pergunta escapou de seus lábios.

David fungou.

— Jamais. Ganhei uma grande quota de privacidade por não perguntar por que vários namorados dela só iam embora na manhã seguinte. Fico fora dos assuntos pessoais da minha mãe, e ela fica fora dos meus.

Laurel riu, com um pouco de seu nervosismo se desvanecendo, agora que estava realmente ali.

David lhe indicou a cama e puxou uma cadeira. — E então? — disse após alguns segundos.

É agora ou nunca.

— Na verdade, eu esperava que você pudesse olhar uma coisa no seu microscópio para mim.

A confusão cruzou o rosto de David.

— Meu microscópio?

— Você disse que tinha um bastante bom.

Ele se recuperou rapidamente.

— Hã, está bem. Sim, claro.

Laurel procurou em seu bolso e tirou o lenço de papel.

— Você poderia me dizer o que é isto?

Ele olhou para o lenço, desembrulhou-o cuidadosamente e olhou para o pequeno fragmento branco.

— Parece um pedaço de pétala de flor.

Laurel se obrigou a não revirar os olhos.

— Você poderia olhar sob o microscópio?

— Claro. — David se virou para uma mesa comprida coberta por vários equipamentos — alguns dos quais Laurel reconhecia do laboratório de biologia. Tirou uma capa cinza de cima de um microscópio preto e apanhou uma lâmina, de uma caixa com pequenas lâminas de vidro separadas por folhas de papel de seda fino. — Posso cortar isto? — perguntou ele, encarando-a.

Laurel estremeceu, lembrando-se de tê-lo cortado de si mesma menos de meia hora antes, e assentiu.

— É todo seu.

David cortou um pedaço minúsculo e o colocou em uma lâmina, acrescentou uma solução amarela e pôs outra lâmina de cobertura por cima. Prendeu-a sob a lente e remexeu os botões de ajuste enquanto olhava na ocular. Os minutos se passaram lentamente enquanto ele ajustava mais parafusos e movia a lâmina, olhando-a de diferentes ângulos. Finalmente, ele se reclinou.

— Só o que posso dizer com certeza é que se trata de um fragmento de uma planta e que as células estão bastante ativas, significando que está crescendo. Florescendo, deduzo eu pela cor.

— Um fragmento de planta? Você tem certeza?

— Total certeza — disse ele, voltando a olhar pela ocular.

— Não é parte de um... animal?

— Não. De jeito nenhum.

— Como você pode saber?

Ele examinou algumas lâminas previamente preparadas e etiquetadas que estavam em outra caixa. Selecionou uma com uma mancha rosada e voltou a realizar o processo de focar o microscópio.

—Venha aqui — disse ele, levantando-se e indicando a cadeira.

Laurel tomou o lugar dele e se inclinou hesitante sobre o microscópio.

— Ele não vai morder você — disse ele com uma risada. — Aproxime-se mais.

Obedecendo, ela abriu os olhos para um universo cor-de-rosa trespassado por linhas e pontos marrom-avermelhados.

— O que você quer que eu veja?

— Quero que olhe as células. Elas se parecem muito com as fotos do nosso livro de biologia. Está vendo como são redondas ou de formato irregular? Parecem bolhas, todas conectadas.

— Sim.

Ele deslizou o microscópio novamente à frente dele e mudou para a lâmina amarelada que havia preparado alguns minutos antes.

—Agora, olhe esta aqui.

Laurel voltou a abaixar a testa em direção à ocular, com muito mais medo desta lâmina do que da outra. Esperava que David não percebesse que suas mãos estavam tremendo.

— Olhe agora para as células. São todas meio quadradas e muito uniformes. Células vegetais são ordenadas, não são como as células animais. E elas têm paredes celulares grossas, que são quadradas como estas que você está vendo aí. Isso não quer dizer que nunca se veem células animais meio quadradas, mas elas não seriam nem de longe tão uniformes, e as paredes celulares se mostrariam muito mais finas.

Laurel se endireitou vagarosamente. Aquilo não fazia o menor sentido.

Tinha uma planta de verdade crescendo em suas costas! Uma flor mutante, parasita! Ela era a maior de todas as aberrações do mundo e, se alguém, algum dia, descobrisse, ela seria apalpada e espetada pelo resto da vida. Sua cabeça começou a girar e sentiu como se todo o ar fosse subitamente sugado do quarto. Seu peito se apertou e ela pareceu não estar conseguindo respirar fundo o bastante.

— Eu tenho que ir — murmurou.

— Espere — disse David, segurando seu braço. — Não vá. Não desse jeito, toda surtada. — Ele tentou encontrar seu olhar, mas ela o desviou. — Estou preocupado de verdade. Você não pode simplesmente me contar o que está acontecendo?

Laurel olhou em seus olhos azuis. Eram amáveis e sinceros. Não que ela achasse que ele não fosse capaz de guardar segredo; tinha certeza de que sim. Percebeu que confiava nele. E precisava contar a alguém. Tentar lidar com aquilo sozinha não tinha dado certo. Não tinha dado certo *mesmo*.

Talvez ele pudesse entender. O que tinha a perder?

Ela hesitou.

— Você não vai contar para *ninguém*? Nunca?

— Nunca.

—Você *jura*?

Ele assentiu solenemente.

— Preciso ouvir você dizer, David.

— Eu juro.

— Não há data de vencimento para essa promessa. *Se* eu contar a você... — sua ênfase no *se* era inegável —, nunca poderá contar a ninguém. *Nunca*. Nem mesmo daqui a dez anos nem vinte nem cinquenta...

— Laurel, pare! Eu prometo que não vou contar a ninguém. Não se você me contar.

Ela olhou-o fixamente.

— Não é um pedaço de flor, David. É um pedaço de *mim*.

David olhou para ela durante um longo tempo.

— Como assim, um pedaço de você?

Ela já ultrapassara o ponto sem volta.

— Apareceu um caroço nas minhas costas. É por isso que tenho estado tão estranha. Pensei que tivesse câncer ou um tumor ou algo assim. Mas hoje de manhã esta... esta flor brotou das minhas costas. Eu tenho uma *flor* crescendo na minha coluna. — Recostando-se com os braços cruzados sobre o peito, desafiou-o a aceitá-la.

David a encarou com a boca ligeiramente aberta. Levantou-se, com as mãos na cintura, os lábios apertados. Virou-se e andou até sua cama, sentando-se com os cotovelos apoiados nos joelhos.

—Vou perguntar só uma vez, porque tenho de perguntar... mas nunca mais vou perguntar porque acreditarei na sua resposta, está bem?

Ela assentiu.

— Isso é uma brincadeira ou você realmente acredita no que acabou de dizer?

Ela se levantou de um salto e se dirigiu para a porta. Tinha sido um erro ir até ele. Um erro *enorme*. Antes, porém, que ela pudesse girar a maçaneta, David deu um passo à sua frente, bloqueando-a.

— Espere. Eu disse que tinha de perguntar uma vez. E falei sério. Você jura para mim que isso não é brincadeira e eu acreditarei em você.

Asas **64**

Ela encontrou seus olhos e os analisou cuidadosamente. O que viu a surpreendeu. Não era descrença; era incerteza. Ele apenas não queria ser vítima de uma brincadeira estúpida. Ela queria provar que não faria aquilo... não com ele.

— Vou lhe mostrar — disse ela, mas soou mais como uma pergunta.

— Está bem. — A voz dele também era hesitante.

Ela se virou de costas e desatou o nó da echarpe. Quando soltou as pétalas enormes, levantou a blusa nas costas para que elas pudessem, lentamente, elevar-se até a posição normal.

David ficou estupefato, com os olhos arregalados e a boca pendendo aberta.

— Mas como... você não pode... elas são... que diabos?

Laurel lhe dirigiu uma careta, com os lábios apertados.

— Pois é.

— Posso... posso olhar mais de perto?

Laurel assentiu, e David deu um passo à frente, hesitante.

— Não vou morder — disse ela, mas seu tom de voz não tinha um pingo de humor.

— Eu sei, é que... — O rosto dele se ruborizou. — Deixa pra lá. — Ele ficou bem perto das costas dela e passou os dedos pelas superfícies longas e macias. — Tudo bem?

Laurel assentiu.

David apalpou muito gentilmente ao redor de toda a base, onde a pele dela se fundia com as pequenas folhas verdes.

— Não há nem mesmo uma costura aqui. Elas se fundem precisamente com a sua pele. É a coisa mais incrível que já vi na vida.

Laurel baixou os olhos para o chão, sem saber o que dizer.

— Posso entender por que você esteve um pouco estranha essa semana.

—Você não faz ideia... — disse Laurel ao sentar-se na cama dele e virar as costas para a janela, para que o sol incidisse nas pétalas. A luz do sol era estranhamente reconfortante.

David a encarou, com os olhos repletos de perguntas. Mas não disse nada. Sentou-se no outro lado do quarto, de frente para ela, os olhos indo do seu rosto para as pontas das pétalas que apontavam por cima de seus ombros e de volta aos olhos.

—Você...? — Ele parou.

Depois de um minuto, levantou-se e andou algumas vezes de um lado para o outro.

— Poderia...? — Ele parou de falar novamente e continuou andando.

Laurel esfregou as têmporas.

— Por favor, pare de andar... está me deixando louca.

David imediatamente se sentou na cadeira.

— Desculpe. — Observou-a de novo. —Você sabe que isso é impossível, certo?

—Vai por mim, estou ciente disso.

— Eu só... eu sei, ver é crer, mas sinto que, se piscar algumas vezes, vou acordar... ou minha visão vai, repentinamente, clarear ou algo assim.

—Tudo bem — disse Laurel, concentrando-se em suas mãos no colo. — Ainda estou esperando acordar também. — Estendendo a mão sobre o ombro, pegou uma longa pétala e a analisou por alguns segundos, antes de soltá-la. Tornou a se empinar e a flutuar ao lado de seu rosto.

—Você não vai amarrá-las de novo? — perguntou David.

—A sensação nelas é melhor se as deixo soltas.

—A *sensação* nelas? Você pode senti-las?

Laurel assentiu.

Ele olhou para o fragmento restante que ela havia cortado.

— Isso doeu?

— Ardeu bastante.

—Você consegue... movê-las?

— Acho que não. Por quê?

— Bem, se você pode senti-las, elas podem ser mais uma parte de você do que uma simples... excrescência. Talvez não sejam realmente pétalas de flor, talvez sejam mais como... bem, asas. — Ele riu. — Soa realmente estranho, hein?

Laurel deu uma risadinha.

— Mais estranho do que o fato de estarem crescendo nas minhas costas?

— É, você tem razão. — Ele soltou um suspiro quando seus olhos voltaram às pétalas cintilando ao sol. — Então... você tem que molhá-la... molhá-las?

— Eu não sei. — bufou Laurel. — Não seria ótimo? Daí eu teria uma forma mais fácil de fazê-la morrer.

David resmungou alguma coisa baixinho.

— O quê?

David deu de ombros.

— Eu acho bonito, só isso.

Laurel olhou de relance sobre os ombros para as extremidades onduladas, de tom azulado, que se estendiam a cada lado de seu corpo.

—Você acha?

— Claro. Se você fosse à escola assim, aposto que metade das meninas ficaria morrendo de inveja.

— E a outra metade ficaria olhando para mim como se eu fosse uma aberração da natureza. Não, obrigada.

— E então, o que você vai fazer?

Ela balançou a cabeça.

— Não sei o que *posso* fazer. Nada, imagino. — Ela riu sem humor. — Esperar que ela tome conta do meu corpo e me mate?

—Talvez desapareça.

— Sei. Foi isso que fiquei dizendo a mim mesma com relação ao caroço.

David hesitou.

—Você... contou a seus pais?

Laurel balançou a cabeça.

—Vai contar?

Ela balançou a cabeça novamente.

— Acho que você deveria.

Laurel engoliu em seco.

—Venho pensando nisso desde que me levantei. — Ela se virou para olhar para ele. — Se você fosse um pai e sua filha dissesse que tinha uma flor gigante nascendo nas costas, o que você faria?

David começou a dizer alguma coisa, então baixou os olhos para o chão.

—Você faria a coisa mais responsável. Você a levaria ao hospital; ela seria apalpada e espetada e se tornaria um fenômeno médico. Isso é o que iria acontecer comigo. Não quero me transformar nisso, David.

— Talvez sua mãe possa fazer alguma coisa para ajudar — David sugeriu, com desânimo.

— Nós dois sabemos que isso é muito maior do que qualquer coisa que minha mãe possa curar. — Ela entrelaçou os dedos à sua frente. — Sinceramente, se essa coisa vai me matar, prefiro que seja de forma privada. E, se desaparecer — disse com um dar de ombros, abrindo as mãos em frente ao corpo —, então é melhor que ninguém mais saiba.

— Está bem — disse David, finalmente. — Mas acho que você deve reconsiderar, caso algo mais aconteça.

— O que *mais* poderia acontecer? — perguntou Laurel.

— Poderia ficar maior. Ou se espalhar.

— Espalhar? — Ela não havia pensado nisso.

— Sim. Por exemplo, se folhas começarem a crescer pelas suas costas... ou surgirem flores em... outro lugar.

Laurel ficou quieta por um longo tempo.

—Vou pensar nisso.

Ele deu uma risadinha em seco.

— Acho que agora entendo por que você não pode ir à praia hoje.

— Ah, droga. Me desculpe. Esqueci completamente.

— Tudo bem. É só daqui a algumas horas. — Ele ficou quieto por um tempo. — Eu convidaria você novamente, mas... — Ele gesticulou na direção das pétalas, e Laurel assentiu com tristeza.

— Não iria dar muito certo.

— Posso visitar você depois? Só para saber se você está bem?

Lágrimas inundaram os olhos de Laurel.

—Você acha que estarei bem?

David se uniu a ela na cama e passou um braço em volta de seus ombros.

— Espero que sim.

— Mas você não sabe, não é?

— Não — respondeu David, sinceramente. — Mas espero que sim.

Ela esfregou o braço no rosto.

— Obrigada.

— Então, posso ir até sua casa?

Ela sorriu para ele e assentiu.

Sete

LAUREL ESTAVA RELAXANDO NO SOFÁ QUANDO A CAMPAINHA tocou.

— Eu atendo — gritou ela. Abriu a porta e sorriu para David, que usava uma camiseta preta sobre uma bermuda de surfe amarela. — Oi — disse ela, saindo para a varanda e fechando a porta atrás de si. — Como foi a festa?

David deu de ombros.

— Teria sido mais divertida com você lá. — Ele hesitou. — Como você está?

Laurel baixou os olhos para o chão.

— Estou bem. Do mesmo jeito que hoje de manhã.

— Dói ou algo parecido?

Ela negou com a cabeça.

Sentiu a mão dele percorrer seu braço.

— Vai ficar tudo bem — disse ele baixinho.

— Como pode ficar tudo bem, David? Tem uma flor crescendo nas minhas costas. Isso *não* está bem.

— Eu quis dizer que vamos pensar em alguma coisa.

Ela sorriu, triste.

— Desculpe. Você veio até aqui para ser simpático e eu simplesmente... — Sua voz se interrompeu quando faróis luminosos iluminaram seu rosto. Ela ergueu a mão para bloquear a luminosidade e viu um carro se dirigir à entrada de sua casa. Um homem alto, de ombros largos, saiu do veículo e veio caminhando na direção deles.

— Aqui é a residência dos Sewell? — Sua voz era grave e rouca.

— Sim — disse Laurel, quando ele ficou sob a luz da varanda. Ela franziu o nariz involuntariamente. O rosto dele não parecia muito certo. Os ossos faciais eram angulosos e irregulares, e seu olho esquerdo caído. O nariz comprido parecia ter sido quebrado algumas vezes sem ter sido adequadamente corrigido, e, ainda que ele não estivesse fazendo cara de desprezo, sua boca tinha um permanente ar de decepção. Os ombros eram enormemente largos, e o terno que ele usava parecia incongruente em sua estrutura corpulenta.

— Seus pais estão em casa? — perguntou o homem.

— Sim, só um segundo. — Ela se virou lentamente. — Ahn, entre.

Segurou a porta aberta, e tanto o homem quanto David entraram. Enquanto os três aguardavam no vestíbulo, o homem aspirou e, então, pigarreou.

— Você fez uma fogueira ou coisa parecida hoje? — perguntou, olhando criticamente para David.

— Sim — disse David. — Lá na praia. Fiquei encarregado de acendê-la, e vamos dizer apenas que houve um montão de fumaça, antes de surgir algum fogo. — Ele riu por um segundo, mas, como o homem nem sorriu, David se calou.

—Vou chamá-los — disse Laurel apressadamente.

—Vou ajudar você — disse David, seguindo-a.

Entraram na cozinha, onde os pais de Laurel estavam tomando chá.

—Tem um cara aí que quer ver vocês — disse Laurel.

— Ah. — O pai dela pousou a xícara e marcou o lugar em que estava no livro. — Com licença.

Laurel permaneceu na porta, observando o pai. A mão de David estava na parte baixa de suas costas e ela esperava que ele não a tirasse dali. Não que ela estivesse com medo, mas não conseguia afastar uma sensação insistente de que algo não estava certo.

— Sarah — chamou seu pai. — Jeremiah Barnes está aqui.

A mãe de Laurel pousou a xícara com um ruído alto e passou apressadamente por David e Laurel na direção da porta da frente.

— Quem é Jeremiah Barnes? — perguntou David baixinho.

— O corretor de imóveis — respondeu Laurel. Ela olhou em volta. — Venha cá — disse, agarrando a mão de David. Ela o puxou até a escada atrás do sofá onde o Sr. Barnes estava se acomodando. Subiu pé ante pé alguns degraus, só para sair da vista deles. Soltou a mão de David, mas, conforme se sentavam, ele estendeu o braço pelo degrau atrás dela. Laurel se inclinou um pouco, gostando da sensação de tê-lo a seu lado. Isso afastou todo o mal-estar que vinha se acumulando desde que o Sr. Barnes chegara de carro.

— Espero que vocês não se incomodem por eu simplesmente ter aparecido aqui — disse Barnes.

— De forma alguma — retrucou a mãe de Laurel. — Posso lhe oferecer uma xícara de café? Chá? Água?

— Não precisa, obrigado — disse Barnes.

Sua voz grave deixou o corpo de Laurel tenso.

— Tenho algumas perguntas a respeito da origem da propriedade, antes de submeter nossa oferta oficial — disse Barnes. — Entendo que seja uma herança familiar. Há quanto tempo está na sua família?

— Desde os dias da corrida do ouro — disse a mãe de Laurel. — Meu tatara-tatara-tataravô reivindicou a terra e construiu a primeira cabana ali. Nunca encontrou ouro, no entanto. Desde então, todas as pessoas da minha família viveram lá, em uma época ou outra.

— Ninguém nunca tentou vender a propriedade?

Ela balançou a cabeça.

— Não, só eu. Imagino que a minha mãe deva estar se revirando no túmulo, mas... — Ela deu de ombros. — Por mais que detestemos abrir mão da propriedade, existem coisas mais importantes.

— Sem dúvida. Há algo... incomum com relação à propriedade?

Os pais de Laurel olharam um para o outro, em seguida balançaram a cabeça.

— Acho que não — disse seu pai.

Barnes assentiu.

— Vocês tiveram algum problema com invasores? Estranhos tentando ocupar o terreno? Qualquer coisa do tipo?

— Não, de verdade — disse o pai de Laurel. — Ocasionalmente temos gente caminhando pelas terras, e vemos pessoas aqui e ali. Mas, também, estamos bem ao lado do Parque Nacional Redwood; não temos cerca e não colocamos nenhum aviso de limites de propriedade. Tenho certeza de que, se você fizer isso, não terá nenhum problema.

— Não consegui descobrir o preço que vocês estão pedindo — Barnes deixou a pergunta não enunciada pendendo no ar.

O pai de Laurel pigarreou.

— Tem sido difícil conseguir uma boa avaliação do terreno. Já recebemos dois avaliadores e ambos conseguiram perder nosso arquivo. Tem sido muito frustrante. Preferimos que você diga seu preço, e então partiremos daí.

— É compreensível. — Barnes se levantou. — Espero entregar-lhes minha oferta por escrito dentro de uma semana.

Ele apertou a mão dos pais de Laurel e, então, foi embora.

Laurel prendeu a respiração até ouvir o carro sair da entrada da garagem. O braço de David se afrouxou ao redor dela e Laurel desceu a escada.

— Finalmente, Sarah — disse seu pai, animado. — Faz quase seis meses desde que ele me abordou pela primeira vez. Estava começando a achar que eu havia ficado animado à toa.

— Facilitaria tanto as coisas — concordou a mãe de Laurel. — Porém, o negócio ainda não está fechado.

— Eu sei, mas estamos bem perto.

— Já estivemos perto antes. Houve aquela mulher no verão passado que ficou superanimada com a casa.

— É, animada pra caramba — argumentou o pai de Laurel. — Quando lhe telefonamos para confirmar algumas coisas, ela disse, nestas exatas palavras: "Que casa?" Ela havia se esquecido completamente.

—Você tem razão — concordou a mãe de Laurel. — Acho que ela não ficou tão impressionada assim.

—Vocês não estão pensando seriamente em vender nossas terras para ele, estão? — disse Laurel com veemência.

Seus pais se viraram para ela com olhares indagadores. — Laurel? — disse sua mãe. — Qual é o problema?

— Ah, tenha dó. Ele é totalmente sinistro.

A mãe de Laurel suspirou.

— Não se recusa uma venda capaz de mudar sua vida só porque a pessoa não é muito carismática.

— Não gostei dele. Ele me assustou.

— Assustou você? — perguntou o pai. — O que havia de assustador nele?

— Não sei — disse Laurel, sentindo-se um pouco intimidada, agora que o Sr. Barnes havia ido embora. — Ele... tem uma aparência estranha.

Seu pai riu.

— É. Provavelmente foi um jogador de futebol americano que tomou golpes fortes demais. Mas você não pode basear sua opinião na aparência de alguém. Não se lembra daquela história da capa do livro e tal?

— Sim. — Laurel cedeu, mas ainda não estava convencida. Havia algo bizarro nele, algo estranho em seus olhos. E ela não tinha gostado nem um pouco.

Finalmente, David pigarreou.

—Tenho de ir para casa — disse. — Só passei aqui rapidinho.

—Vou acompanhar você até lá fora — disse Laurel rapidamente, conduzindo-o até a porta.

Laurel levou apenas um segundo para confirmar que a entrada da casa estava vazia, antes de sair na varanda.

— Ele pareceu estranho para você? — perguntou Laurel, assim que David fechou a porta da frente.

— O tal do Barnes? — Ele esperou um longo instante e, então, deu de ombros. — Não muito — admitiu. — A aparência era um pouco esquisita, mas acho que é principalmente por causa daquele nariz. Provavelmente ele quebrou jogando futebol, como seu pai disse.

Laurel suspirou.

— Talvez seja coisa minha. Provavelmente esteja sensível demais por causa... — Ela fez um gesto indicando as costas. —Você sabe.

— Sim, é sobre isso que eu queria falar com você. — David enfiou as mãos nos bolsos, depois as retirou e as cruzou sobre o peito. Após alguns segundos, mudou de ideia e as colocou novamente nos bolsos. — Tenho que lhe dizer, Laurel, que essa é a coisa mais estranha que já vi. Não posso fingir que não é.

Laurel assentiu.

— Eu sei. Sou uma completa aberração.

— Não, não é. Bem... você sabe, mais ou menos. Mas não é você — acrescentou ele rapidamente. —Você só tem essa coisa estranha. E eu... eu farei tudo que puder para ajudar. Está bem?

— Sério? — Laurel sussurrou.

David assentiu.

— Prometo.

Lágrimas de gratidão ameaçaram cair, mas Laurel as forçou a desaparecer.

— Obrigada.

— Tenho de ir à igreja com a minha mãe amanhã e depois vamos almoçar em Eureka com meus avós, mas estarei de volta à noite e dou uma ligada pra você.

— Ótimo. Divirta-se.

— Tentarei. — Ele hesitou por um minuto e parecia estar a ponto de se virar e partir. Mas, no último segundo, deu um passo à frente e a abraçou.

Surpresa, Laurel correspondeu ao abraço.

Ela viu quando a bicicleta de David desapareceu no crepúsculo obscuro. Ficou olhando na sua direção por um bom tempo, mesmo depois de ele ter desaparecido. Sentira tanto medo ao ir à casa dele naquela manhã. Mas sabia agora que ele tinha sido a pessoa certa a quem contar. Sorriu e, então, virou-se para entrar em casa.

Segunda-feira foi o primeiro dia de Laurel na escola com a enorme flor em suas costas. Ela pensou em fingir que estava doente, mas quem sabia por quanto tempo a flor ficaria lá? *Talvez para sempre*, pensou, com um calafrio. Não podia fingir que estava doente todos os dias. Encontrou-se com David no pátio da frente, antes das aulas, e ele lhe garantiu várias vezes que não dava para ver nada sob a sua blusa. Ela respirou fundo e se dirigiu para a primeira aula.

Na hora do almoço, Laurel se sentou e observou David. As nuvens se abriram por apenas alguns momentos, liberando um luminoso raio de sol, e Laurel notou a forma como o sol brilhava sobre ele: refletia-se nas sutis mechas douradas de seu cabelo castanho-claro acinzentado e atingia a ponta de seus cílios. Não havia pensado muito, antes, em como ele era bonito, mas nos últimos dias se flagrara olhando cada vez mais para ele, e já duas vezes, durante o almoço, ele se virara e percebera. David estava começando a lhe provocar aquela sensação de borboletas na barriga, sobre a qual sempre lera nos livros.

Quando ninguém estava olhando, Laurel erguia sua própria mão para o sol. Não parecia a mesma coisa. O corpo de David bloqueava completamente o sol, e a luz se desviava pelos lados. A mão dela parecia bloquear o sol apenas parcialmente, e a luz parecia brilhar como se encontrasse um caminho através de sua pele. Enfiou a mão no bolso. Agora estava ficando paranoica.

As pétalas ao redor de sua cintura eram um pouco incômodas, e ela ansiava por soltá-las, principalmente com aquela intensa luz do sol, que ela sabia que seria bastante escassa nos próximos meses. Mas era um desconforto com o qual podia — e iria — lidar. Esperava que o sol reaparecesse depois, naquela tarde, quando pudesse escapulir para uma caminhada.

Como Chelsea havia ficado em casa, por estar doente, David caminhou sozinho com Laurel para a aula de inglês.

— Ei, David? — disse ela.

— Sim?

— Quer fazer uma viagenzinha comigo hoje à tarde? Comigo e com meus pais? — acrescentou.

O rosto de David murchou.

— Não posso.

— Por que não?

— Vou tirar minha carteira de motorista daqui a algumas semanas e minha mãe decidiu que preciso trabalhar o suficiente para pagar a gasolina e o seguro. Ela me arrumou um emprego na farmácia e vou começar hoje.

— Ah. Você não tinha me contado.

— Só descobri ontem. Além disso — ele se aproximou mais —, seus problemas são um pouco maiores que os meus, no momento.

— Bem, boa sorte — disse Laurel.

David suspirou.

— Pois é, nada como um pouco de nepotismo para fazer todos os seus colegas de trabalho gostarem de você. — Ele riu rapidamente. — Aonde vocês vão?

— Até a minha antiga casa. Minha mãe não fala em mais nada além da venda, nos últimos dias. Ela está muito animada com isso, mas também um pouco em dúvida.

— Por quê? Pensei que eles realmente quisessem vendê-la.

— Também pensei. Mas minha mãe está ficando triste com a venda. Ela cresceu lá. E a mãe dela também. E a avó etc., sabe?

— Eu acho isso incrível. Gostaria que vocês não tivessem de vender.

— Eu também — disse Laurel. — Não que aqui não seja ótimo — disse rapidamente. — Fico feliz por termos nos mudado. Mas gosto da ideia de poder voltar lá para visitar.

— Você já voltou alguma vez, depois que se mudou?

— Não. Todos temos estado tão ocupados administrando a livraria e fazendo a mudança que simplesmente não tivemos tempo. Então, minha mãe quer fazer uma visita para ter certeza de que realmente quer vender e vai aproveitar para varrer as folhas. E lavar os vidros. E meu pai, provavelmente, vai querer podar as cercas-vivas. — Sorriu, com animação fingida. — Vai ser super super superdivertido — disse ela, com sarcasmo.

David assentiu e, então, olhou para ela com mais seriedade.

— Gostaria de poder ir — disse ele. — De verdade.

Laurel baixou os olhos; os olhos dele eram tão intensos...

— Na próxima vez — disse ela sinceramente, tentando não parecer desapontada demais.

— Espero que sim.

Oito

OS CABELOS DE LAUREL ESTAVAM DESPENTEADOS E EMBARAÇADOS, quando finalmente chegaram. Levaria um século para penteá-los, mas valia a pena pelos 45 minutos de viagem no velho conversível, com o vento açoitando seu rosto. Entraram no longo caminho até a casa, e Laurel prendeu a respiração quando contornaram um grupo de árvores e a cabana surgiu à vista.

A aparição de seu antigo lar foi acompanhada por uma onda de nostalgia que Laurel não havia previsto. A cabana de madeira era pequena, mas singular, alojada em um amplo círculo de densa grama verde e rodeada por uma cerca frágil. Laurel havia sentido saudade da velha casa desde que se mudaram, mas nunca tão intensamente quanto no instante em que a cabana surgiu diante de seus olhos, pela primeira vez depois de quatro meses. Durante doze anos tinha vivido naquela casa e naquelas terras. Conhecia todas as trilhas sinuosas da vasta floresta atrás da casa e passara horas percorrendo-as. Não que quisesse voltar a viver ali, mas tampouco queria abrir mão do lugar.

Seus pais começaram a descarregar ancinhos, baldes e produtos de limpeza. Laurel tirou seu violão do banco de trás e sua mãe riu.

— Adoro que você toque esta coisa velha.

— Por quê?

— É que me lembra de quando eu tocava, na universidade de Berkeley. — Ela sorriu abertamente para o pai de Laurel. — Foi quando nos conhecemos. Éramos tão hippies naquela época.

Laurel olhou para o cabelo da mãe, preso numa trança comprida, e para as sandálias de couro do pai, e deu uma fungada.

—Vocês *ainda* são hippies.

— Imagine, isso não é nada. Éramos hippies *de verdade* naquela época. — Sua mãe segurou a mão de seu pai, entrelaçando os dedos. — Eu costumava levar o violão para as ocupações que fazíamos em protesto. Eu tocava "We Shall Not Be Moved" de forma terrivelmente desafinada e todo mundo berrava junto. Lembra-se disso?

Seu pai sorriu e balançou a cabeça.

— Os bons e velhos tempos — disse ele sarcasticamente.

—Ah, era divertido, vai.

— Se você está dizendo. — Seu pai cedeu, inclinando-se para um beijo.

— Vocês se importariam se eu fosse dar uma voltinha? — perguntou Laurel, deslizando a alça do violão sobre o ombro. — Eu volto daqui a pouco para ajudar.

— Claro — disse sua mãe enquanto remexia no porta-malas do carro.

— Até daqui a pouco — disse Laurel, já caminhando para a parte de trás da casa.

A floresta continha tanto árvores de folhas largas quanto pinheiros que sombreavam a folhagem verde e macia que forrava o chão. A maioria dos troncos estava coberta de musgo verde-escuro, que ocultava sua cortiça áspera. Todo lugar aonde se olhasse era verde. Havia chovido um pouco naquela manhã e o sol tinha saído, transformando os milhões de gotas d'água em esferas cintilantes que faziam com que todas as superfícies brilhassem como lençóis de esmeraldas. Trilhas serpenteavam entre a escuridão das árvores, e Laurel encaminhou-se, lentamente, por uma delas.

Era fácil imaginar que estava andando por terreno consagrado — como as ruínas de uma grande e antiga catedral, de eras anteriores à memória. Sorriu ao ver um galho envolto em musgo iluminado por um fino raio de sol e o tocou com a mão, para que as gotas d'água cintilantes pingassem de seus dedos e capturassem a luz ao cair.

Quando já se encontrava há vários minutos de distância do campo de visão dos pais, Laurel deslizou o violão para a frente do corpo e desatou a echarpe. Com um suspiro de alívio, levantou um pouco a blusa para deixar que as pétalas se libertassem. Depois de terem ficado amarradas durante a maior parte do dia, elas ansiavam por serem soltas. As pétalas se estenderam lentamente, como se fossem músculos doloridos e com câimbras, e Laurel seguiu pela trilha estreita e coberta de folhas. Ouviu o gorgolejar distante de um riacho e caminhou em sua direção, em meio às plantas, encontrando-o em apenas alguns minutos e deixando-se cair numa rocha à sua margem. Chutou os chinelos para longe e deixou os dedos dos pés penderem sobre a água gelada.

Sempre amara aquele riacho. A água era tão límpida na corrente tranquila que se podia ver o fundo e observar os peixes disparando de um lado a outro. No ponto em que jorrava sobre as pedras, em pequenas cascatas, a água se agitava numa espuma perfeitamente branca, parecendo bolhas de sabão. A cena toda era de cartão-postal.

Laurel começou a tocar algumas notas de sua canção favorita de Sarah McLachlan. Cantarolou junto, baixinho, enquanto o perfume da flor a envolvia.

Depois do primeiro verso, um farfalhar de folhas na sua direção a fez levantar a cabeça. Escutou atentamente e pensou ter ouvido sussurros suaves.

— Mãe? — chamou ela, hesitante. — Pai?

Encostou o violão numa árvore e desfez o nó da echarpe, onde a havia amarrado em seu pulso. Era melhor que ela desse um sumiço nas pétalas antes que seus pais a vissem.

A echarpe comprida se recusou a soltar de seu pulso e ela ouviu outro farfalhar, mais alto que o primeiro. Seus olhos dardejaram até o local de onde viera o som, logo acima de seu ombro esquerdo.

— Olá?

Com cuidado, Laurel dobrou as pétalas macias para baixo e as atou em volta da cintura. Estava a ponto de prendê-las com a echarpe quando um vulto cambaleou de trás de uma árvore, como se tivesse sido empurrado. Ele lançou um olhar furioso de volta à árvore apenas um segundo antes que seu rosto se voltasse para Laurel. Sua agitação desapareceu e uma ternura inesperada tomou conta de seus olhos.

— Oi — disse ele, com um sorriso.

Laurel ofegou e tentou se afastar, mas seu calcanhar ficou preso numa raiz e ela caiu, soltando as pétalas para tentar se segurar.

Era tarde demais para esconder qualquer coisa; as asas saltaram à plena vista.

— Não, não precisa...! Ah, minha nossa. Me desculpe. Posso ajudar você? — disse o estranho.

Laurel olhou para cima e se deparou com olhos verde-escuros quase vibrantes demais para serem de verdade. O rosto de um rapaz se voltou curiosamente para ela, esparramada no chão abaixo.

Ele estendeu a mão.

— Eu realmente sinto muito. Nós... eu fiz um pouco de barulho. Pensei que você tivesse me ouvido. — E sorriu timidamente.

— Acho que estava enganado. — Seu rosto parecia uma pintura clássica: maçãs do rosto claramente definidas sob a pele macia e bronzeada, que parecia combinar mais com uma praia do que com uma floresta gelada e coberta de musgo. Seu cabelo era grosso e negro, combinando com as sobrancelhas e cílios que emolduravam os olhos atentos. O cabelo era um tanto comprido e parecia molhado — como se ele não houvesse se abrigado da chuva que tinha caído — e, de alguma forma, ele havia conseguido tingir apenas as raízes, no mesmo tom vibrante de verde de seus olhos. Tinha um sorriso tão suave e gentil que fez Laurel prender a respiração. Ela demorou alguns segundos para recuperar a voz.

— Quem é você?

Ele fez uma pausa e a observou com um olhar estranho, inflexível.

— E então? — Laurel incentivou.

—Você não me conhece, não é mesmo? — perguntou ele.

Ela demorou para responder. Sentia que o *conhecia*. Havia uma lembrança, no fundo de sua mente, mas, quanto mais força fazia para acessá-la, mais rapidamente fugia dela.

— Deveria? — Sua voz estava cautelosa.

O olhar examinador desapareceu tão repentinamente quanto havia surgido. O estranho riu baixinho — quase com tristeza —, e sua voz ecoou nas árvores, parecendo mais a de um pássaro que a de um humano.

— Sou Tamani — disse ele, ainda estendendo a mão para ajudá-la a se levantar. — Pode me chamar de Tam se quiser.

Subitamente ciente de que ainda estava sentada no chão úmido onde havia caído, Laurel sentiu a vergonha tomar conta dela. Ignorou a mão dele e se levantou sozinha, esquecendo-se de segurar as pétalas. Com uma forte arfada, puxou a blusa para baixo, contraindo-se quando a flor se apertou contra a pele.

— Não se preocupe — disse Tamani. —Vou manter distância da sua flor. — Ele sorriu e ela sentiu que estava perdendo alguma piada particular. — Eu sei de quais pétalas posso me aproximar e de quais não. —Tamani inalou profundamente. — Humm. E, por mais fantástico que seja o seu perfume, suas pétalas estão proibidas para mim. — Ele ergueu uma sobrancelha. — Pelo menos por enquanto.

Tamani ergueu a mão até o rosto de Laurel e ela não pôde se mexer. Ele espanou algumas folhas dos cabelos dela e a olhou rapidamente de cima a baixo.

—Você parece intacta. Nenhuma pétala ou caule quebrado.

— Do que você está falando? — perguntou Laurel, tentando ocultar as pétalas que apontavam sob a barra da blusa.

— É um pouco tarde para isso, você não acha?

Ela olhou para ele, espantada.

— O que você está fazendo aqui?

— Eu moro aqui.

—Você não mora aqui — disse Laurel, confusa. — Essas terras são *minhas*.

—Verdade?

Agora ela estava novamente aturdida.

— Bem, são dos meus pais. — Segurou com força a barra da blusa. — E você... você não é bem-vindo aqui. — Como é que os olhos dele haviam ficado tão intensamente, tão impossivelmente verdes? *Lentes de contato*, disse a si mesma, com firmeza.

Os olhos dela se arregalaram quando Tamani deu um passo para se aproximar. Seu rosto era tão confiante; seu sorriso, tão contagiante, que não pôde se afastar. Tinha certeza de que jamais havia conhecido alguém como ele antes, mas uma sensação de familiaridade a inundava.

— *Quem* é você? — repetiu Laurel.

— Eu já disse; sou Tamani.

Ela balançou a cabeça.

— Quem você é de verdade?

Tamani pressionou um dedo nos lábios dela.

— Psiu, tudo a seu tempo. Venha comigo. — Ele tomou sua mão e ela não a retirou, quando ele a levou mais para o interior da floresta. A outra mão dela gradualmente esqueceu o que estava fazendo e soltou a blusa. As pétalas se levantaram lentamente até ficarem estendidas atrás, em toda a sua glória esplêndida. Tamani olhou para trás. — Pronto, assim é muito melhor, não é?

Laurel só pôde assentir. Sua mente estava enevoada e, embora em algum lugar, no fundo de sua consciência, ela desconfiasse de que deveria sentir-se incomodada com tudo aquilo, de alguma forma não parecia importante. A única coisa que importava era seguir aquele cara de sorriso sedutor.

Ele a levou a uma pequena clareira onde as folhas acima deles se abriam, permitindo que um círculo de luz do sol se filtrasse pelos galhos até uma área de grama, salpicada de musgo verde e esponjoso. Tamani estendeu-se na grama e indicou com um gesto que ela se sentasse de frente para ele.

Embevecida, Laurel apenas o encarou. Seu cabelo negro e verde pendia em mechas compridas que caíam sobre sua fronte, desviando-se levemente dos olhos. Ele vestia uma camisa branca e solta que parecia feita artesanalmente, e uma calça marrom larga no mesmo estilo, amarrada logo abaixo do joelho. Eram roupas decididamente antiquadas, mas ele as fazia parecer tão modernas quanto o restante dele. Seus pés estavam descalços, mas nem mesmo as agulhas de pinheiro afiadas e os galhos quebrados, ao longo da trilha, pareciam tê-lo incomodado. Ele era, talvez, uns 15 centímetros mais alto que ela e se movia com uma graça felina que ela nunca tinha visto em outro garoto.

Laurel se sentou com as pernas cruzadas e olhou para ele, cheia de expectativa. O estranho desejo de segui-lo estava desaparecendo lentamente, e a confusão começava a tomar seu lugar.

— Você nos deu um susto e tanto, fugindo daquele jeito. — A voz dele tinha um sibilar sutil.

— Daquele jeito, como? — perguntou Laurel, tentando clarear sua mente.

— Um dia você está aqui; no outro, desaparece. Por onde tem andado? Eu estava começando a entrar em pânico.

— Pânico? — Ela estava perplexa demais para discutir ou exigir mais informações.

— Você contou a alguém a respeito disto? — perguntou ele, apontando sobre o ombro dela.

Ela balançou a cabeça.

— Não... ah, sim. Contei ao meu amigo David.

O rosto de Tamani se transformou, subitamente, numa pedra.

— Só um amigo?

As faculdades mentais de Laurel lentamente começavam a voltar. — Sim... não... acho que não é da sua conta. — Mas ela disse isso baixinho.

Linhas finas surgiram no canto dos olhos de Tamani e, por apenas um instante, Laurel pensou ter visto um lampejo de medo. Então, reclinou-se e seu sorriso terno voltou; ela devia ter imaginado tudo.

— Talvez não. — Ele brincou com uma folha de capim. — Mas seus pais não sabem?

Laurel começou a balançar a cabeça, mas o absurdo daquela situação finalmente a atingiu.

— Não... sim... talvez... eu não deveria estar aqui — disse ela enfaticamente, pondo-se em pé. — Não me siga.

— Espere — disse Tamani, com a voz em pânico.

Ela forçou seu caminho através de um galho baixo.

—Vá embora!

— Eu tenho respostas! — gritou Tamani.

Laurel parou e olhou para trás. Ele tinha se erguido em um joelho, sua expressão implorando para que ela ficasse.

— Tenho respostas para todas as suas perguntas. Sobre a flor e... qualquer outra coisa.

Ela se virou vagarosamente, sem saber ao certo se deveria confiar nele.

—Vou contar tudo que você quiser saber — disse ele, a voz agora um pouco mais baixa.

Laurel deu dois passos para a frente e Tamani instantaneamente relaxou.

—Você fica lá — disse Laurel, apontando para a borda mais distante da clareira. — E eu vou me sentar aqui. Não quero que você me toque de novo.

Tamani suspirou.

— Está bem.

Ela se acomodou novamente na grama, mas ficou tensa e alerta, pronta para correr.

— Muito bem. O que é isto?

— É uma flor.

—Vai desaparecer?

— Agora é a minha vez; para onde você foi?

— Crescent City. Ela vai desaparecer? — repetiu Laurel, a voz mais ríspida.

— Infelizmente, sim. — Ele suspirou com tristeza. — O que é uma pena.

—Você tem certeza de que vai desaparecer? — A hesitação de Laurel evaporou conforme ela foi se apegando à boa notícia que ele estava dando.

— É claro. Você vai florescer novamente no ano que vem, mas, assim como todas as flores, esta não vai durar para sempre.

— Como você sabe disso?

— Minha vez de novo. A que distância fica Crescent City?

Ela deu de ombros.

— Uns 70, 80 quilômetros. Por aí.

— Em qual direção?

— Nada disso, minha vez. Como é que você sabe sobre esta coisa?

— Sou exatamente como você. Somos da mesma espécie.

— Então, cadê a sua?

Tamani riu.

— *Eu* não floresço.

—Você disse que era da minha espécie. Se isso fosse verdade, você também deveria ter uma.

Tamani se apoiou em um cotovelo. —Também sou um cara, caso você não tenha percebido.

Laurel sentiu sua respiração se acelerar. Ela estava *bastante* ciente de que ele era um cara.

— Em que direção? — repetiu ele.

— Norte. Você não tem um mapa?

Ele sorriu.

— Essa é sua pergunta?

— Não! — disse Laurel e, então, olhou zangada para Tamani quando ele riu. Ela sentia sua verdadeira pergunta coçando para sair, mas tinha medo da resposta. Finalmente, engoliu em seco e perguntou baixinho: — Eu estou me transformando numa flor?

Um sorriso divertido repuxou o canto da boca de Tamani, mas ele não riu.

— Não — disse ele baixinho.

Laurel sentiu o corpo inteiro relaxar de alívio.

—Você *sempre* foi uma flor.

Asas   88

— O quê? — disse ela. — E o que exatamente você quer dizer com isso?

—Você é uma planta.Você não é humana, nunca foi. Florescer é apenas a manifestação mais óbvia — explicou Tamani, mais calmo do que Laurel achou que ele tinha direito de estar.

— Uma planta? — disse ela, nem se incomodando em esconder a descrença em sua voz.

— Sim. Não um tipo qualquer de planta, é claro. A espécie mais evoluída do mundo. — Ele se inclinou para a frente, seus olhos verdes brilhando. — Laurel, você é uma fada.

A mandíbula de Laurel se apertou quando percebeu como tinha sido estúpida. Levada por um rosto bonito, enganada de modo a permitir que ele a levasse tão longe na floresta e até chegando a acreditar em suas afirmações absurdas. Ela ficou em pé, os olhos fuzilando de raiva.

— Espere — disse Tamani, disparando para agarrá-la pelo pulso. — Não vá ainda. Preciso saber o que seus pais vão fazer com essas terras.

Laurel soltou o pulso com um puxão.

— Quero que você vá embora — sibilou ela. — Se o vir novamente aqui, chamarei a polícia. — Laurel se virou e correu, puxando a blusa novamente por cima das pétalas.

Ele gritou para ela:

— Laurel, eu preciso saber. Laurel!

Ela se obrigou a ir mais depressa. Nada parecia mais importante do que colocar o máximo de distância possível entre ela e Tamani, aquela pessoa estranha que despertava tantas emoções confusas dentro dela.

Quando chegou à clareira onde estivera antes de seguir Tamani, Laurel parou por alguns momentos para enrolar novamente as pétalas em volta da cintura e prendê-las com a echarpe. Pegou seu violão e passou a alça pelas costas. Ao fazer isso, sua mão cruzou um raio de sol. Ela parou e ergueu a mão novamente. Seu pulso brilhava com minúsculas partículas de um pó cintilante. *Ótimo. Ele deixou alguma espécie de resíduo em mim. Que truque mais idiota.*

Quando viu novamente a cabana, fez uma pausa, com o peito arfando. Olhou para seu pulso de novo e a raiva borbulhou dentro dela, enquanto esfregava o pó cintilante até que todos os vestígios tivessem desaparecido.

Nove

NO DIA SEGUINTE, LAUREL ESTAVA SE SENTINDO COMO UM zumbi. Não queria acreditar em nada do que Tamani dissera. Mas não podia evitar pensar a respeito e se perguntar. Seria possível? Então, ficava irritada consigo mesma por ser tão ridícula e, com isso, o círculo vicioso recomeçava.

David tentou se aproximar várias vezes no corredor, mas ela sempre conseguia entrar em suas salas de aula antes que ele a alcançasse.

No entanto, não tinha como evitá-lo na aula de biologia.

Ele se apressou a ocupar seu lugar habitual, ao lado dela.

— Qual é o problema? — perguntou. — Está me evitando? — sussurrou ele antes que ela pudesse se virar.

Laurel balançou a cabeça, e seu cabelo caiu ao redor do rosto, formando uma parede entre eles.

David deslizou sua cadeira um pouco mais para perto, enquanto o restante da classe se acomodava ruidosamente.

— Laurel, você precisa falar comigo. Vai acabar ficando louca se não dividir com alguém esse problema.

— Não posso... — A voz dela engasgou quando as lágrimas inundaram seus olhos. — Não posso falar neste momento.

David assentiu.

— Podemos conversar depois da escola? — sussurrou ele, quando o Professor James começou a aula.

Laurel fez que sim e tentou, sutilmente, limpar as lágrimas sem atrair atenção.

David deu um tapinha de leve em sua perna sob a mesa e, então, começou a rabiscar no caderno. Laurel gostaria que ele fizesse mais anotações para que ela pudesse copiar depois.

O dia se arrastou enquanto a mente de Laurel ia e voltava, censurando-se por ter prometido contar a David e, depois, sentindo alívio por ter a quem contar. Porém, não sabia como começar. Como alguém poderia simplesmente chegar e dizer: "Ah, olha só, talvez eu seja uma criatura mitológica"?

— Eu não sou — sussurrou Laurel baixinho. — Isso é uma estupidez.

Mas não conseguiu convencer a si mesma.

Depois da escola, caminharam até a casa de David. Ele parecia sentir que ela ainda não estava preparada para conversar; portanto, andaram em silêncio.

David foi especialmente gentil ao ajudá-la a saltar o muro em seu quintal, evitando deliberadamente tocar as costas dela. Segurou os braços de Laurel para que ela pulasse de cima do muro e, quando ela pousou e se equilibrou, ele não afastou as mãos.

Laurel sentiu um desejo enorme de se encolher de encontro ao peito dele e, simplesmente, esquecer aquela loucura toda. Mas sabia que era impossível. Ele a encarou sem piscar até ela enfiar as mãos nos bolsos e obrigar-se a se virar.

— Por aqui — disse David, tomando a dianteira enquanto seguiam até a árvore enrolada.

Laurel olhou para as densas copas das árvores acima. Era outubro e as folhas estavam em perfeito estado de transformação. As bordas eram laranja e vermelhas, com alguns galhos ostentando amarelos e marrons-claros, os centros ainda lutando para se manterem verdes. A mescla de cores tornava a floresta linda, mas

Laurel se sentiu triste ao ver o verde perder a batalha para os tons mais exuberantes.

Fez com que pensasse em sua própria flor. Será que iria morrer lentamente, como as folhas? *Iria doer?*, pensou, subitamente, com uma ponta de medo. Mesmo que doesse, valeria a pena, só para vê-la sumir. Mas Tamani também dissera que outra flor brotaria no ano seguinte. Esperava que a maior parte do que ele havia dito fosse verdade. Quanto ao resto... não queria nem pensar a respeito.

Seus pensamentos, porém, continuavam voltando atrás. E, embora detestasse ter de admitir, não era apenas porque as informações fossem tão bizarras, mas por causa do próprio Tamani. Ele a havia abalado — despertado emoções que ela nunca experimentara antes. Aquela sensação aguda de desejar uma pessoa sem ao menos conhecê-la — nunca se sentira daquela maneira. Com ninguém. Era excitante e arrebatador, mas também assustava um pouco. Era uma parte dela que parecia estar totalmente fora de controle e da qual não tinha certeza se gostava.

Ele era tão... bonito seria a palavra correta? Parecia ser a palavra correta. O que quer que ele fosse, ela mal podia tirar os olhos dele. Essa era a parte que a fazia questionar se ele não fora alguma espécie de miragem. Um sonho super-realista.

Olhou de relance para seu pulso, onde havia limpado o pó cintilante. Aquilo fora real. Ela havia encontrado um leve risco de pó em seu jeans ao chegar em casa. Ele tinha de ser real.

E também havia a irritante impressão de tê-lo visto antes. Ela não conseguia afastar aquela suspeita. E ele, com certeza, tinha agido como se a conhecesse. Por que ele a conheceria? *Como* poderia conhecê-la? A situação estava fazendo sua cabeça girar.

— Então, o que aconteceu ontem? — Perguntou finalmente David quando se aproximaram da árvore.

Laurel gemeu, pensando em como tudo aquilo tinha começado a parecer tolice *depois* de ela ter concordado em falar com David.

— É tão ridículo, David, não sei por que fiquei tão abalada. Provavelmente porque me faz sentir estúpida.

—Tem alguma coisa a ver com a, hã, flor?

— Mais ou menos, talvez. Não sei — disse Laurel. Suas palavras jorraram enquanto ela andava de um lado a outro. — Só se for verdade, e eu não consigo acreditar que seja. Estou começando a achar que inventei tudo, como se fosse um sonho em que eu não me lembre de ter adormecido ou algo parecido.

— Nada do que você está dizendo faz sentido.

— Sentido — disse Laurel com uma bufada. — Quando eu contar o que ele disse, talvez faça menos sentido ainda.

— Quem?

Laurel parou de andar e se encostou a uma árvore.

— Encontrei alguém. Lá na nossa propriedade. Um cara. — *Quase um homem,* mas ela não disse em voz alta. — Ele me contou que vive lá.

— Na *sua* propriedade?

— Foi isso que *eu* disse.

— O que seus pais disseram?

Laurel balançou a cabeça.

— Eles não o viram.

—Você se encontrou com ele sozinha?

Laurel assentiu.

— Um cara estranho, e você sozinha? Tem sorte de não ter sido atacada! — Ele fez uma pausa, depois perguntou baixinho: —Você foi atacada?

Mas Laurel já estava balançando a cabeça.

— Não foi assim. — Por um instante, ela se lembrou da sensação que tivera, sentada na pequena clareira. — Eu me senti segura; eu *estava* segura. Ele... ele me conhecia. Não sei como. Ele viu a flor e não ficou nem um pouco surpreso. Ele me disse que é um botão desabrochando.

— Um botão desabrochando?

— Ele disse também que ela vai desaparecer. Isso é apenas uma parte da conversa, que espero e rezo para que seja verdade.

— Quem era ele? Ele disse?

— Disse que seu nome era Tamani. — Assim que ela mencionou o nome dele, desejou ter ficado calada. O nome parecia mágico, de certa forma, e dizê-lo em voz alta trouxera de volta aquela sensação de fora-de-controle que a fazia sentir-se estranhamente impulsiva. O rosto dele invadiu sua mente, bloqueando a visão de qualquer outra coisa. Seus olhos intensos, aquele meio-sorriso, a forma como se sentira tomada pela sensação de conforto e familiaridade quando ele tocara sua mão.

— Tamani? — disse David, trazendo-a de volta à realidade. — Nome estranho.

Laurel apenas assentiu, forçando seus pensamentos a voltar para o presente.

— O que mais ele disse?

— Ele me disse que era da minha espécie; que é por isso que sabia sobre a flor.

— Da sua *espécie*? O que isso significa?

Laurel riu, tentando quebrar a tensão. Não funcionou.

— É que tudo é tão bobo. Ele disse... ele disse que sou uma flor, uma planta.

— Uma planta?

— Exatamente. É ridículo.

David fez uma pausa para ponderar a respeito.

— Mais alguma coisa? — perguntou.

— Mais alguma coisa? Isso já não é ruim o suficiente? Ele disse que sou uma maldita planta. Eu não sou uma planta. Não sou — acrescentou Laurel, para reforçar.

David deslizou as costas pelo tronco de árvore e sentou-se no chão, os dedos tamborilando nos joelhos.

— Isso *explicaria* muita coisa, sabe? — disse ele com hesitação.

— Ah, por favor, David, não você também.

— Ele disse algo mais? — perguntou, ignorando o comentário dela.

Laurel desviou o olhar do dele e começou a arrancar pedacinhos de cortiça da árvore na qual se encostara.

— Ele só disse mais algumas coisas malucas, só isso.

David se levantou, foi até a árvore que Laurel estava atacando e esperou que ela olhasse para ele.

— Se eram só coisas malucas, por que você está tão preocupada?

— Porque... porque era muito estúpido.

— Laurel.

Os olhos dela se elevaram até os dele.

— O que ele disse?

— É bobagem. Ele disse que sou uma... você vai rir.

— Não vou rir. O que ele disse que você é?

Laurel soltou uma longa exalação e seus ombros desmoronaram para a frente.

— Ele disse que sou uma fada — sussurrou ela.

David ficou quieto por um momento antes de levantar a mão, formando com os dedos indicador e polegar um espaço de aproximadamente 7 centímetros.

— Uma fada? — disse ele incrédulo.

— Bem, obviamente sou um pouco maior do que isto — zombou Laurel.

David apenas sorriu.

— O que foi? — Sua voz saiu mais ríspida do que pretendia, mas ela não se desculpou.

— É que... bem, até que faz sentido.

A mão de Laurel foi para a sua cintura.

— Um cara maluco alega que sou uma criatura mítica, e isso faz *sentido* para você?

David ruborizou e deu de ombros.

— Se eu tivesse de escolher uma pessoa que, na minha opinião, lembra uma fada, seria você.

Laurel havia esperado que David fosse rir e lhe dizer que era bobagem. Ela havia contado com aquilo. Mas ele tinha acreditado. E, embora ela soubesse que era irracional, ficou furiosa.

— Podemos ir agora? — Ela se virou e começou a voltar pela trilha.

— Espere. — David correu para alcançá-la. — Isso não deixa você curiosa?

— Não, David — retrucou ela. — Não deixa. Me faz querer ir para casa e dormir e acordar para descobrir que foi tudo um sonho. Que a flor, o caroço, até mesmo a escola pública nunca aconteceram. É isso que eu quero! — Então, virou-se sem deixá-lo responder e correu por uma trilha qualquer. Nem importava aonde a levaria. Ela só queria se afastar.

— O que mais assusta você, Laurel — David gritou para ela —: que ele esteja certo ou que esteja errado?

Laurel correu o caminho todo até sua casa e ficou ofegando na entrada durante vários minutos, antes de subir pelo pavimento curvo até a porta. Os dias estavam ficando mais curtos, e o sol já começava a se pôr. Ela desmoronou na varanda da frente com os braços em volta dos joelhos. Era aquele momento mágico do dia em que as nuvens ficavam roxas, matizadas de um tom laranja fluorescente. Laurel adorava essa hora. Sua casa nova tinha uma grande janela de vidro voltada para o oeste, de onde ela e a mãe geralmente observavam as nuvens colorirem-se de roxo intenso e, então, desbotar lentamente a um tom de lilás, conforme o laranja do sol poente o superava.

Esta noite não havia beleza alguma para ela.

Laurel olhou para o seu jardim, para os arbustos de corniso que margeavam a calçada. Se Tamani estivesse dizendo a verdade, poderia concluir que tinha mais em comum com as árvores do que com seus pais, que esperavam por ela, vivos e respirando, logo atrás da porta.

Laurel baixou os olhos para seus pés. Sem pensar, havia tirado os chinelos e enfiado os dedos na terra fofa do canteiro de flores. Inspirou várias vezes, de forma rápida e superficial, para afastar o pânico, limpou a terra dos pés e voltou a calçar os sapatos. E se ela fosse até o quintal, enterrasse os pés na terra farta e levantasse os braços para os céus? Será que sua pele iria endurecer lentamente até transformar-se em casca de árvore? Será que dela brotariam mais pétalas, talvez de sua barriga ou do alto de sua cabeça?

Era um pensamento aterrorizante.

Mas Tamani parecera normal. Se ele era realmente igual a ela, isso significava que ela não iria mudar? Ainda não tinha certeza se podia acreditar em alguma coisa do que ele dissera.

A porta da frente foi sacudida e Laurel se levantou de um pulo, virando-se quando a cabeça do pai surgiu pela fresta.

— Pensei ter ouvido alguém — disse ele com um sorriso. — O que você está fazendo?

Laurel fez uma pausa, tentando se lembrar do que a fizera parar e sentar ali, para começar.

— Eu só estava assistindo ao pôr do sol — disse, com um sorriso forçado.

Ele suspirou e se encostou ao batente da porta.

— É lindo, não?

Laurel assentiu e tentou engolir o nó em sua garganta.

—Você tem estado muito quieta nas últimas semanas, Laurel. Você está bem?

— Só estressada com a escola — mentiu Laurel. — É mais difícil do que imaginei.

Ele se juntou a ela no degrau da varanda.

—Você está conseguindo dar conta do recado?

— Sim, só que isso exige muito de mim.

Ele sorriu e pousou o braço sobre os ombros dela. Laurel se enrijeceu, mas o pai não percebeu, assim como também não percebeu as pétalas finas, a um milímetro de serem descobertas sob o tecido.

— Bem, temos um monte de pêssegos para manter seu nível de energia — disse ele com um sorriso.

— Obrigada, pai.

— Entre quando estiver pronta. Está quase na hora do jantar.

— Pai?

— Sim?

— Eu era... diferente das outras crianças quando era pequena?

Ele parou, viu o rosto de Laurel, então voltou a se sentar junto dela no degrau.

— O que você quer saber?

Ela pensou em contar tudo ao pai, mas, rapidamente, mudou de ideia. Queria descobrir primeiro o que ele sabia.

— Por exemplo, a forma como me alimento. As outras crianças não comem como eu. Todos acham que é estranho.

— É realmente um pouco diferente. Mas não conheço ninguém que coma mais frutas e vegetais do que você. Acho que é saudável. E você nunca teve nenhum problema, teve?

Laurel balançou a cabeça.

— *Alguma vez* fui ao médico?

— Claro. Quando estávamos finalizando a sua adoção, um pediatra veio até a cabana para se assegurar de que você estivesse com boa saúde. — O pai fez uma pausa. — Na verdade, esta é uma história engraçada. Ele examinou você, e tudo parecia estar bem. — O pai riu. — Exceto que seu joelho não dava aquele chute quando ele batia com o martelinho. Ele ficou preocupado, mas não achou que fosse realmente importante. Daí, pegou o estetoscópio. Foi então que as coisas ficaram estranhas. Ele movia o estetoscópio sem parar, pelo seu peito e pelas costas. Perguntei qual era o problema, e ele disse que eu deveria chamar a sua mãe. Queria falar com nós dois. Então, fui buscá-la, e, quando voltamos, ele já estava guardando as coisas. Aí, sorriu e disse que você estava perfeitamente saudável.

— Então, qual era o problema?

— Foi o que perguntei a ele. Ele disse que não sabia do que eu estava falando. Só digo uma coisa: isso não ajudou em nada a opinião que sua mãe tem dos médicos. Ela falou semanas a fio que ele era maluco.

— E você nunca descobriu?

Seu pai deu de ombros.

— Não acho que houvesse nada de errado com você. Acho que o estetoscópio dele estava quebrado ou ele o usou da forma errada, sei lá. Então, quando percebeu o erro, não quis parecer incompetente e tentou abafar o caso. Médicos nunca gostam de admitir que estão errados. — Olhou para Laurel. — O que está acontecendo? Quer que a levemos a um médico? Nós conseguimos que você fosse dispensada do exame médico na escola, mas, se isso for fazer com que se sinta melhor, podemos levá-la agora.

Laurel balançou a cabeça. Era a última coisa que ela queria.

— Não. Não quero mesmo.

— Está tudo bem com você?

Laurel sorriu.

— Sim, acho que está.

— Tem certeza? — pressionou o pai, os olhos amáveis, mas preocupados.

Ela assentiu.

— Estou bem.

— Ótimo. — Ele se levantou e girou a maçaneta da porta. — Ah, a propósito, recebemos a oferta de Barnes hoje de manhã.

— Que maravilha — disse Laurel, olhando fixamente para o horizonte que escurecia. — Espero que ele compre logo. *Nunca mais quero voltar lá*, acrescentou ela mentalmente.

Laurel estava sentada na varanda da casa de David quando ele saiu para ir à escola na manhã seguinte. Ele olhou para ela durante alguns segundos, respirou fundo e trancou a porta.

— Me desculpe — disse Laurel antes que ele pudesse se virar novamente. — Não havia nenhuma razão para eu gritar com você. Você foi tão maravilhoso, tentou me ajudar e eu o maltratei daquele jeito.

— Está tudo bem — murmurou David, guardando a chave no bolso.

— Não está, não — disse Laurel, começando a caminhar ao lado dele. — Eu fui má, gritei com você. Eu nunca grito. É que tenho estado tão estressada...

David deu de ombros.

— Acho que mereci. Forcei demais a barra. Devia ter recuado.

— Mas eu preciso disso às vezes. Não gosto de encarar coisas difíceis. Você é muito melhor nisso do que eu.

— Só porque não é tão pessoal para mim. Não sou eu quem tem uma flor.

Laurel parou e agarrou a mão de David para fazê-lo virar-se. Quando ele se virou, ela não soltou sua mão. Era bom sentir sua mão na dele.

— Não posso enfrentar isso sem um amigo. Eu realmente sinto muito.

David balançou a cabeça, então levou a mão lentamente até o rosto dela e afastou uma mecha de cabelo para trás de sua orelha, acariciando de leve sua bochecha com o polegar. Ela ficou completamente imóvel, adorando a sensação da mão dele em seu rosto.

— É impossível ficar bravo com você.

— Ótimo. — Assim tão perto, com o calor do corpo dele quase a tocando, Laurel sentiu uma vontade súbita de beijá-lo. Sem parar para questionar, deslocou seu peso para a ponta dos pés e se inclinou para a frente. Mas um carro passou zunindo precisamente naquele momento, e Laurel perdeu a coragem. Virando-se abruptamente, começou a andar. — Não quero chegar atrasada — disse ela, rindo nervosa.

David rapidamente a alcançou.

— Então, você queria conversar sobre o assunto? — perguntou.

— Não sei o que há para falar — respondeu Laurel.

— E se ele estiver certo? — David não teve de especificar quem era *ele*.

Laurel balançou a cabeça.

— Não faz sentido. Admito que eu seja um pouco diferente, e essa flor nas minhas costas é totalmente estranha, mas ser realmente uma planta? Como eu poderia estar viva?

— Bem, *planta* pode significar uma porção de coisas. Existem plantas com mais habilidades do que você poderia imaginar... e essas são apenas as que os cientistas já descobriram. Eles desconfiam de que existam milhões de espécies nas florestas tropicais que ninguém ainda pôde estudar.

— Claro, mas você já viu uma planta sair da terra e caminhar pela rua?

— Não. — Ele deu de ombros. — Mas há um monte de coisas que eu nunca vi. O que não quer dizer que não existam. — E revirou os olhos. — Estou aprendendo isso todos os dias.

— Não faz sentido — repetiu ela.

— Pensei muito a esse respeito na noite passada, de verdade. Você sabe, contando com a remota possibilidade de que um dia você voltasse a falar comigo. Há uma maneira bastante fácil de comprovar ou refutar essa teoria.

— Qual?

— Amostras de tecido.

— O quê?

— Você me dá várias amostras de células do seu corpo e nós as examinamos sob o microscópio e vemos se são células vegetais ou animais. Isso deve ser bastante conclusivo.

Laurel franziu o nariz.

— Como é que eu dou amostras de tecido?

— Poderíamos coletar células epiteliais do interior da sua boca, como eles fazem no *CSI*.

Laurel riu.

— *CSI*? Agora você vai me *investigar*?

— Não, se você não quiser. Mas acho que você deveria, pelo menos, verificar o que esse cara... qual era o nome dele?

— Tamani. — Um leve arrepio subiu por sua espinha.

— Isso. Você deveria verificar o que Tamani disse e descobrir se existe alguma verdade.

— E se *for* verdade? — Laurel tinha parado de andar.

Ele se voltou para olhar para ela, cujo rosto estava marcado pelo medo.

— Então, você saberia.

— Mas isso significaria que toda a minha vida foi uma mentira terrível. Aonde eu iria? O que faria?

— Você não teria de ir embora daqui. Tudo poderia continuar igual.

— Não poderia, não. As pessoas iriam descobrir e querer... não sei, fazer coisas comigo.

— Ninguém precisa descobrir. Você não vai contar; eu não vou contar. Você terá um segredo maravilhoso que a torna diferente de todo mundo. Você saberá que é uma... coisa incrível, e ninguém jamais desconfiará.

Laurel chutou o asfalto.

—Você faz tudo parecer excitante e glamoroso.

—Talvez seja.

Laurel hesitou e David se aproximou um pouco mais.

—A escolha é sua — disse ele baixinho —, mas vou ajudá-la no que quer que você decida fazer. — Ele pôs sua mão macia e morna na nuca de Laurel, e a respiração dela ficou presa no peito. — Serei o que você precisar que eu seja. Se precisar do nerd da ciência para procurar informações nos livros, eu serei o cara; se apenas quiser um amigo para se sentar ao seu lado na aula de biologia e ajudar você a se sentir melhor quando estiver triste, ainda assim, eu serei o cara. — Seu polegar deslizou lentamente pelo lóbulo da orelha dela e desceu por seu rosto. — Se precisar de alguém para abraçá-la e protegê-la de qualquer pessoa no mundo que possa querer machucá-la, então, definitivamente, eu serei o cara. — Seus olhos azul-claros mergulharam nos dela e, por um segundo, ela não pôde respirar. — Mas tudo vai depender de você — sussurrou.

Era tão tentador. Tudo nele era acolhedor. Mas Laurel sabia que não seria justo. Ela gostava dele — e muito —, mas não tinha certeza se seus sentimentos eram românticos ou apenas carentes. E, até que tivesse certeza, não poderia se comprometer com nada.

— David, acho que você tem razão... eu devo buscar algumas respostas. Mas, neste instante, tudo de que preciso, tudo que posso ter é um amigo.

O sorriso de David foi um pouco forçado, mas ele apertou o ombro dela gentilmente e disse:

— Então é isso que você terá. — Virou-se e começou a caminhar novamente, mas suficientemente perto dela para que seus ombros se tocassem.

Ela gostou daquilo.

— Estas são, definitivamente, células vegetais, Laurel — disse David, franzindo os olhos diante do microscópio.

—Tem certeza? — perguntou Laurel, olhando, por sua vez, as células que havia colhido da parte interna de sua bochecha. Mas até ela foi capaz de reconhecer as células quadradas, de paredes grossas, que salpicavam a lâmina fortemente iluminada.

— Noventa e nove por cento de certeza — disse David, alongando os braços acima da cabeça. — Acho que esse tal de Tamani sabe de alguma coisa.

Laurel suspirou e revirou os olhos.

—Você não estava lá; ele era realmente estranho. — *Certo, continue dizendo isso a si mesma; talvez acabe acreditando.* Então, afastou aquela vozinha da cabeça.

— Mais motivo ainda para que ele seja parente seu.

Laurel franziu as sobrancelhas e chutou a cadeira de David quando ele riu.

— Sinto-me incrivelmente ofendida — disse ela, arregalando os olhos de forma teatral.

— No entanto — disse David —, parece que ele está certo. Pelo menos a esse respeito.

Laurel balançou a cabeça.

—Tem de haver algo mais.

David fez uma pausa.

— Há uma coisa, mas... não, é bobagem.

— O quê?

David a observou por um minuto.

— Eu... eu poderia olhar uma amostra de sangue.

— Oh. — O coração de Laurel se apertou.

— Qual é o problema?

— Como você conseguiria o sangue?

David deu de ombros.

— Um furinho no dedo deve bastar.

Laurel balançou a cabeça.

— Não suporto agulhas. Elas me apavoram.

— Sério?

Laurel assentiu, o rosto franzido.

— Nunca me espetaram uma agulha.

— Nunca?

Laurel negou.

— Nunca fui a um médico. Lembra?

— E as vacinas?

— Não tomei nenhuma. Minha mãe teve de preencher um formulário especial para me matricular na escola.

— Nunca levou pontos?

— Ai, meu Deus — disse ela, cobrindo a boca. — Não quero nem pensar nisso.

— Tá, esquece, então.

Ficaram sentados em silêncio por um tempo.

— Eu não precisaria olhar? — perguntou Laurel.

— Prometo que não vai demorar. E, na verdade, nem dói.

A respiração de Laurel ficou presa na garganta, mas aquilo parecia importante.

— Está bem, vou tentar.

— Minha mãe é diabética, então ela tem algumas lancetas em seu quarto, para testar o sangue. Talvez seja a forma mais fácil. Já volto.

Laurel forçou a respiração a se acalmar enquanto David não estava no quarto. Ele voltou, com as mãos vazias.

— Onde está? — perguntou ela.

— Não vou dizer. Não vou nem deixar que você veja. Pule para lá. Eu tive uma ideia. — David se sentou na cama, de frente para ela. — Muito bem, sente-se atrás de mim e passe seus braços em volta da minha cintura. Assim você vai poder apoiar a cabeça nas minhas costas e me apertar, se ficar com medo.

Laurel se posicionou atrás dele. Ela pressionou o rosto nas costas dele e apertou sua cintura o mais forte que podia.

— Preciso de sua mão — disse David, com a voz um pouco tensa.

Laurel se obrigou a soltar o aperto e cedeu a mão. David acariciou suavemente a palma quando ela começou a apertá-lo novamente.

— Pronta? — perguntou.

— Me surpreenda — disse ela, sem fôlego.

Ele esfregou sua mão um pouco mais, e ela soltou um gritinho quando uma sensação parecida com a de um choque estático irrompeu de seu dedo.

— Pronto, terminou — disse David calmamente.

—Você guardou a agulha? — perguntou Laurel sem erguer a cabeça.

— Sim — disse David, a voz estranhamente fria. — Laurel, você precisa ver isto.

A curiosidade ajudou a dissipar o medo, e Laurel espiou sobre o ombro de David.

— O quê?

David estava fazendo pressão gentilmente na ponta do dedo médio dela. Uma gota de um líquido transparente se acumulava ali.

— O que é isto? — perguntou Laurel.

— Estou mais preocupado com o que não é — respondeu David. — Não é vermelho.

Laurel apenas olhou.

— Hã, posso...? — David indicou a caixa de lâminas.

— Claro — disse Laurel, entorpecida.

David pegou uma lâmina fina de vidro e tocou o dedo de Laurel contra ela.

— Posso preparar mais algumas?

Laurel apenas assentiu.

Três lâminas depois, David embrulhou o dedo de Laurel num lenço de papel e ela pôs as mãos no colo.

David se sentou ao seu lado, a coxa tocando a dela.

— Laurel, é isto que sempre sai quando você se corta?

— Há séculos não me corto.

— Você deve ter, pelo menos, ralado um joelho alguma vez, não?

— Tenho certeza de que sim, mas... — Sua voz foi diminuindo ao perceber que não podia apontar um único acontecimento. — Não sei — sussurrou ela. — Não consigo me lembrar.

David correu os dedos pelos cabelos.

— Laurel, você já sangrou *alguma vez* na vida... por qualquer lugar do corpo?

Ela odiava tudo que ele estava insinuando, mas não podia negar a verdade.

— Eu não sei. Sinceramente, não me lembro de *alguma vez* ter sangrado.

David deslizou a cadeira de volta ao microscópio e colocou a nova lâmina sob o tubo iluminado; então, observou-a através da lente por um longo tempo. Ele trocou as lâminas e olhou novamente. Depois tirou algumas lâminas coloridas de vermelho de outra caixa e começou a alterná-las.

Laurel não se moveu durante todo o tempo.

Ele se voltou para ela.

— Laurel — disse —, e se você não tem sangue? E se este líquido transparente é o que flui em suas veias?

Laurel balançou a cabeça.

— Não é possível. Todo mundo tem sangue, David.

— O epitélio de *todo mundo* também é formado por células animais, Laurel... mas não o seu — respondeu ele. — Você disse que seus pais não acreditam em médicos. Você alguma vez foi consultar algum?

— Quando eu era bem pequena. Meu pai me contou sobre isso na outra noite. — Seus olhos se arregalaram. — Ai, meu Deus. — Ela relatou a história para David. — Ele sabia, devia saber.

— Por que ele não contaria a seus pais?

— Não sei. — Ela balançou a cabeça.

David ficou quieto, com a testa franzida. Quando falou, foi de forma hesitante.

—Você se importa se eu tentar uma coisa?

— Desde que não envolva me abrir para olhar minhas tripas.
Ele riu.

Laurel, não.

— Posso sentir sua pulsação?

Laurel foi pega de surpresa pela onda de alívio e humor que
tomou conta dela. Começou a rir e não conseguia mais parar.
David olhou para ela em silêncio enquanto ela ria até liberar sua
histeria e, finalmente, retomar o controle.

— Desculpe — disse ela, ofegando ao tentar deter mais uma
onda de riso. — É só que... isso é muitíssimo melhor do que me
abrir no meio.

David sorriu e revirou os olhos.

— Me dê a sua mão — disse ele.

Ela estendeu o braço e ele pousou dois dedos no pulso dela.

— Sua pele é bastante fria — disse David. — Fico um pouco
surpreso por não ter notado isso antes. — Ele ficou quieto,
concentrando-se. Depois de algum tempo, passou da cadeira para
a cama, ao lado dela. — Deixe-me tentar aqui no pescoço.

Segurou sua nuca com uma das mãos e pôs os dedos firmemente na lateral direita. Ela podia sentir a respiração dele em seu
rosto e, ainda que ele estivesse cuidadosamente olhando para
longe do rosto dela, Laurel não conseguia olhar para nenhum
outro lugar. Viu coisas que nunca havia notado. Uma leve camada
de sardas ao longo da linha de seus cabelos, uma cicatriz quase
oculta por sua sobrancelha e a curva graciosa de seus cílios. Sentiu
vagamente que os dedos dele pressionavam um pouco mais.
Quando ela prendeu a respiração, David recuou.

— Doeu?

Ela balançou a cabeça e tentou não notar como ele estava
próximo.

Alguns segundos depois, as mãos dele se afastaram. Ela não
gostou nada da expressão em seus olhos nem da ruga de preocu-
pação entre suas sobrancelhas.

— O que foi? — perguntou.

Mas ele apenas balançou a cabeça.

— Preciso me certificar. Não vou assustá-la à toa. Posso... posso ouvir seu peito?

— Com um estetoscópio?

— Não tenho estetoscópio. Mas se eu... — Ele hesitou. — Se eu colocar meu ouvido bem em cima do seu coração, poderei ouvi-lo claramente.

Laurel se sentou um pouco mais ereta.

— Está bem — disse ela baixinho.

David pôs sua mão em cada lado da caixa torácica de Laurel e, lentamente, baixou a cabeça. Ela tentou respirar normalmente, mas tinha certeza de que seu coração devia estar disparado. O rosto dele era morno em sua pele, pressionando de encontro ao decote de sua blusa.

Após um longo momento, David levantou o rosto.

— Então...

— Psiu — disse ele, virando a cabeça e colocando a outra face no lado oposto do peito dela. Não ficou ali por muito tempo antes de levantar novamente a cabeça. — Não há nada — disse, a voz bem suave. — Nem no seu pulso nem no pescoço. E não consigo escutar nada no seu peito. Parece... vazio.

— O que isso quer dizer, David?

— Você não tem batimentos cardíacos, Laurel. É provável que nem sequer tenha um coração.

Onze

O CORPO INTEIRO DE LAUREL ESTAVA TREMENDO. ELA SENTIA OS braços cálidos e pesados de David ao seu redor, e era como se não pudesse sentir mais nada. Ele era uma tábua de salvação, e ela não tinha certeza se conseguiria sobreviver, nos próximos segundos, se ele a soltasse.

— O que devo fazer, David?

— Não precisa fazer nada.

— Você está certo — disse ela, num tom desanimado. — Só preciso esperar que o restante do meu corpo perceba que está morto.

David a puxou para mais perto e afagou seu cabelo. Ela se agarrou à camisa dele quando as lágrimas a venceram e lutou para respirar.

— Não — murmurou David perto de seu ouvido. — Você não vai morrer. — O rosto dele, áspero com um leve vestígio de barba, tocou o dela. Passou a ponta do nariz por todo o rosto dela e as lágrimas de Laurel se interromperam quando ela se concentrou na sensação do rosto dele contra o seu. David estava quente, enquanto ela, sempre fria. Os lábios dele tocaram sua testa, e pequenos arrepios subiram por sua espinha. Ele encostou a testa na dela, e os olhos de Laurel se abriram por vontade própria, os pensamentos se perdendo no oceano azul dos olhos de David.

Ele roçou os lábios suavemente nos dela, e uma onda de calor diferente de tudo que ela já havia sentido se espalhou, dos lábios para todo o seu rosto.

Como Laurel não se moveu, ele a beijou de novo, com um pouco mais de confiança dessa vez. Em um instante, David se tornou parte da tempestade que se alastrava dentro dela, e Laurel passou os braços pelo pescoço dele, puxando-o para mais perto, com mais força, tentando sugar aquele calor incrível para dentro de seu corpo. Podia ter durado segundos, minutos, horas... o tempo não tinha nenhum significado conforme o corpo quente dele pressionava o dela e o calor a envolvia lentamente.

Quando David se afastou, quase com violência, e ofegou para recuperar o fôlego, a realidade invadiu a mente de Laurel. *O que foi que eu fiz?*

— Me desculpe — sussurrou ele. — Eu não quis...

— Psiu. — Laurel pressionou os dedos contra os lábios dele. — Tudo bem. — Ela não o soltou e, como não pareceu protestar, David se inclinou para ela novamente, com hesitação.

No último segundo, Laurel o deteve, apoiando a mão em seu peito, e balançou a cabeça. Respirando fundo, disse:

— Não sei se o que sinto é real ou se estou apenas em pânico ou... — Ela fez uma pausa. — Não posso fazer isso, David. Não com tudo que está acontecendo.

Ele se afastou lentamente e ficou quieto, por um longo tempo.

— Então, eu esperarei — disse ele, a voz quase inaudível.

Laurel pegou sua mochila.

— Preciso ir — disse, inutilmente.

Os olhos de David a seguiram enquanto ela atravessava o quarto.

Laurel parou para se virar e olhar uma vez mais antes de sair pela porta e fechá-la atrás de si.

★ ★ ★

Na aula de biologia, Laurel escolheu seu lugar habitual, mas não tirou os livros da mochila. Sentou-se com as costas totalmente eretas e aguçou os ouvidos para o som conhecido dos passos de David. Mesmo assim, ela se assustou quando ele largou a mochila sobre a mesa a seu lado. Obrigou-se a erguer os olhos para ele, mas, em vez do rosto tenso e cauteloso que esperava ver, deparou-se com um sorriso largo e bochechas ruborizadas de excitação.

— Li umas coisas na noite passada — disse ele sem cumprimentá-la —, tenho algumas teorias.

Teorias? Ela não tinha certeza se queria saber. Na verdade, algo na expressão dele lhe dava a certeza de *não* querer saber.

Ele abriu um livro e o deslizou diante dela.

— Uma vênus caça-moscas? Você certamente sabe como lisonjear uma garota. — Ela tentou empurrar o livro, mas ele o segurou.

— Apenas escute por um segundo. Não estou dizendo que você seja uma vênus-caça-moscas. Mas leia um pouco sobre os hábitos alimentares dela.

— É carnívora, David.

— Tecnicamente, sim, mas leia por quê. — Seus dedos se moveram até os parágrafos que havia destacado com marca-texto verde. — As vênus-caça-moscas se desenvolvem melhor em solo pobre, geralmente solo que contém muito pouco nitrogênio. Elas comem moscas porque estas contêm altos níveis de nitrogênio, mas nada de gordura nem colesterol. Não é pela carne; é pelo tipo de nutriente de que necessitam. — Ele virou para a página seguinte. — Olhe aqui, fala sobre como alimentar uma vênus-caça-moscas caseira. Diz que muitas pessoas as alimentam com pedacinhos de hambúrguer e de bife porque, como você disse, todos pensam: "Ah, é carnívora." Na verdade, porém, podemos matar uma vênus-caça-moscas se a alimentarmos com hambúrguer porque contém muita gordura e colesterol, e a planta não consegue digeri-los.

Laurel apenas olhou, horrorizada, para a foto da planta de aparência monstruosa e se perguntou como, diabos, David podia pensar que ela era parecida com aquilo.

— Não estou entendendo — disse, desanimada.

— Os nutrientes, Laurel. Você não toma leite, toma?

— Não.

— Por que não?

— Me faz mal.

— Aposto que faz mal porque contém gordura e colesterol. *O que* você toma?

— Água, refrigerante. — Ela fez uma pausa, pensando. —A calda dos pêssegos em conserva da minha mãe. Praticamente só isso.

— Água e açúcar. Você já colocou açúcar num vaso de flores para mantê-las vivas? As flores adoram; absorvem tudinho.

A explicação de David fazia todo o sentido do mundo. A cabeça de Laurel começou a doer.

— Então, por que eu não como moscas? — perguntou sarcasticamente Laurel, enquanto esfregava as têmporas.

— Pequenas demais para fazer alguma diferença, imagino. Mas pense nas coisas que você *come*. Só frutas e vegetais. Plantas que se desenvolveram na terra e absorveram todos esses nutrientes pelas raízes. Você as come e obtém os mesmos nutrientes, como se tivesse raízes e pudesse absorvê-los pessoalmente.

Laurel ficou calada por vários segundos, enquanto o Professor James pedia aos alunos que fizessem silêncio.

— Então você ainda acha que sou uma planta? — perguntou Laurel num sussurro.

— Uma planta incrivelmente evoluída e altamente avançada — respondeu David. — Mas, sim, uma planta.

— Que droga.

— Não sei — disse David com um sorriso. — Acho bem legal.

— Claro, você é o nerd da ciência. Eu sou a garota que só quer passar pela aula de educação física sem que todo mundo fique olhando.

— Está bem — insistiu David. —Vou achar que é legal por nós dois.

Laurel riu com uma bufada, e isso chamou a atenção do Professor James.

— Laurel, David? Vocês gostariam de compartilhar a piada com o restante da classe? — perguntou ele, a mão apoiada no quadril magricela.

— Não, senhor — disse David. — Obrigado por perguntar. — Os alunos em volta deles riram, mas o Professor James não pareceu muito contente. Laurel se reclinou e sorriu. *David, um. Professor que gostaria de ser tão inteligente quanto David? Zero.*

No sábado, Laurel e David se encontraram na casa dele para "estudar". Ele lhe mostrou um artigo que havia encontrado na internet sobre como as plantas absorvem dióxido de carbono através das folhas.

— E você? — perguntou David. Ela estava sentada na cama dele com as pétalas soltas e viradas na direção da janela ocidental, por onde podiam absorver a luz do sol. Essa era apenas uma das muitas vantagens de "estudar" na casa vazia de David quase todos os dias após a escola. Ele até se esforçava para não ficar olhando — embora Laurel não tivesse certeza se o que David olhava furtivamente eram suas pétalas ou sua barriga de fora.

Fosse como fosse, ela não se importava.

— Bem, eu não tenho folhas... a não ser as pequeninas sob as pétalas. *Ainda* — acrescentou enigmaticamente.

— Tecnicamente, não, mas acho que sua pele provavelmente conta.

— Por quê? Está parecendo um pouco verde ultimamente? — perguntou ela, e, então, fechou a boca com firmeza. A ideia de ficar verde a fez pensar em Tamani e em seu cabelo verde. Ela não queria pensar nele. Era confuso demais. E não parecia justo pensar nele enquanto estava com David. Parecia desleal, de uma forma um tanto estranha. Guardou, então, aqueles pensamentos para a noite, quando estivesse a ponto de cair no sono.

— Nem todas as folhas são verdes — continuou David, sem perceber nada. — Na maioria das plantas, as folhas são a maior superfície externa, o que em você seria a pele. Então, talvez você absorva dióxido de carbono pela pele. — Ele ruborizou. — De fato, você gosta de usar regatas, mesmo quando está frio.

Laurel mexeu seu Sprite com o canudinho.

— Então, por que eu respiro? Eu *respiro*, sabe? — disse ela enfaticamente.

— Mas você *precisa* respirar?

— Como assim, se eu preciso? É claro que preciso.

— Acho que não. Não como eu preciso. Ou, pelo menos, não com a mesma frequência. Por quanto tempo consegue prender a respiração?

Ela deu de ombros.

— O bastante.

— Ora, vamos, você já foi nadar... deve fazer uma ideia. Uma estimativa aproximada — pressionou ele, quando ela balançou a cabeça.

— Eu simplesmente subo à superfície quando canso de ficar debaixo d'água. Não mergulho muito, de qualquer maneira. Só para molhar o cabelo; então, não sei.

David riu e apontou para seu relógio.

—Vamos descobrir?

Laurel o olhou por alguns segundos, afastou o refrigerante e se inclinou para a frente, cutucando David no peito com um sorriso.

— Estou cansada de ser testada. Vamos ver quanto tempo *você* consegue prender a respiração.

—Tudo bem, mas você faz depois.

— Combinado.

David respirou fundo várias vezes e, quando Laurel disse "já", ele inspirou profundamente e se reclinou na cadeira. Aguentou durante 52 segundos, com a cara avermelhada, antes que o ar escapasse de seus pulmões com uma bufada; agora, era a vez de Laurel.

— Sem rir, hein! — advertiu ela. — Provavelmente você vai ganhar disparado.

— Duvido muito. — Ele deu um sorriso afetado, com a segurança que sempre tinha quando sabia que estava certo.

Laurel respirou fundo e se reclinou nos travesseiros de David. Ele iniciou o cronômetro com um bipe.

Era enervante olhar para o sorriso confiado dele enquanto os segundos passavam; então, em vez disso, ela se virou para a janela. Observou um pássaro voar contra o céu azul até que ele pairou fora da vista, sobre uma montanha.

Sem nada mais de interessante que olhar, passou a prestar atenção em seu peito. Estava começando a se sentir incomodada. Esperou um pouco mais, decidiu que não gostava daquela sensação e soltou o ar.

— Pronto. Qual é o veredicto?

David olhou para seu relógio.

—Você segurou a respiração o máximo que podia?

— O máximo que eu quis.

— Isso não é a mesma coisa. Você poderia ter aguentado mais?

— Provavelmente sim, mas estava ficando incômodo.

— Quanto tempo mais?

— Não sei — disse ela, já irritada. — Quanto tempo eu aguentei?

— Três minutos e 28 segundos.

Levou um momento para que os números penetrassem sua mente. Ela ficou ereta.

— Você me deixou ganhar?

— Não. Você apenas comprovou minha teoria.

Laurel olhou para o próprio braço.

— Uma folha? Sério?

David pegou o braço dela e pôs o dele ao lado.

— Olhe só... se você olhar de perto, nossos braços não parecem ser exatamente iguais. Está vendo? — disse ele, indicando as veias que se espalhavam por seus braços. — Está certo, as veias geralmente são mais salientes nos caras, mas, com a sua pele clara, você deveria, pelo menos, ver filamentos pálidos de tom azul. Você não tem nenhum.

Laurel observou seu braço; depois, perguntou:

— Quando você notou isso?

Ele deu de ombros, envergonhado.

— Quando verifiquei seu pulso, mas você estava tão surtada que decidi que podia esperar um pouco. Além disso, eu queria fazer algumas pesquisas antes.

— Obrigada... acho. — Ela ficou quieta por um longo tempo, enquanto vários pensamentos atravessavam sua cabeça. Mas acabava voltando sempre à mesma conclusão. — Eu sou mesmo uma planta, não sou?

David olhou para ela e assentiu solenemente.

— Acho que sim.

Laurel não soube ao certo por que as lágrimas surgiram. Não era exatamente uma surpresa. Mas nunca antes havia aceitado. Agora que o fazia, sentia uma combinação entre medo, alívio, espanto e também uma estranha tristeza.

David subiu na cama ao lado dela. Sem uma palavra, reclinou-se contra a cabeceira e puxou Laurel de encontro ao peito. Unindo-se facilmente a ele, apreciou a segurança que sentia em seus braços. As mãos dele eventualmente subiam e desciam pelos braços e pelas costas dela, evitando cuidadosamente tocar as pétalas.

Ela podia ouvir o coração dele, batendo num ritmo regular que a lembrava de que algumas coisas ainda eram normais. Confiáveis.

O calor do corpo dele se espalhava por ela, aquecendo-a de maneira impressionantemente parecida com a do sol. Ela sorriu e se aninhou um pouco mais.

— O que você vai fazer no sábado que vem? — perguntou David, e sua voz reverberou pelo peito, onde o ouvido dela estava pressionado.

— Não sei. O que você vai fazer?

— Depende de você. Eu estava pensando no que Tamani me disse.

Ela ergueu a cabeça do peito dele.

— Não quero falar sobre isso.

— Por que não? Ele estava certo sobre você ser uma planta. Talvez esteja certo sobre... sobre você ser uma fada.

— Como você pode dizer isso aqui, onde seu microscópio pode ouvir, David? — perguntou Laurel com uma risada, tentando manter um tom leve. — Ele pode parar de funcionar se perceber que seu dono é tão pouco científico.

— É bem pouco científico ter uma amiga que é uma planta — disse David, recusando-se a adotar seu tom humorístico.

Laurel suspirou, mas deixou a cabeça voltar para o peito dele.

— Toda garotinha gostaria de ser, na verdade, uma princesa ou uma fada, uma sereia ou algo assim. Principalmente, garotas que não sabem quem é sua mãe biológica. Você perde esse sonho por volta dos seis anos. Ninguém continua pensando nisso aos quinze. — Ela endureceu o queixo teimosamente. — Fadas não existem.

— Talvez não, mas você não precisa necessariamente ser uma de verdade.

— O que você quer dizer?

David estava olhando para a flor.

— Haverá um baile a fantasia na escola, no próximo sábado. Pensei que você, talvez, pudesse ir como uma fada e experimentar o personagem. Você sabe, acostumar-se à ideia como fantasia antes de lidar com a ideia real. Ganhar confiança.

— Quê? Amarrar umas asas e usar um vestido estiloso?

— A mim parece que você já tem as asas — disse David, com a voz séria.

Sua intenção, lentamente, foi ficando clara para Laurel, e ela olhou para ele, sem conseguir acreditar.

— Você quer que eu vá assim? Com a minha flor de fora para todo mundo ver? Você deve estar louco! Não!

— Apenas me ouça — disse David, endireitando-se. — Pensei muito sobre isso. Sabe aqueles festões de fazer guirlandas? Se enrolarmos aquilo em volta da base da flor e depois passarmos por seus ombros, ninguém irá saber que não é falso. Vão apenas pensar que é uma fantasia incrível.

— Eu não poderia fazer isso aqui passar por fantasia, David. É perfeito demais.

David deu de ombros.

— As pessoas geralmente acreditam no que você diz a elas. — Ele sorriu. — E você acha realmente que alguém vai olhar para você e dizer: "Humm, acho que aquela menina é uma planta"?

Realmente, parecia absurdo. A mente de Laurel foi até o vestido cintilante de gala, azul-celeste, que havia usado no casamento da prima de sua mãe, no verão passado.

— Vou pensar a respeito — prometeu.

Depois da escola, na quarta-feira, David teve de trabalhar e Laurel decidiu ir até a biblioteca pública. No balcão de atendimento, viu a bibliotecária tentar explicar o sistema decimal de Dewey para um menino que, claramente, não estava entendendo nem queria entender. Após alguns minutos, ele deu de ombros e foi embora.

Com um suspiro de frustração, a bibliotecária se virou para Laurel.

— Sim?

— Posso usar a internet? — perguntou Laurel.

A bibliotecária sorriu, provavelmente feliz com uma pergunta racional.

— O computador fica ali — disse ela, apontando. — Faça o login com o número do seu cartão da biblioteca e terá uma hora.

— Só uma?

A bibliotecária se inclinou para ela, conspiratoriamente.

— É uma regra que tivemos de impor há alguns meses. Havia uma senhora aposentada que vinha aqui e jogava Internet Hearts *o dia inteiro.* — Ela encolheu os ombros ao se endireitar. — Você sabe como é: alguns malucos estragam as coisas prejudicando tudo o mais que possa haver. No entanto, é internet de alta velocidade — acrescentou ao se virar para uma pilha de livros que estava examinando.

Laurel se dirigiu para o cubículo que continha o único computador conectado à internet. Ao contrário da vasta biblioteca que Laurel e seu pai costumavam visitar em Eureka, a de Crescent City era pouco maior que uma casa normal. Havia uma prateleira de livros ilustrados e outra de ficção adulta; além disso, o restante se resumia a velhos livros de referência. E nem havia muitos.

Ela se sentou diante do computador e fez o login. Depois de uma olhadela em seu relógio, começou a pesquisar no Google.

Quarenta e cinco minutos depois, havia encontrado imagens de fadas vivendo em flores, usando roupas feitas de flores e bebendo chá em minúsculas xícaras de flores. Mas nenhuma menção à possibilidade de as fadas serem, de fato, flores. Ou plantas. Ou o que quer que fosse.

Que porcaria, pensou com irritação.

Começou a ler um longo artigo da Wikipédia, mas, a cada duas ou três frases, tinha de procurar por uma referência que não entendia. Até agora só havia conseguido ler alguns parágrafos.

Com um suspiro profundo, piscou os olhos e recomeçou a ler o artigo.

— Eu *adoro* fadas!

Laurel quase caiu da cadeira quando a voz de Chelsea soou bem no seu ouvido.

Chelsea se instalou na cadeira ao lado de Laurel.

— Passei por essa fase há mais ou menos um ano, quando tudo que eu fazia tinha alguma coisa a ver com fadas. Tenho uns dez livros sobre elas e também desenhos no teto do meu quarto. Até encontrei um livreto sobre a teoria de conspiração de um cara que diz que a Irlanda é controlada pela Corte Seelie. E, apesar de suas ideias serem um pouco forçadas, ele fez umas afirmativas bastante válidas.

Laurel fechou seu navegador o mais rápido que pôde, embora a expressão *cadeado em porta arrombada* lhe viesse à mente.

— Na Idade das Trevas, as pessoas achavam que tudo de ruim que acontecia era causado pelas fadas — prosseguiu Chelsea, parecendo não notar que Laurel ainda não dissera sequer uma palavra.

— Claro, elas também as responsabilizavam por tudo de bom que acontecia; então, imagino que ficavam quites. Enfim... — Ela sorriu. — Por que você estava pesquisando sobre fadas?

Laurel sentiu sua boca ficar totalmente seca. Tentou pensar em algum tipo de desculpa, mas, depois de tentar entender dúzias de lendas conflitantes sobre fadas, não conseguiu pensar em mais nada.

— Hã, eu só queria pesquisar para... — Lembrou-se de que Chelsea estava em sua aula de inglês antes de usá-la como desculpa.

Então, lembrou-se da proposta de David.

— Vou ao baile vestida de fada, no sábado — soltou ela. — Achei que deveria tentar saber um pouco mais a respeito delas.

O rosto de Chelsea se iluminou.

— Isso é o máximo! Eu adoraria ser uma fada. Nós deveríamos ir combinando nossas roupas.

Ai, ótimo.

— Na verdade, David está fazendo uma espécie de asa para mim. Ele disse que é uma surpresa.

— Ah. — Chelsea hesitou apenas por um segundo. — Tudo bem. Então, deveria, provavelmente, combinar com Ryan. — Suas bochechas enrubesceram um pouco. — Ele me convidou na sexta-feira.

— Que legal.

— É. Ele é uma graça, não é?

— Claro.

— Ótimo. — Por um momento, ela pareceu perdida em pensamentos. — Então você vai com David?

Laurel assentiu.

Chelsea sorriu, embora parecesse um tanto sentida.

— Bem, você será uma fada maravilhosa. Você até se parece com uma. Será perfeito.

— Pareço mesmo?

Chelsea deu de ombros.

— Eu acho. Ainda mais com esse cabelo e essa pele tão claros. As pessoas costumavam achar que os anjos eram fadas; então, as fadas devem ser bem claras e de aparência frágil.

Frágil? Laurel pensou, um pouco surpresa.

— Você ficará perfeita — disse Chelsea. — Eu vou esperá-la perto da porta. Quero ser a primeira a ver sua fantasia.

— Combinado — disse Laurel, com um sorriso forçado. Ela não gostou de se ver subitamente presa à ideia de David, mas era melhor do que contar a verdade a Chelsea.

— Por que você está pesquisando aqui, afinal? — perguntou Chelsea. — Você não tem internet em casa?

— Discada — disse Laurel, revirando os olhos.

— Verdade? Ainda existe isso? Meu pai é técnico em computação e instalou uma rede wireless lá em casa. Temos internet de alta velocidade em seis computadores. Ele teria um treco se eu lhe contasse que você ainda usa internet discada. Você devia ir à minha casa na próxima vez. Temos banda superlarga e posso lhe emprestar alguns livros.

Laurel concordou instintivamente, mas de jeito algum poderia ir à casa de Chelsea pesquisar. Chelsea era inteligente demais — certamente encaixaria todas as peças do quebra-cabeça.

Laurel, supondo que houvesse peças, não tinha encontrado nenhuma fonte dizendo que fadas fossem ligeiramente parecidas com ela. O mais perto que chegara fora com as dríades — ninfas das florestas —, e elas eram apenas os espíritos das árvores.

E tinha bastante certeza de não ser um espírito.

— Bem, tenho que ir — disse Chelsea. — Preciso fazer umas pesquisas *de verdade*. Esperam que eu encontre três fontes que não incluam a internet. Juro, a Professora Mitchell é *tão* atrasada. Enfim, nós nos vemos amanhã?

— Claro — disse Laurel, acenando. — Amanhã. —Voltou-se para o computador com a intenção de fazer mais uma pesquisa. No entanto, quando abriu o navegador, seu tempo já havia terminado.

Laurel suspirou e guardou suas anotações esparsas. Se quisesse mais, teria de voltar outro dia. Olhou de relance para as prateleiras, onde podia ver os cachos de Chelsea.

A casa de Chelsea seria *mesmo* mais conveniente.

Uma pena que a conveniência estivesse atualmente tão no final de sua lista de prioridades.

Doze

— NADA AINDA? — PERGUNTOU DAVID QUANDO LAUREL telefonou para ele no sábado à tarde, algumas horas antes do baile.

— Nada. Fui à biblioteca três dias seguidos e não há *nada*.

— Nem uma pista?

— Bem, você pode interpretar explicações a partir de qualquer coisa, mas não há descrições de... — baixou a voz — ...fadas que se pareçam minimamente comigo.

— E quanto a Shakespeare? *Sonho de uma noite de verão?*

— Na verdade, são as que se aproximam mais. Mesmo assim, elas têm asas e parecem ser muito mágicas. Além de maliciosas. Eu não sou assim... sou?

David riu.

— Não, não é. — Ele ficou quieto por alguns instantes. — Talvez as histórias estejam erradas.

— Todas elas?

— Até que ponto a maioria das lendas é verdadeira?

— Não sei. É que seria de esperar que houvesse *alguma* documentação se fosse verdade.

— Bem, vamos continuar procurando. Afinal, você está preparada para esta noite?

— É claro.

— Combinado às oito, então?

— Estarei pronta.

David chegou algumas horas mais tarde com uma caixa grande que, supostamente, continha as "asas". Laurel atendeu a porta usando seu vestido azul e um xale apertado em volta dos ombros.

— Uau — disse David. —Você está linda.

Laurel baixou os olhos, desejando ter escolhido algo menos chamativo; todo mundo iria olhar para ela, com aquele vestido. Era de cetim azul-claro cintilante, bordado com miçangas prateadas, cortado em viés de forma que caísse perfeitamente sobre cada curva de seu corpo. Tinha um suave decote princesa e deixava as costas de fora. Desnuda quase até a cintura, onde o tecido se arredondava com mais miçangas prateadas faiscantes. Uma minicauda dava o toque final.

David usava calça preta e um paletó de fraque branco, com cauda e tudo. Uma faixa de seda vermelha rodeava sua cintura. Como gravata, estava usando um lenço para amarrar no pescoço. Luvas brancas despontavam do bolso de seu paletó, e ele tinha penteado o cabelo com gel.

— Quem você acha que é? — perguntou Laurel, admirando-o.

David enrubesceu.

— O Príncipe Encantado. — Quando Laurel riu, ele encolheu os ombros. — Imaginei que nós dois poderíamos ser criaturas fictícias de um conto de fadas.

— Minha mãe sabe que você viria me buscar — sussurrou Laurel, levando David rapidamente para o andar de cima —, mas acho melhor tentarmos fazer todos os preparativos antes que ela perceba que você está aqui. Ela pode insistir para que eu deixe a porta aberta e tal.

— Sem problemas.

Ela o arrastou para seu quarto e, após uma olhada cautelosa no corredor, fechou a porta. Laurel desamarrou o nó de seu xale branco e soltou a flor. Ajudou as pétalas a retomarem sua posição ereta; nos últimos dias, elas tinham estado um pouco murchas e não ficaram tão eretas. Laurel se virou ao ouvir o suspiro profundo de David.

— O que foi?

— Elas são tão lindas... ainda mais com este vestido. Fico extasiado toda vez que as vejo.

— Claro — disse Laurel sarcasticamente. — Elas parecem fabulosas quando não são suas.

Levou apenas dois minutos para David prender a guirlanda em volta da base da flor e sobre os ombros dela. Laurel se virou para o espelho novo que pendia atrás da porta e riu.

— David, você é um gênio. Parece totalmente uma fantasia.

David ficou ao lado dela, sorrindo para o reflexo de ambos.

— Ainda não terminei. — E se virou para a caixa. — Sente-se — disse ele, apontando para a cadeira. — E feche os olhos.

Ela obedeceu, começando a gostar daquilo. As mãos dele tocaram seu rosto e ela, então, sentiu algo frio passar por suas pálpebras e bochechas.

— O que você está fazendo?

— Sem perguntas. E fique de olhos fechados.

Ela ouviu alguma coisa sacudir e, depois, uma bruma fresca cobriu seu cabelo de cima a baixo.

— Só um segundo — disse ele. Laurel sentiu um sopro morno esfriar ainda mais os pontos úmidos em suas pálpebras, mas aquecendo o restante de sua face. — Agora, sim, você está pronta.

Laurel abriu os olhos e se levantou para se olhar no espelho. Ofegou e riu ao virar o rosto de um lado para o outro, para que os resquícios da luz do sol se refletissem nas maçãs de seu rosto e ao redor dos olhos. E o cabelo estava salpicado de purpurina, que faiscava e caía sobre seu vestido quando ela balançava a cabeça. Quase não se reconheceu, com os brilhos e centelhas da maquiagem facial e a guirlanda em seus ombros.

— Agora, sim, você parece uma fada — disse David com aprovação.

Laurel suspirou.

— Eu me *sinto* uma fada. Nunca pensei que fosse dizer isso. —Virando-se para David: —Você é fantástico.

— Que nada — disse David com um sorriso amplo. — Nós já comprovamos isto cientificamente: *você* é fantástica. — Então, correu os dedos pelo cabelo brilhante, com um sorriso torto. — Eu sou apenas humano.

Laurel sorriu e apertou a mão dele.

—Talvez, mas é o melhor humano de todos.

— Falando em humanos — disse David, apontando para a porta —, nós deveríamos ir mostrar o resultado para os seus pais. Minha mãe virá nos buscar daqui a uns dez minutos.

Toda a tensão da noite voltou de repente.

—Você não acha que a minha mãe vai perceber tudo? — perguntou Laurel.

— Ela não vai nem notar — respondeu David. —Tenho certeza. — Pegando as duas mãos dela, completou: — Está preparada?

Laurel não estava, mas mesmo assim assentiu rigidamente.

David abriu a porta e então lhe ofereceu o braço com um floreio.

—Vamos?

A mãe de Laurel os viu quando estavam descendo as escadas.

— Aí estão vocês — disse ela, sacudindo a câmera fotográfica. — Fiquei com medo de que tentassem fugir de mim. — Ela observou Laurel com um sorriso. — Você está maravilhosa — disse. — Você também está lindo — acrescentou para David.

— Onde está o papai? — perguntou Laurel, procurando na sala de estar.

— Ele teve de trabalhar até mais tarde, mas lhe prometi toneladas de fotos. Então, vamos lá, sorriam!

Ela tirou cerca de cinquenta fotografias antes que a mãe de David finalmente buzinasse, chamando-os.

Laurel puxou David atrás de si enquanto sua mãe gritava, desejando que se divertissem. A mãe de David também ficou enlouquecida com eles, mas já havia tirado fotos de David sozinho; assim, eles se livraram depois de somente mais umas cinco ou seis dos dois juntos.

Quando finalmente terminaram, Laurel quase mudou de ideia.

— É muito chamativo — sussurrou para David no banco de trás do carro de sua mãe. — Alguém vai descobrir.

David riu.

— Ninguém vai descobrir — garantiu-lhe ele. — Prometo.

— É melhor que esteja certo — resmungou Laurel quando entraram no estacionamento da escola.

— Olhe só para você! — gritou Chelsea quando Laurel e David entraram no ginásio de esportes, todo decorado. — David disse que as asas iam ser impressionantes, mas eu não fazia ideia de que seriam *tão* boas assim. — Chelsea fez Laurel dar uma volta completa. — Sabe, meio que se parece mais com uma flor do que com asas, você não acha?

— Elas são asas-flor, imagino — respondeu Laurel com nervosismo.

Chelsea apenas deu de ombros.

— São absolutamente divinas. David, você é um gênio — disse ela, tocando o ombro dele.

Laurel conteve um sorriso. Naquela noite, David receberia a maior parte dos créditos pela flor, mas para ela estava ótimo. Principalmente quando a alternativa era a de que todos descobrissem que havia brotado dela!

Chelsea cheirou o ombro dela e Laurel se enrijeceu.

— Uau — exclamou Chelsea, cheirando abertamente. — O que você borrifou aqui? Eu pagaria qualquer preço pelo que quer que você tenha usado.

Laurel ficou paralisada por apenas um segundo, depois disse:

— Na verdade, é só um perfume velho que tenho há séculos. Nem lembro-me como se chama.

— Se algum dia você não o quiser mais, eu quero. Hummm...

Laurel sorriu e olhou para David de forma significativa, apontando com a cabeça para o outro lado do salão. Para longe do nariz de Chelsea.

— Vamos pegar alguma coisa para beber — disse David, tomando a mão de Laurel. Por sorte, Ryan se aproximou e Chelsea se distraiu o suficiente para não segui-los.

Laurel deixou sua mão na de David. Ele não dissera exatamente que aquilo era um encontro, tampouco que não era. Ela preferia pensar que era. Apesar de sua hesitação em chamá-lo de namorado, não tinha certeza absoluta de que não quisesse isso. O que mais ela poderia querer num cara? Ele era carinhoso, paciente, inteligente, engraçado e não fazia nenhum segredo de que a adorava. Sorriu ao segui-lo. Andar de mãos dadas poderia dar início a alguns rumores, mas ela não ligava.

Quando Laurel passava, todos abriam espaço para suas "asas". Pessoas que nunca tinham falado com ela antes vieram lhe dizer como sua fantasia era legal. Todo lugar para onde olhava tinha gente a observando. Mas isso não a deixou nervosa naquela noite. Sabia o que todos estavam vendo: ela mesma tinha visto antes no espelho. Ela parecia mágica; não havia outra palavra para descrever.

Uma música lenta começou a tocar perto das onze e meia da noite, e David finalmente a requisitou para sua primeira dança. Ele havia se mantido a distância, conversando com os amigos e observando-a durante a maior parte da noite, enquanto vários outros rapazes a haviam chamado para dançar.

— Então, diga-me — disse ele, puxando-a para perto —, foi muito ruim?

Laurel sorriu para ele ao passar os braços em volta de seu pescoço.

— De forma alguma. Você estava absolutamente certo.

David riu.

— Sobre o quê?

O sorriso permaneceu no rosto dela, mas suas palavras foram sérias.

— Todo mundo pode me ver como sou, e ninguém está com medo nem em pânico. Ninguém está chamando cientistas malucos nem nada parecido. Apenas acham que é legal. — Ela hesitou, então disse: — *Eu* acho legal.

— E é legal. É incrível. — David sorriu. — *Você* é incrível.

O olhar de Laurel baixou até o ombro dele, mas um calor excitante se espalhou em seu corpo.

— Então, qual é a sensação de ser uma fada?

Laurel deu de ombros.

— Não é ruim. Claro, não seria assim todos os dias.

— Não, mas, se você ao menos puder se acostumar à ideia, talvez possa começar a pensar se é verdade ou não.

Laurel olhou para ele, surpresa.

—Você *quer* que seja verdade!

— E se eu quiser?

— Por quê?

— Porque ser uma criatura mítica por associação é o mais próximo que *eu* jamais chegarei.

— O que quer dizer com isso? Você é o Príncipe Encantado.

— Sim, mas... você sabe... não de verdade. Mas você? Laurel, eu acho que é verdade. E é maravilhoso. Quem mais é o melhor amigo de uma fada? Ninguém!

Laurel sorriu.

— Eu sou mesmo sua melhor amiga?

Ele baixou o olhar para ela com seriedade.

— Por enquanto.

Laurel se aproximou mais, pousando a cabeça no ombro de David durante a última metade da música. Quando terminou, ela o puxou para um abraço.

— Obrigada — sussurrou em seu ouvido.

Ele sorriu e lhe ofereceu o braço de forma teatral.

—Vamos?

Conduziu-a de volta à mesa à qual a maioria de seus amigos estava sentada e Laurel deixou-se cair numa cadeira.

—Tenho de dizer uma coisa: estou completamente exausta.

David se inclinou para perto do ouvido dela.

— O que você queria? O sol já se pôs há horas. Todas as fadas boazinhas deveriam estar acomodadas em suas camas de flores.

Laurel riu, mas se sobressaltou quando alguém bateu em seu ombro. Um aluno mais velho, que ela reconheceu da escola, estava parado bem atrás dela.

— Ei, isto aqui caiu quando você parou de dançar. Imaginei que fosse querer de volta. — E entregou a ela uma pétala branco-azulada comprida.

Laurel olhou para David com os olhos arregalados. Depois de alguns segundos, David pegou a pétala do rapaz.

— Obrigado, cara.

— Sem problemas. Com o que você fez isto? Tem a textura de uma pétala de verdade.

— Isso é segredo profissional — disse David com um sorriso.

— Bem, é realmente fantástica.

— Obrigado.

O garoto voltou vagarosamente para a multidão, e David colocou a pétala sobre a mesa. Laurel ficou estranhamente envergonhada que a pétala ficasse ali, onde todos podiam vê-la. Era algo íntimo... como se David tivesse posto ali uma calcinha dela.

— Simplesmente caiu? — perguntou David, inclinando-se novamente para perto dela. —Você sentiu?

Laurel balançou a cabeça.

— Não poderia ter sido arrancada sem que você sentisse, poderia?

Laurel se lembrou da dor torturante de quando tentara arrancar uma das pétalas, algumas semanas atrás.

— De jeito nenhum.

— Laurel — David começou, tão baixinho que ela mal podia escutá-lo —, não foi isso que Tamani disse que iria acontecer?

Laurel assentiu rapidamente.

— Eu não acreditei; não podia acreditar. Era bom demais para ser verdade. — Sua boca disse as palavras automaticamente, mas sua mente se fixou na pergunta óbvia: *Se ele estava certo sobre isso, estará também certo sobre eu ser uma fada?*

David olhou para o assoalho atrás dela por um segundo, então se abaixou e voltou a se endireitar na cadeira, segurando mais duas pétalas. Ele sorriu para o grupo e deu de ombros. — Parece que a minha criação está caindo aos pedaços.

— Não tem problema — disse Chelsea. — O baile vai terminar daqui a pouco mesmo. — Ela sorriu para Laurel. — Foi fabuloso enquanto durou.

— David, podemos ir esperar pela sua mãe? — perguntou Laurel, desesperada.

— Claro. Vamos.

Laurel foi apanhando pétalas, freneticamente, até a porta, enquanto David a conduzia através da multidão. Toda vez que alguém trombava com ela, mais pétalas caíam. Quando finalmente saíram pela porta da frente, apenas algumas pétalas ainda pendiam de suas costas, e seus braços estavam carregados delas. — Será que peguei todas? — perguntou Laurel, verificando o chão a sua volta.

— Acho que sim.

Ela suspirou e esfregou o rosto. Uma nuvem de purpurina caiu no chão.

— Droga, esqueci.

David riu e olhou seu relógio.

— É meia-noite. Você vai perder um sapato também?

Laurel revirou os olhos.

— *Tão* pouco engraçado.

David se limitou a enfiar as mãos nos bolsos e sorriu.

— Como é que está? — perguntou ela, virando as costas para ele.

— Não dá para saber, com a guirlanda.

— Ótimo.

Laurel fez uma longa pausa e olhou para seus braços cheios de pétalas. Sua garganta ficou seca; em seguida, olhou para David.

— É verdade, não é?

— O quê?

Ela deu de ombros, mas se obrigou a dizer:

— Eu sou mesmo uma fada, não sou?

David apenas sorriu e fez que sim com a cabeça.

E, por alguma razão, Laurel se sentiu melhor. Soltou uma risada.

— Caramba — disse ela.

A mãe de David chegou alguns minutos depois, e eles entraram rapidamente no banco de trás.

— Ah, as asas se desmancharam — disse ela. — Ainda bem que tirei as fotos.

Laurel não disse nada ao se virar, pegar mais duas pétalas e acrescentá-las à pilha.

Pararam na frente da casa de Laurel, e David desceu para ajudá-la a ir até a porta, com sua braçada de pétalas.

— Só restam cinco — disse David, olhando as costas dela. — E provavelmente cairão enquanto você estiver dormindo.

— Rá! Se é que vão aguentar até lá.

David fez uma pausa.

— Está aliviada?

Laurel pensou a respeito por um minuto.

— Mais ou menos. Estou feliz por não ter mais de esconder nada... exceto, talvez, uma marca onde ficava o caroço. Ficarei contente por usar regatas de novo. Mas... — Ela hesitou, organizando os pensamentos. — Algo mudou esta noite, David. Durante algumas horas, eu gostei da flor. Gostei mesmo, de verdade. Foi especial e mágico. — Ela sorriu. — Você fez isso por mim. E... estou muito, muito feliz.

— Lembre-se, você a terá novamente no ano que vem. Foi isso que Tamani disse, certo?

Ela franziu a testa ao som do nome dele.

— Poderíamos fazer disso uma tradição. Você vai poder sair do esconderijo e ser uma fada para que todos a vejam uma vez por ano.

Ela assentiu. Gostava mais da ideia do que poderia ter imaginado antes daquela noite.

— As outras garotas vão ficar com inveja — advertiu ela. — Todas vão querer que você faça asas para elas também.

— Terei de dizer que só a Laurel ganha asas. Elas nem imaginarão o quanto isso é verdade.

— Você não acha que alguém vai descobrir?

— Talvez. Há sempre alguém que, secretamente, acredita em mitos e lendas; ou, pelo menos, em parte. Essas são as pessoas que vão olhar além do óbvio e ver as coisas deste mundo que são realmente maravilhosas. — Ele deu de ombros. — Mas elas não vão dizer nada, mesmo que descubram. Porque o restante de nós, que vemos o mundo como algo lógico e científico, não enxergaríamos a verdade ainda que estivesse exposta num outdoor. Tenho sorte de você ter me esfregado a verdade na cara... eu jamais teria visto você como realmente é.

— Sou apenas eu, David.

— Essa é a melhor parte.

Antes que ela pudesse dizer qualquer coisa, ele se inclinou para a frente e deu um beijo leve em sua testa; em seguida, virou-se com um "boa-noite" baixinho e caminhou na direção do carro.

Treze

LAUREL OLHOU NO ESPELHO, POR CIMA DO OMBRO, E VIU SUAS costas nuas. Havia uma minúscula linha branca que descia pelo centro — como uma cicatriz há muito esquecida —, mas praticamente imperceptível.

Ela suspirou e enfiou a regata pela cabeça. Assim era *muito* melhor.

A ideia de ser uma fada parecera tão real na noite anterior. Agora, estava a milhares de quilômetros de distância. Examinou os ângulos de seu rosto, quase esperando que eles houvessem se alterado.

— Sou uma fada — sussurrou, e seu reflexo nada respondeu.

Parecia um pouco bobo dizer aquilo. Não se sentia como uma fada — não se sentia nem um pouco diferente do que sempre fora. Sentia-se normal. Mas, independentemente de qualquer coisa, agora sabia a verdade — e normal não era uma palavra que voltaria a descrever sua vida.

Precisava falar com Tamani.

Desceu as escadas na ponta dos pés e pegou o telefone, discando o número do celular de David. Somente quando ele atendeu, com uma voz rouca, ela pensou na hora.

— Quê?

Não adiantava desligar... já o havia acordado.

— Oi. Desculpe. Não pensei direito.

— O que *você* está fazendo acordada às seis da manhã? — perguntou, sonolento.

— Hã, o sol já nasceu.

David bufou.

— É claro.

Laurel olhou para o quarto dos pais, com a porta ligeiramente aberta, e esgueirou-se por um canto até a despensa.

—Você me dá cobertura hoje? — perguntou ela, num meio-sussurro.

— Cobertura?

— Posso dizer aos meus pais que vou à sua casa?

David pareceu mais alerta.

—Aonde você realmente vai?

—Tenho que ver Tamani, David. Ou, pelo menos, tentar vê-lo.

—Você vai até a sua propriedade? Como vai conseguir chegar até lá?

— De ônibus. Deve haver algum que vá pela Rodovia 101 aos domingos, você não acha?

— Com isso você vai conseguir chegar a Orick, mas a que distância fica sua antiga casa?

— Posso levar minha bicicleta na frente do ônibus. Fica a um quilômetro e meio, mais ou menos, da rodoviária; não vou demorar nem dez minutos.

David suspirou.

— Gostaria de já ter minha carteira de motorista.

Laurel riu. Ele vivia reclamando a esse respeito.

— Só mais duas semanas, David. Você vai conseguir.

— Não é isso. Eu gostaria de ir com você.

— Mas não pode. Se ele souber que você estará lá, poderá ser que não apareça. Ele não ficou muito animado com a ideia de eu ter contado a você sobre a flor, para começo de conversa.

—Você contou isso a ele?

Laurel enrolou o fio do telefone no pulso.

— Ele perguntou se eu havia contado a alguém e simplesmente deixei escapar. Ele é meio diferente... é persuasivo. É como se a gente não pudesse mentir para ele.

— Não gosto nada disso, Laurel. Ele pode ser perigoso.

— Foi você quem passou a semana inteira dizendo que ele estava certo. Ele diz que é igual a mim. Se disse a verdade sobre tudo o mais, por que mentiria a esse respeito?

— E quanto ao Barnes? E se ele estiver lá?

— Os papéis ainda não foram assinados. Ainda somos os proprietários.

—Tem certeza?

— Sim. Minha mãe mencionou isso ontem mesmo.

David suspirou e a linha ficou silenciosa.

— Por favor? Eu preciso ir. *Tenho* de descobrir mais coisas.

— Está bem. Uma condição: quando você voltar, vai me contar o que ele falou.

—Tudo que eu puder.

— O que isso significa?

— Não sei o que ele vai me contar. E se houver algum grande segredo das fadas que eu não possa contar a ninguém?

— Está bem; então, tudo menos o grande segredo do mundo, se ele existir. Combinado?

— Combinado.

— Laurel?

— Sim?

—Tome cuidado. Tome muito, muito cuidado.

Depois de acorrentar sua bicicleta a uma arvorezinha, Laurel pendurou a mochila no ombro. Ela passou pela casa vazia, e então hesitou à margem da linha de árvores, de onde várias trilhas serpenteavam para o interior dos arbustos e da floresta. Decidiu seguir pela trilha até o lugar em que ele a encontrara na última vez. Parecia um plano tão bom quanto qualquer outro.

Quando chegou à pedra grande perto do riacho, Laurel olhou ao redor. Sentar-se ao lado do lindo riozinho a fez se sentir calma e feliz; por um momento, considerou ficar ali sentada apenas por uma hora e depois voltar para casa sem sequer falar com Tamani. Conversar com ele era tão enervante...

Mas se obrigou a não pular fora, respirou fundo e gritou:

— Tamani? — Em vez de ecoar nas pedras, sua voz pareceu ser absorvida pelas árvores, fazendo-a se sentir pequena. — Tamani? — chamou novamente, um pouco mais baixo dessa vez. — Você ainda está aí? Quero conversar. — Ela se virou num círculo completo, tentando olhar para todos os lados ao mesmo tempo. — Tam...

— Oi. — A voz era acolhedora, mas estranhamente hesitante.

Laurel se virou e quase deu de cara com o peito de Tamani. Ela levantou as mãos para cobrir a boca e silenciar um grito. Era Tamani, mas ele parecia diferente de antes. Seus braços estavam nus, mas os ombros e o peito cobertos pelo que parecia uma armadura feita de casca de árvore e folhas. Uma lança comprida apontava por cima de seu ombro, com a ponta de pedra afiada como lâmina. Ele estava tão estonteante quanto antes, mas um ar de intimidação pairava a seu redor, como uma névoa densa.

Tamani olhou para Laurel por um longo tempo e, embora tentasse, ela não conseguiu desviar os olhos dele. O canto de sua boca se elevou num meio-sorriso e ele tirou a estranha armadura, puxando-a por cima da cabeça, despindo-a juntamente com seu ar intimidante.

— Me desculpe pelo traje — disse ele, guardando a armadura atrás de uma árvore. — Estamos em alerta máximo hoje. — Tamani se empertigou e sorriu, hesitante. — Estou feliz que você tenha voltado. Não tinha muita certeza de que viria. — Sob a armadura, ele estava completamente vestido de verde-escuro — uma camisa justa com mangas três-quartos e o mesmo estilo de calça larga da última vez. — E você veio sozinha. — Não era uma pergunta.

— Como você sabe?

Tamani riu, com os olhos brilhando.

— Que tipo de sentinela eu seria se não soubesse quantas pessoas invadiram meu território?

— Sentinela?

— Exatamente. — Ele a estava conduzindo pela trilha, em direção à clareira onde haviam conversado na última vez.

— E o que você guarda? — perguntou ela.

Ele se virou, com um sorriso amplo, e tocou a ponta do nariz dela.

— Algo muito, muito especial.

Laurel tentou recuperar o fôlego e quase não conseguiu.

— Eu vim para... hã... pedir desculpas — gaguejou ela.

— Pelo quê? — perguntou Tamani, sem diminuir o passo.

Será que ele está me provocando ou realmente não o incomodou?

— Eu tive uma reação um pouco exagerada na última vez — disse ela, alcançando-o e passando a andar ao lado dele. — Fiquei realmente atarantada com tudo que estava acontecendo, e as coisas que você me contou foram a gota d'água. Mas eu não devia ter explodido com você daquele jeito. Portanto, me desculpe.

Deram mais alguns passos.

— E...? — incitou Tamani.

— E o quê? — perguntou Laurel, seu peito se apertando enquanto aqueles olhos verdes a observavam.

— E tudo que eu disse era verdade, e agora você está aqui para descobrir mais. — Ele parou abruptamente. — É por *isso* que você está aqui, certo? — Tamani se encostou a uma árvore e olhou para ela, com expressão brincalhona.

Laurel assentiu, incapaz de falar. Nunca se sentira tão sem jeito. Por que ele sempre a deixava sem palavras? Ela não conseguia pensar nem falar perto dele. Por outro lado, ele parecia se sentir perfeitamente à vontade com ela.

Tamani escorregou graciosamente até o chão e Laurel percebeu que já haviam chegado à clareira. Ele apontou para um ponto a alguns passos de distância.

— Sente-se. — Deu seu sorriso torto e indicou a grama a seu lado com algumas batidinhas. — É claro, você pode se sentar ao meu lado, se preferir.

Laurel pigarreou e sentou-se de frente para ele.

— Ainda não tenho tanta sorte, hein? — Tamani entrelaçou os dedos atrás da cabeça. — Ainda há tempo. Então — disse ele quando ela se acomodou —, suas pétalas murcharam.

Laurel assentiu.

— Ontem à noite.

— Aliviada?

— Em grande parte.

— E você está aqui para descobrir mais a respeito de ser uma fada, certo?

Laurel ficou envergonhada por ser tão transparente, mas ele estava certo e não havia nada que pudesse fazer a não ser admitir.

— Não sei se realmente tenho muita coisa para lhe contar... você sobreviveu durante doze anos sozinha; não precisa de mim para adverti-la a não comer sal.

— Venho fazendo algumas pesquisas — disse Laurel.

Tamani deu uma risada abafada.

— Deve ter sido fantástico.

— O quê?

— É que os humanos nunca acertam nada.

— Já percebi. — Após um momento de hesitação, ela perguntou: — Você não tem nenhuma asa escondida embaixo da camisa, tem?

— Quer verificar? — A mão dele foi para a barra da camisa.

— Não, tudo bem — disse Laurel rapidamente.

Tamani ficou sério.

— Não há asas, Laurel. Em ninguém. Algumas flores se parecem com asas, assim como algumas flores se parecem com borboletas... sua flor se parece bastante com asas, na verdade. Mas são apenas flores... como você já descobriu.

— Por que as histórias são tão equivocadas?

— Imagino que os humanos tenham o dom de interpretar mal aquilo que veem.

— Eu nunca li *nada* sobre o fato de fadas serem plantas. E, acredite, eu procurei — disse ela.

— Os humanos gostam de contar histórias sobre outros humanos, só que com asas ou cascos ou varinhas mágicas. Não sobre plantas. Não sobre algo que eles não são e que jamais poderiam ser. — Tamani deu de ombros. — E os humanos se parecem muito com a gente, então suponho que seja uma dedução razoável.

— Mas, ainda assim... Eles estão *muito* errados. Eu não tenho asas. E certamente não tenho magia.

— Não tem? — perguntou Tamani com um sorriso.

Os olhos de Laurel se arregalaram.

— Tenho?

— É claro.

— Sério?!

Tamani riu do entusiasmo de Laurel.

— Então existe magia? Magia de verdade? Não é tudo científico, como David fala?

Tamani revirou os olhos.

— David de novo?

Laurel se eriçou.

— Ele é meu amigo. Meu melhor amigo.

— Não é seu namorado?

— Não. Quer dizer... não.

Tamani a encarou por vários segundos.

— Então o cargo está disponível?

Laurel revirou os olhos.

— Nós não vamos *mesmo* falar sobre esse assunto.

Ele a olhou fixamente por algum tempo, mas ela se recusou a retribuir o olhar. Tamani a olhava de forma possessiva, como se ela fosse uma amante que ele já houvesse conquistado e que apenas esperasse que ela se desse conta.

— Conte-me sobre a magia — disse Laurel, mudando de assunto. — Você pode voar?

— Não assim como as asas; isso é apenas folclore.

— O que você pode fazer?

— Não está curiosa sobre o que *você* pode fazer?

— Eu posso fazer magia?

— Sem dúvida. Você pode fazer uma magia bastante poderosa. Você é uma fada de outono.

— O que isso quer dizer?

— Existem quatro tipos de fadas e elfos: primavera, verão...

— Outono e inverno?

— Pois é.

— Por que sou uma fada de outono?

— Porque nasceu no outono. É por isso que sua flor brota no outono.

— Isso não parece muito mágico — disse Laurel, um pouco decepcionada. — Parece ciência.

— E é. Nem tudo na nossa vida é magia. Na verdade, as fadas e os elfos são, geralmente, bem normais.

— E quanto à magia?

— Bem, cada tipo de fada e de elfo possui o próprio tipo de magia. — O rosto dele assumiu um ar de reverência. — As fadas e os elfos de inverno são os mais poderosos de todos, e também os mais raros. Apenas dois ou três são produzidos em uma geração inteira. Nossos governantes são fadas e elfos de inverno. Possuem domínio sobre as plantas. Todos eles. Uma sequoia madura se dobraria ao meio se uma fada ou um elfo de inverno lhe pedisse para fazê-lo.

— Parece que podem fazer praticamente qualquer coisa.

— Às vezes, eu acho que podem mesmo. Mas as fadas e os elfos de inverno geralmente guardam suas habilidades... e suas limitações... para si mesmos, transmitindo-as de geração para geração. Alguns dizem que o maior dom desses seres é sua capacidade de guardar um segredo.

— E o que as fadas e os elfos de outono fazem? — perguntou Laurel impacientemente.

— São os segundos mais poderosos e, assim como os de inverno, mais raros. As fadas e os elfos de outono produzem coisas.

— Que tipo de coisas?

— Coisas a partir de outras plantas. Elixires, poções, cataplasmas. Esse tipo de coisas.

Aquilo não parecia nem um pouco mágico.

— Então eu sou uma espécie de cozinheira? Que mistura coisas?

Tamani balançou a cabeça.

— Você não entende. Não é uma questão de simplesmente misturar... senão qualquer um poderia fazê-lo. As fadas e os elfos de outono têm um sentido mágico para as plantas e podem usá-las para o bem do reino. Dê-me todos os livros sobre tônicos que já foram escritos e, ainda, assim, eu não poderia fazer uma mistura capaz de deter o mofo. É mágico, ainda que pareça lógico.

— É que não *parece* mágico, só isso.

— Mas é. Diferentes fadas e elfos de outono têm especialidades diferentes. Fazem poções e elixires para todo tipo de propósito... como criar uma névoa para confundir intrusos ou fazer uma toxina capaz de adormecê-los. Fadas e elfos de outono são cruciais para a sobrevivência do nosso reino. São muito, muito importantes.

— Suponho que isso seja legal. — Mas Laurel não estava inteiramente convencida. Parecia química para ela, e, se a aula de biologia indicasse alguma coisa, ela não seria muito boa naquilo.

— O que as fadas e os elfos de verão fazem?

Tamani sorriu.

— As fadas e os elfos de verão são chamativos — disse ele, recobrando o tom coloquial. — Como as flores de verão. Eles criam ilusões e os fogos de artifício mais impressionantes. O tipo de coisa que os humanos tipicamente interpretam como magia.

Laurel não pôde evitar pensar que parecia muito mais divertido ser uma fada de verão do que de outono.

—Você é um elfo de verão?

— Não — hesitou Tamani. — Sou apenas um elfo de primavera.

— Por que "apenas"?

Tamani deu de ombros.

— Fadas e elfos de primavera são os menos poderosos de todos. É por isso que sou sentinela. É trabalho braçal. Não preciso de muita magia para isso.

— O que você pode fazer?

Tamani desviou o olhar.

— Se eu contar, você terá de me prometer que não vai ficar brava.

— E por que eu ficaria brava?

— Porque eu fiz com você, na última vez que esteve aqui.

Quatorze

— Fez o quê? — Laurel ergueu a voz.

—Você tem de prometer que não vai ficar brava.

—Você lançou algum tipo de feitiço em mim e agora espera que eu sorria e diga que está tudo bem? Não está, não!

— Olha, nem funcionou muito bem... nunca funciona em outras fadas.

Laurel cruzou os braços.

— Então me conte.

Tamani se reclinou em sua árvore.

— Eu atraí você.

— Me atraiu?

— Fiz com que me seguisse até aqui.

— Por que você faria isso?

—Você tinha de me dar atenção por tempo suficiente para ouvir a verdade.

— E... então, o quê? Você jogou pó de elfo nos meus olhos?

— Não, isso é ridículo — disse Tamani. — Eu já disse: a magia verdadeira das fadas e dos elfos não é bem como você está pensando. Não existe pó de fada ou de elfo que faça você voar, nem varinhas mágicas, nem nuvens de fumaça. São apenas coisas que podemos fazer para ajudar no desempenho das nossas tarefas.

— E como é que *atrair* pessoas o ajuda a ser sentinela? — A voz de Laurel destilava sarcasmo, mas Tamani continuou explicando, como se não tivesse percebido.

— Pense bem. Eu posso espantar um intruso com a minha lança, mas que vantagem há nisso? Ele simplesmente vai sair correndo e ir contar para os amigos o que aconteceu, e então eles voltarão aqui para nos procurar. — Tamani abriu os braços à frente do corpo. — Em vez disso, eu o atraio para longe, dou-lhe um elixir da memória e o mando embora. Já ouviu falar em fogo-fátuo?

— Claro.

— Somos nós. Depois que um humano toma o elixir, só o que se lembra do incidente todo é de ter seguido um clarão de luz. Dessa forma é mais pacífico. Ninguém se machuca.

— Mas *eu* me lembrei de você.

— Eu não dei um elixir a você, dei?

— Mas usou sua magia em mim. — Ela se recusava a ceder tão facilmente.

— Eu tive de fazê-lo. Você teria me seguido caso contrário?

Laurel negou com a cabeça, mas em sua mente ela sabia que aquilo não era exatamente verdade. Poderia ter seguido Tamani a qualquer lugar.

— Além disso, é como eu disse, não funciona muito bem em outras fadas... e não funciona de jeito nenhum se elas já sabem o que esperar. Você rompeu o feitiço com bastante facilidade quando pensou um pouco. — O meio-sorriso voltou.

— E hoje? — perguntou Laurel antes que o sorriso pudesse hipnotizá-la.

— Está com medo de que eu tenha lançado o feitiço em você de novo? — perguntou ele, sorrindo abertamente.

— Mais ou menos.

— Não. Todo esse meu charme e carisma é natural. — Seu sorriso agora era confiante. Arrogante.

— Prometa que nunca mais vai usá-lo comigo.

— Isso é fácil. Agora que você já sabe, não funcionaria, se eu tentasse. E não tentarei — acrescentou ele. — Gosto mais quando posso enfeitiçar você *sem* a minha magia.

Laurel ocultou seu sorriso e se reclinou, esperando que a sensação de bem-estar ao seu redor desaparecesse.

Não desapareceu.

Ela franziu a testa.

— Pare com isso. Você prometeu.

Tamani arregalou os olhos, confuso.

— Parar com o quê?

— Essa coisa da atração. Você ainda está fazendo.

A expressão confusa de Tamani mudou para um sorriso caloroso. A satisfação transbordava de seus olhos.

— Não sou eu.

Laurel olhou para ele, zangada.

— É a magia do reino. Ela vem do nosso mundo. Ajuda as sentinelas a se sentirem em casa mesmo quando não podemos estar. — Agora, o sorriso dele era calmo e sereno, e um vestígio de satisfação pairava em seus olhos. — Você já sentiu isso antes, eu sei que sim. É por isso que você ama tanto este lugar. Mas, agora que você sabe que é uma fada e que floresceu pela primeira vez, será ainda mais forte. — Ele se inclinou para a frente, com o nariz a poucos centímetros do dela. Ela prendeu a respiração, sentindo que a proximidade dele fazia todo o seu corpo amolecer. — É o nosso reino que está chamando você, Laurel.

Ela desviou o olhar das profundezas sem fim dos olhos de Tamani e se concentrou no que estava sentindo. Olhou para a folhagem à sua volta, e o sentimento se intensificou. A sensação agradável parecia emanar das árvores e repercutir pelo ar.

— É magia de verdade? — perguntou ela sem fôlego, sabendo que não podia ser nada mais.

— É claro.

— Não é você?

Tamani riu baixinho, mas sem sarcasmo.

— É um tipo de magia muito maior do que um mero elfo de primavera seria capaz de produzir.

Seus olhos encontraram os dele e, por um momento, não pôde desviar o olhar. Os olhos intensamente verdes prenderam os dela. Ele parecia praticamente humano, mas havia algo — Laurel não conseguia saber exatamente o quê — que parecia indicar que ele era muito mais do que parecia.

— A maioria dos elfos é como você? — perguntou ela baixinho.

Ele piscou e ela conseguiu desviar os olhos.

— Depende do que você quer dizer — disse Tamani. — Se está se referindo ao meu charme e sagacidade, não. Eu sou o mais charmoso que existe. Se está se referindo à minha aparência... — Ele fez uma pausa para olhar para si mesmo, avaliando-se. — Acho que sou bem normal. Nada de muito especial, na verdade.

Laurel tinha de discordar daquilo. Ele tinha o tipo de rosto que até mesmo as estrelas de cinema só conseguiriam com retoques e maquiagem. No entanto, se estivesse dizendo a verdade, talvez todos os elfos fossem assim.

Com um sobressalto, Laurel se perguntou se era assim que seus companheiros a viam. Seu rosto parecia normal para ela; mas, também, ela o via diariamente no espelho.

Imaginou se o que via quando olhava para Tamani seria o que David via ao olhar para ela.

O pensamento deixou-a um pouco incomodada. Pigarreou e, para disfarçar, começou a procurar algo em sua mochila. Tirou uma lata de refrigerante.

— Quer uma? — perguntou a Tamani distraidamente ao abri-la.

— O que é isso?

— Sprite.

Tamani riu.

— Sprite? Uma das palavras para "fada" em inglês? Você só pode estar brincando.

Laurel revirou os olhos.

— Quer uma ou não?

— Claro.

Ela lhe mostrou como abrir a latinha e ele experimentou a bebida, hesitante.

— Hum, vejam só. — Tamani a estudou por alguns segundos. — É isso que você normalmente bebe?

— É uma das poucas coisas de que gosto.

— Não me admira que seu cabelo e seus olhos sejam quase incolores.

— E daí?

—Você nunca se perguntou por que os meus não são?

— Eu... acho que pensei um pouco sobre o seu cabelo. — *Para dizer o mínimo.*

— Eu como muitas coisas verde-escuras. Quase sempre musgo de perto do rio.

— Eca.

— Que nada, é bom. É que você foi criada nos padrões humanos. Aposto que você iria gostar se experimentasse.

— Não, obrigada.

— Como quiser. Você já é bem bonita assim.

Laurel sorriu timidamente e ele ergueu a latinha na direção dela, antes de beber.

— Eu como pêssegos — disse ela, de repente.

Tamani assentiu.

— São bons, acho. Eu, particularmente, não gosto muito de coisas doces.

— Não é isso. Por que eu não fico laranja?

— O que mais você come?

— Morango, alface e espinafre. Às vezes, maçã. Frutas e vegetais básicos.

— Você come uma variedade de coisas; então, seu cabelo e seus olhos não adquirem uma cor específica; simplesmente ficam claros. — Ele sorriu com afetação. — Tente comer apenas morangos por uma semana... vai dar um susto e tanto na sua mãe.

— Eu ficaria vermelha? — perguntou Laurel, horrorizada.

— Não *inteira* — respondeu Tamani. — Apenas seus olhos e as raízes dos cabelos. Como os meus. Lá em casa isso é uma questão de moda. Azul, cor-de-rosa, roxo. É divertido.

— Isso é tão estranho...

— Por quê? Metade das histórias dos humanos não diz que temos a pele *verde*? O que é bem mais estranho...

— Talvez. — Laurel se lembrou de uma coisa, da última vez que vira Tamani. — Você disse que não existia pó de elfo, certo?

Ele inclinou um pouco o queixo, aparentemente concordando, mas seu rosto era indecifrável.

— Na última vez que estive aqui, você agarrou meu pulso e, depois, ficou um pó cintilante nele. O que era aquilo, se não era pó de elfo?

Então, Tamani fez uma careta.

— Desculpe por aquilo; eu deveria ter sido mais cuidadoso.

— Por quê, era perigoso?

Tamani riu.

— Dificilmente. Era só pólen.

— Pólen?

— É, você sabe. — Ele estudou as próprias mãos como se elas houvessem, de repente, se tornado muito interessantes. — Para... polinizar.

— Polinizar? — Laurel começou a rir, mas Tamani não parecia estar contando uma piada.

— Por que você acha que uma flor brotou de você? Não é só pela beleza. Embora a sua fosse bem atraente.

— Ah. — Laurel ficou quieta por alguns momentos. — A polinização é a forma como as flores se reproduzem.

— É como nos reproduzimos também.

— Então você poderia ter... me polinizado?

— Eu nunca faria isso, Laurel. — Seu rosto estava mortalmente sério.

— Mas poderia ter feito? — pressionou Laurel.

Tamani falou vagarosamente, escolhendo as palavras com bastante cuidado.

— Tecnicamente, sim.

— E depois o quê? Eu teria um bebê?

— Uma muda, sim.

— Ela cresceria nas minhas costas?

— Não, não. Fadas e elfos crescem em flores. Esse é um aspecto que as histórias dos humanos geralmente acertam. A... fada... é polinizada por um elfo e, quando suas pétalas caem, ela fica com uma semente. Ela planta a semente e, quando a flor brota, você tem uma muda.

— Como vocês... nós... você sabe, *fadas e elfos*, polinizamos?

— O elfo produz pólen em suas mãos e, quando um elfo e uma fada decidem polinizar, o elfo toca o interior da flor da fada e deixa que o pólen se misture. É um procedimento um tanto complicado.

— Não parece muito romântico.

— Não há absolutamente nada de romântico — respondeu Tamani, com um sorriso confiante espalhando-se pelo rosto. — Para isso existe o sexo.

— Vocês também...? — Ela deixou a pergunta no ar.

— Claro.

— Mas as fadas não engravidam?

— Não, nunca. — Tamani deu uma piscadela. — A polinização é para a reprodução... o sexo é só por divertimento.

— Posso ver o pólen? — perguntou Laurel, estendendo as mãos para pegar as dele.

Tamani escondeu as mãos instintivamente.

— Não tenho pólen neste momento... você não está mais em flor. Só produzimos pólen quando ficamos perto de uma fada em florescimento. Foi por isso que eu esqueci e deixei vestígios no seu pulso. Não fico perto de uma fada em florescimento há muito tempo.

— Por que não?

— Sou uma sentinela. Sempre há outras sentinelas, mas aqui todas são elfos. E eu não vou para casa com frequência.

— Isso parece solitário.

— Às vezes. — Ele olhou novamente para ela e alguma coisa em seus olhos mudou. Tamani baixou a guarda, e Laurel viu uma tristeza profunda e desolada. Era quase doloroso de ver, mas ela não pôde desviar os olhos.

Então, tão rapidamente quanto surgira, desapareceu, substituída por um sorriso despreocupado.

— Era mais divertido quando você estava aqui. A propósito, você me deu muita dor de cabeça.

— O que eu fiz?

— Você desapareceu. — Tamani riu e balançou a cabeça. — Ficamos tão felizes por você ter voltado. Quando você...

— "Ficamos", quem?

—Você não achou que eu fosse o único elfo aqui, achou?

Laurel brincou com uma mecha de cabelo que havia se soltado do rabo de cavalo.

—Ah... achei, sim.

— É que você não pode nos ver, a não ser que permitamos.

Apesar do que Tamani acabara de dizer, Laurel olhou em volta, para as árvores.

— Quantos existem? — perguntou ela, imaginando se estaria rodeada por legiões de elfos invisíveis.

— Depende. Shar e eu estamos quase sempre aqui. Dez ou quinze outros geralmente se alternam, por seis meses ou um ano de cada vez.

— Há quanto tempo você está aqui?

Ele olhou para ela durante vários segundos, em silêncio, com uma expressão misteriosa.

— Há muito tempo — disse Tamani finalmente.

— Por que você está aqui?

Ele sorriu.

— Para vigiar você. Bem, até o seu desaparecimento.

— Você estava aqui para *me* vigiar? Por quê?

— Para ajudar a protegê-la. Garantir que ninguém descobrisse o que você é.

Laurel se lembrou de algo que vira em sua pesquisa.

— Eu sou uma... uma criança trocada?

Tamani hesitou por um segundo.

— No mais amplo sentido da palavra, sim. Exceto que nós não roubamos uma criança de verdade para substituir por você. Prefiro pensar em você como um enxerto.

— O que é um enxerto?

— É uma muda que é tirada de uma planta e implantada em outra. Você foi tirada do nosso mundo e colocada no mundo humano. Um enxerto.

— Por quê? Existem muitos... enxertos?

— Não. No momento, só você.

— Por que eu?

Ele se inclinou um pouco para a frente.

— Eu não posso contar tudo, e você terá de respeitar isso, mas vou lhe dizer o que posso, está bem?

Laurel assentiu.

— Você foi colocada aqui há doze anos para se integrar ao mundo humano.

Laurel revirou os olhos.

— Eu devia saber. Quem mais me deixaria numa cesta na porta da casa de alguém? — Seus olhos se arregalaram quando Tamani riu. — Foi *você* quem fez isso?

Ele riu mais ainda, jogando a cabeça para trás, divertido.

— Não, não. Eu era jovem demais. Mas, quando me uni às sentinelas daqui, fui informado sobre toda a sua vida.

Laurel não tinha certeza se gostava daquela ideia. — Minha vida toda?

— Pois é.

Ela estreitou os olhos.

— Você me espionou?

— Não é espionar exatamente. Nós estávamos ajudando.

— Ajudando... sei. — Ela cruzou os braços sobre o peito.

— Verdade. Tínhamos de impedir que seus pais descobrissem o que você é.

— Nossa, parece um plano superinfalível. — Seu tom era sarcástico. — Humm, como impediremos que esses humanos descubram a respeito das fadas? Ah, já sei, vamos jogar uma na porta da casa deles.

— Não foi assim. Precisávamos que eles tivessem uma filha fada.

— Por quê?

Tamani hesitou, apertando os lábios.

— Está bem, "Sr. Eu-te-contaria-mas-teria-de-te-matar". Por que vocês não me mandaram quando eu era bebê? Acredite, eu caberia melhor na cesta se não tivesse três anos de idade.

Tamani não sorriu dessa vez.

— Na verdade, você era um pouco mais velha do que isso.

— Como assim?

— Fadas e elfos não envelhecem da mesma forma que os humanos. Nunca fomos bebês de verdade. Quer dizer, parecemos com os bebês humanos quando florescem, mas nunca somos indefesos, como os humanos. Já nascemos sabendo andar e falar, e mentalmente equivalemos a... — Ele pensou por um momento. — A uma criança de cinco anos, talvez.

— Sério?

— Sim. Então, fisicamente, elas têm um amadurecimento um pouco mais lento; portanto, quando uma fada ou um elfo parece ter três anos ou quatro, na verdade tem sete ou oito... e, mentalmente, age como se tivesse onze ou doze.

— Que estranho.

— Você precisa se lembrar de que somos plantas. Cuidar de filhotes indefesos é o que fazem os animais. Não as plantas. Plantas produzem mudas, e essas mudas crescem sozinhas. Não precisam de ajuda.

— Então as fadas e os elfos não têm pais? *Eu* não tenho um pai-elfo e uma mãe-fada em algum lugar?

Tamani mordeu o lábio e olhou para o chão.

— As coisas são bem diferentes no nosso reino. Não há muito tempo para ser criança e não há suficientes fadas e elfos adultos para, simplesmente, ficarem sentados observando as crianças brincarem. Todos têm um papel e um propósito, e assumem esse papel muito cedo. Crescemos rápido. Sou uma sentinela desde os quatorze anos. Eu era um pouquinho novo para o trabalho, mas só por um ou dois anos. A maioria das fadas e elfos já exerce sua profissão e vive sozinha aos quinze ou dezesseis anos.

— Isso não parece muito divertido.

— O objetivo não é realmente a diversão.

— Se você está dizendo... Então, eu não poderia ter vindo quando ainda parecia um bebê porque já sabia andar e falar, certo?

— Sim.

— Então, quantos anos eu tinha quando vim?

Tamani suspirou e, por um instante, Laurel achou que ele não fosse lhe contar. Então, ele pareceu mudar de ideia.

—Você tinha sete anos.

— Sete? — A ideia era um pouco chocante. — Por que não me lembro de nada?

Tamani se inclinou para a frente, os cotovelos apoiados nas coxas.

— Antes que eu responda, você precisa entender que, embora não se lembre, você concordou com tudo isso.

— Tudo o quê?

— Tudo. Vir aqui, assumir seu papel, viver com os humanos, tudo isso. Você foi escolhida para isso há muito tempo e concordou em vir.

— Por que não lembro?

— Eu lhe disse que posso fazer os humanos se esquecerem de que me viram, certo?

Ela assentiu.

— Foi isso que fizeram com você. Quando você chegou à idade em que poderia se passar por uma criança humana, eles fizeram com que esquecesse a sua vida de fada.

— Com uma poção ou algo assim?

— Sim.

Laurel ficou estupefata.

— Eles me fizeram esquecer sete anos da minha vida?

Tamani assentiu solenemente.

— Eu... eu não sei o que dizer.

Ficaram em silêncio por vários minutos, enquanto Laurel tentava compreender o que aquilo significava para ela. Começou a adicionar os anos que Tamani dissera que ela havia perdido.

— Tenho, então, dezenove anos? — perguntou, espantada.

— Tecnicamente, sim, mas você ainda é como uma garota humana de quinze anos.

— Quantos anos você tem? — perguntou ela, com a voz pesada de raiva. — Cinquenta?

— Vinte e um — respondeu Tamani baixinho. — Temos quase a mesma idade.

— Então, simplesmente me fizeram esquecer tudo?

Tamani deu de ombros, com o rosto tenso.

O intenso controle de Laurel sobre sua raiva se esvaiu.

— Vocês, pelo menos, pensaram direito no que estavam fazendo? Um milhão de coisas podiam ter dado errado. E se meus pais não me quisessem? E se descobrissem que eu não tenho coração nem sangue ou que mal preciso respirar? Você sabe com que a maioria das pessoas alimenta seus filhos de três anos? Leite, biscoitos, cachorros-quentes! Eu podia ter morrido!

Tamani balançou a cabeça.

— O que você pensa que somos? Amadores? Mal houve um instante da sua vida em que não houvesse, no mínimo, cinco fadas cuidando de você, garantindo que tudo estivesse bem. E a alimentação nem era um problema. Foi por isso que você foi escolhida, para começo de conversa.

— E eu não esqueci o que deveria comer?

— Isso é o mais legal a respeito das fadas e elfos de outono. Parte de sua magia é saber intrinsecamente aquilo que é bom e o que é mau para si mesmos, assim como para as outras fadas e elfos. Precisam saber, para fazer seus elixires. Sabíamos que você não comeria algo prejudicial à sua saúde por livre e espontânea vontade. A única coisa a que tivemos de ficar atentos foi que seus pais não forçassem você a comer. Algo que eles nunca fizeram — completou, antes que ela pudesse perguntar. — Tínhamos tudo sob controle. Bem — acrescentou Tamani, relutante —, até você ir embora.

— Até eu ir embora? Se vocês estavam me vigiando tão de perto, deveriam saber que iríamos nos mudar.

— Deixamos de vigiar você de perto há alguns anos. Fui eu quem insistiu para isso. Eu... estou encarregado de você agora. Você não era mais criança. Em termos de idade de fada, você era mais do que adulta. Os sinais de que você era uma fada não eram tão óbvios. Você não caía muito e seus pais estavam acostumados a seus hábitos alimentares. Achei que você merecesse um pouco mais de privacidade. Pensei que fosse ficar grata por isso — acrescentou, ressentido.

— Provavelmente ficaria, se soubesse — cedeu Laurel.

Tamani suspirou.

— Mas eu recuei demais e nos passou completamente despercebido que você se mudaria, até o dia em que a empresa de mudança apareceu. Eu queria radicalizar e deter tudo naquele mesmo instante. Dopar os transportadores, levar você de volta para o reino, cancelar o projeto de uma vez. Mas... vamos dizer apenas que perdi na votação. Daí, você e seus pais saíram com o carro e, de repente, você havia simplesmente... sumido. — Ele riu sem nenhum humor. — Que bronca eu levei.

— Me desculpe.

— Tudo bem. Você voltou. Agora está tudo bem.

Ela olhou para ele com cautela.

— Vocês vão me seguir até minha casa e se mudar para o meu quintal, já que, aparentemente, gostam tanto de me vigiar?

Ele riu.

— Não. Estamos bem aqui, obrigado. Ficamos preocupados principalmente que você florescesse e tivesse problemas sérios com isso. Por sorte, você lidou bastante bem sozinha.

— Então eu vou morar lá e vocês vão continuar vivendo aqui?

— Por enquanto.

— Qual era, então, o objetivo de eu ser um... um enxerto? Fui só uma experiência?

— Não. De forma alguma. — Tamani soltou um suspiro ruidoso, exasperado, e olhou à sua volta rapidamente. — A razão de enviar você para cá foi para proteger essas terras. É... um lugar importante para as fadas e os elfos. É imprescindível que o proprietário das terras seja alguém que entenda isso. Essa é a razão principal pela qual você foi colocada junto deles. Quando a mãe da sua mãe morreu, sua mãe ficou bastante amargurada e imediatamente pôs esse terreno à venda. Ela tinha dezenove anos e imagino que o lugar contivesse lembranças demais.

— Ela me contou a respeito.

Tamani assentiu.

— As coisas melhoraram quando ela se casou com seu pai, mas sua mãe nunca parou de tentar vender. Foi então que a Corte Seelie cogitou a ideia de unir você à família deles. Funcionou melhor do que eles haviam esperado. Depois que sua mãe criou um vínculo verdadeiro com você, ela parou de tentar vender a propriedade. À exceção de um ou outro comprador aparecendo de vez em quando, essa parte do nosso trabalho tem sido bem fácil. Agora parece que tudo vai de vento em popa. — Tamani se reclinou com as mãos atrás da cabeça. — Só precisamos ter paciência e esperar que você herde tudo.

Laurel baixou os olhos para suas mãos.

— E se eu não herdar? E se... se meus pais venderem as terras?

— Eles não podem vender — disse ele, simplesmente.

Laurel levantou a cabeça com um impulso.

— Por que não?

Tamani sorriu com malícia.

—Você não consegue vender uma casa que ninguém sequer se lembra de que existe.

— Hã?

— Ver-nos não é a única coisa que podemos fazer os humanos esquecerem.

Os olhos de Laurel se arregalaram quando ela compreendeu.

— Vocês os estão sabotando! Vocês fizeram as pessoas se esquecerem de que tinham visto a casa.

—Tivemos de fazer isso.

— E quanto aos avaliadores?

— Confie em mim, seria uma tentação grande demais se a sua mãe descobrisse quanto valem essas terras.

— Então, você os fez esquecer também?

— Era necessário, Laurel. Acredite em mim.

— Humm... não funcionou — disse ela baixinho.

A expressão de Tamani denotou desconfiança.

— O que você quer dizer? — perguntou ele, num tom baixo e sério.

— Minha mãe vai vender as terras.

— Para quem? Ninguém veio aqui olhar. Nós teríamos cuidado disso.

— Eu não sei; um cara que meu pai conheceu em Brookings. Tamani se inclinou para a frente.

— Laurel, isso é muito importante. Você *não pode* deixá-la vender.

— Por que não?

— Para começar, porque eu vivo aqui. Não gostaria muito de ficar desabrigado, mas... — Ele olhou em volta e resmungou, frustrado. — Não posso explicar tudo agora, mas você não pode deixá-la vender. Custe o que custar, você tem de falar com ela quando chegar em casa e fazer tudo que puder para convencê-la a dizer não para esse sujeito.

— Humm, isso pode ser um pouco difícil.

— Por quê?

— A oferta já foi entregue. A papelada vai ficar pronta logo.

— Ah, não. — Tamani afastou o cabelo da testa. — Isso é ruim, isso é ruim *demais*. Shar vai me matar. — Ele suspirou. — Há alguma coisa que você possa fazer a respeito?

— A decisão não é minha, na verdade — disse Laurel. — Não posso dizer a eles o que fazer.

— Só estou pedindo para tentar. Diga... *alguma coisa*. Nós vamos tentar pensar em alguma coisa daqui também. Se você soubesse como essas terras são importantes para o reino, não dormiria mais até que estivessem seguras. Não sei se *eu* poderei dormir até você voltar aqui e me dizer que estão seguras.

— Por quê?

Ele soltou um suspiro, com um silvo exasperado.

— Não posso dizer... é proibido.

— Proibido? Sou uma fada, não sou?

— Você não entende, Laurel. Você não pode saber tudo só porque é uma de nós... não ainda. Mesmo no reino, as fadas e elfos jovens não recebem permissão para entrar no mundo humano até provar sua lealdade; se é que algum dia a obtêm. Você está me pedindo para revelar um dos maiores segredos da nossa espécie. Não pode esperar que eu faça isso.

Vários segundos se passaram em silêncio.

— Farei o que puder — disse Laurel, finalmente.

— É só o que peço.

Ela deu um sorriso forçado.

— Meus pais vão achar que sou maluca.

— Por mim, tudo bem.

Laurel olhou para ele por alguns segundos antes de estender a mão e dar um tapa em seu ombro.

Tamani apenas riu.

Em seguida, ficou sério e olhou fixamente para ela. Com hesitação, aproximou-se de Laurel e deslizou os dedos por seu braço nu.

— Estou feliz que tenha vindo hoje — disse ele. — Estava com saudade de você.

— Eu... acho que também fiquei com saudade de você.

—Verdade? — A esperança brilhou nos olhos dele tão explicitamente que Laurel precisou desviar o olhar e rir com nervosismo.

—Você sabe, depois que parei de achar que você era um sem-teto maluco.

Riram juntos, e ela se maravilhou com o tom suave e tilintante da voz dele. Fazia com que um formigamento morno subisse por sua espinha. Laurel olhou rapidamente seu relógio.

— Eu... preciso ir — disse, num tom carregado de desculpa.

—Volte logo — disse Tamani. — E poderemos conversar mais.

Laurel sorriu.

— Eu gostaria muito.

— Promete que vai falar com seus pais?

Ela assentiu.

— Prometo.

— E virá me contar as novidades?

— Assim que eu puder. Mas não sei quando será isso.

—Você vai contar a seus pais sobre tudo? — perguntou Tamani.

— Eu não sei — respondeu Laurel. — Não acho que acreditariam em mim. Principalmente porque não tenho mais a flor para provar. Foi assim que convenci David.

— David — disse Tamani em tom de zombaria.

— O que há de errado com David?

— Nada, imagino. Você tem certeza de que ele é confiável?

—Tenho.

Tamani suspirou.

— Suponho que você tivesse de contar a alguém, mas não acho nada legal.

— Por que não?

— Porque ele é humano. Todo mundo sabe que os humanos não são confiáveis. Você deveria ter cuidado.

— Não preciso ter cuidado com ele. Ele não vai contar a ninguém.

— Espero que esteja certa.

Caminharam lentamente pela trilha conhecida, com Laurel na frente. Pararam perto da linha de árvores.

—Tem certeza de que precisa ir? — perguntou Tamani baixinho.

Laurel ficou surpresa pela emoção na voz dele. Ela sentira, durante a conversa, que ele de fato gostava dela... e muito. Mas aquilo parecia ser algo mais. Algo mais pessoal. Também ficou um pouco surpresa ao perceber que estava relutante em partir.

— Meus pais nem sabem que estou aqui. Eu saí escondida.

Tamani assentiu.

—Vou sentir saudade de você — sussurrou.

Laurel riu com nervosismo.

—Você mal me conhece.

—Vou sentir saudade mesmo assim. — Seus olhos encontraram os dela. — Se eu lhe der uma coisa, você guarda para se lembrar de mim... e talvez pensar em mim só um pouquinho?

—Talvez. — Os olhos verde-escuros de Tamani pareciam ver através dela... dentro dela.

Ele rompeu um pedaço de barbante que estava em seu pescoço e estendeu a ela um círculo pequeno e brilhante.

— Para você.

Então, pousou a pequena faísca na mão dela. Era um anel de ouro cintilante, pouco maior que uma ervilha, com uma minúscula flor de cristal no topo.

— O que é isso? — perguntou Laurel, maravilhada.

— É um anel de muda — respondeu Tamani. —Você sabe, uma muda é um bebê-fada. Toda muda recebe um anel quando é jovem. Se você o usa, ele cresce junto com você. São as fadas e os elfos de inverno que os fabricam. Bem, são as fadas e os elfos de primavera que os *fazem*, mas as fadas e os elfos de inverno os encantam. — Ele ergueu a mão para lhe mostrar um anel simples de prata. — Está vendo, este aqui é o meu. Era tão pequeno quanto o outro. Você não é mais uma muda, então ele não vai se ajustar ao seu dedo, mas achei que talvez gostasse de tê-lo.

O anelzinho era perfeito, lindo em todos os detalhes.

— Por que você está me dando isso?

— Para ajudá-la a se sentir mais parte de nós. Você pode pendurá-lo numa corrente. — Ele hesitou por um momento. — Só achei que deveria tê-lo.

Laurel ergueu para ele um olhar interrogativo, mas Tamani não o retribuiu. Ela desejou ter mais tempo para tirar mais segredos dele.

—Vou usá-lo sempre — disse.

— E pensar em mim? — Os olhos dele prenderam os dela, e ela soube que só havia uma resposta possível.

— Sim.

— Ótimo.

Laurel começou a correr, mas, antes que pudesse se afastar, Tamani agarrou sua mão. Sem romper o contato visual, ele levantou a mão dela ao próprio rosto e roçou os lábios em seus dedos. Apenas por um segundo, os olhos dele baixaram a guarda. Uma fagulha a percorreu ao ver o que havia ali: desejo puro, desenfreado. Antes que pudesse examinar aquilo com mais atenção, Tamani sorriu e o lampejo desapareceu.

Ela andou até sua bicicleta, com a respiração acelerada, enquanto tentava deter a onda de calor que se espalhava por seu corpo a partir do ponto em que os lábios de Tamani a haviam tocado. Laurel olhava repetidamente para trás, para ele, ao pedalar em direção à rodovia. Cada vez que se virava, via os olhos dele ainda fixos nela. Mesmo quando se dirigiu para a estrada, sentiu seu olhar seguindo-a até muito tempo depois de já não poder mais vê-lo.

Eram quatro horas da tarde quando Laurel entrou com a bicicleta na garagem, muito mais tarde do que qualquer sessão de estudos poderia justificar. Ela se preparou e empurrou a porta da frente.

Seu pai tirava uma soneca no sofá, seus roncos tinham um ritmo suave e familiar. Nenhuma ameaça viria daquela fonte. Ficou atenta para escutar a mãe e ouviu o ruído de garrafas tilintando na cozinha.

— Mãe? — chamou.

— Aí está você. Você e David devem ter terminado rapidamente aquela última página. Liguei não faz nem meia hora.

— Hã, é. Foi mais fácil do que eu pensei — disse Laurel apressadamente.

—Você se divertiu? Ele é um doce de menino.

Laurel assentiu, com a cabeça bem longe de David — a uns 70 quilômetros de David, para ser exata.

—Vocês dois estão...?

— O quê? — Laurel tentou se concentrar no que a mãe estava dizendo.

— Bem, você passa um tempão na casa dele; pensei que talvez vocês dois estivessem... virando um casal.

— Não sei — disse ela honestamente. — Talvez.

— É só que... eu sei que a mãe do David, às vezes, trabalha até tarde, então você e ele ficam bastante tempo sozinhos. É fácil perder o controle das coisas quando se está numa casa vazia.

— Tomarei cuidado, mãe — disse ironicamente.

— Eu sei que sim, mas sou mãe e tenho de avisar, de qualquer forma — disse, sorrindo. — Lembre-se — acrescentou —, só porque você não começou a menstruar não quer dizer necessariamente que não pode ficar grávida.

— Mãe!

— Só estou dizendo.

Laurel pensou nas palavras de Tamani naquele dia. *A polinização é para a reprodução... o sexo é só por divertimento.* Perguntou-se o que sua mãe diria se lhe dissesse que *não podia* engravidar... que *nunca* começaria a menstruar. Que sexo, para ela, era apenas sexo, sem nenhuma obrigação. Se havia uma coisa que Laurel pudesse dizer e que realmente abalaria sua mãe, era isso. *Ela* ainda estava tentando entender.

— Mãe — disse Laurel, com hesitação —, eu queria falar com você sobre as terras. Elas estão na nossa família há tanto tempo... E nós moramos lá a minha vida inteira. — Baixou a cabeça ao pensar em sua verdadeira origem... seu lar secreto. — Pelo menos, desde que consigo me lembrar. — Lágrimas inesperadas encheram seus olhos, quando voltou a olhar para a mãe. — É o lugar mais mágico do mundo. Eu gostaria que você não o vendesse.

Sua mãe a olhou por um longo tempo.

— O Sr. Barnes está nos oferecendo um monte de dinheiro, Laurel. Todas as coisas que você quis ultimamente e que não pudemos comprar estariam ao nosso alcance.

— Mas, e se você não vendesse? Nós ficaríamos bem?

Sua mãe suspirou e pensou por um instante.

— Os negócios do seu pai estão indo bem, mas não há garantia de que continuarão assim. — Ela apoiou os cotovelos sobre a bancada, inclinando-se. — Teríamos de apertar os cintos por um bom tempo, Laurel. Não gosto de viver assim tão frugalmente. Você não é a única que tem de abrir mão das coisas.

Laurel ficou calada por um tempo. Parecia uma tarefa monumental demais para uma menina de quinze anos. *No entanto,* acrescentou mentalmente, *não sou uma menina comum.* Animada por aquele pensamento, disse:

—Você poderia, pelo menos, pensar no caso? Por uma semana que fosse? — acrescentou Laurel quando a mãe apertou os lábios.

— Deveríamos assinar os papéis na quarta-feira.

— Uma semana? Por favor? Apenas diga ao Sr. Barnes que você precisa de uma semana. Se você realmente pensar no assunto por uma semana, prometo nunca mais incomodá-la com isso.

A mãe a analisou com ceticismo.

— Por favor?

Seu rosto se suavizou.

— Acho que o Sr. Barnes não rescindiria o contrato se eu precisasse de mais uma semana.

Laurel pulou em volta da bancada e abraçou a mãe.

— Obrigada — sussurrou. — Isso significa muito para mim.

— Ele não contou muita coisa, na verdade. — David estava sentado numa banqueta do bar, em sua cozinha. A mãe dele tinha ido a um encontro; assim, ele e Laurel tinham a casa só para eles naquela noite. David estava comendo sobras requentadas no micro-ondas, e Laurel rabiscava num caderno, tentando se distrair do cheiro da comida.

— Contou o suficiente — disse Laurel, na defensiva. — Ele parecia querer me contar mais, mas não tinha permissão. Eu podia ver que isso o incomodava.

— Ele parece meio estranho.

— Ele é diferente, com certeza... e não somente na aparência. — Laurel parou no meio de uma espiral e olhou para cima, lembrando-se. — Ele é tão intenso. Tudo que ele sente, seja bom ou ruim, parece ampliado. E contagiante. — Ela começou a rabiscar novamente. — A gente gostaria de se sentir como ele, mas é impossível acompanhar, porque a forma como se sente muda rápido demais. Deve ser cansativo ser assim tão passional.

— Seu corpo estremeceu ao encontrar a palavra exata que o descrevia. *Passional*, sempre.

— Então, agora vocês são amigos?

— Não sei. — A verdade era que Laurel sabia que Tamani a desejava. E que, apesar de tentar não sentir, ela sentia a mesma coisa. Parecia desleal passar a tarde com David depois de seu dia com Tamani. Ou talvez se sentisse desleal por ter passado o dia com o elfo. Era difícil saber ao certo.

Laurel levantou a mão para tocar o anel que ele lhe dera, preso numa fina corrente de prata. Já havia feito isso pelo menos cem vezes naquele dia. Trouxe de volta a sensação de estar com ele. Em sua curta visita, tinham se tornado mais do que amigos — não, não mais, tinham ido *além* da amizade. A palavra *amigo* parecia insignificante demais para descrever a conexão que compartilhavam. O que tinham se parecia mais a um vínculo. Não podia contar isso a David. Já seria difícil explicar para alguém que não estivesse envolvido — e David estava bastante envolvido. Se ele desconfiasse do turbilhão de emoções que ela sentia por Tamani, ficaria terrivelmente enciumado.

No entanto, isso não queria dizer que não gostasse de David. Ela o considerava seu melhor amigo e, às vezes, mais que isso. David era tudo que Tamani não era: calmo, centrado, racional, tranquilizador. Seus sentimentos por ele não eram uma tempestade caótica, mas sim uma forte atração. Ele era uma constante em sua vida, algo que Tamani nunca poderia ser. Duas metades que jamais seriam um todo.

David finalmente terminou de jantar e Laurel empurrou o caderno de lado para encará-lo.

— Obrigada por me dar cobertura. Nunca sonhei que minha mãe fosse realmente ligar para você.

David deu de ombros.

—Você já tinha saído há um tempão, e ela sabe que você não gosta realmente de biologia.

— Li um pouco essa tarde — disse Laurel. —Você sabe que as plantas absorvem dióxido de carbono do ar e, depois, liberam oxigênio como subproduto, certo?

— Sim, é por isso que devemos salvar as árvores e coisa e tal.

— Eu estava pensando que não faz sentido que eu respire oxigênio.

— Então... você acha que respira dióxido de carbono?

— Isso, e exalo oxigênio.

—Acho que faz sentido.

— Eu estava pensando — começou Laurel lentamente — que poderíamos tentar outra experiência.

David olhou para ela, intrigado.

— Que tipo de experiência?

— Humm, bem, o ar não é uma coisa que se possa olhar sob o microscópio; então, a única forma de verificar se estou exalando oxigênio seria se você conseguisse inalá-lo sem problemas.

David começou a ver aonde aquilo estava levando.

— E como você propõe que façamos isso? — perguntou, com um leve sorriso pairando no canto da boca.

— Bem, eu estava pensando que seria um tipo de... respiração boca a boca. Só que, primeiro, você exalaria na minha boca e, então, sem inspirar novamente, eu poderia exalar para dentro da sua. — Ela olhou para ele por um segundo e falou: — Mas você não tem que fazer isso. Foi só uma ideia que eu tive.

— Estou impressionado — disse David. — Você estudou biologia sozinha.

Laurel revirou os olhos, mas sorriu.

— O Google é meu melhor amigo.

David soltou uma risada; depois, tentou disfarçar, tossindo. Laurel olhou feio para ele.

— Faz todo o sentido — disse David. — Vamos tentar.

Ele se virou para ela até seus joelhos se tocarem.

— Primeiro, você inala e segura a respiração por uns dez segundos para que seus pulmões convertam o ar em dióxido de carbono. Depois sopra o ar para dentro da minha boca, e eu vou aspirá-lo. Daí vou esperar uns dez segundos e soprá-lo de volta na sua boca, combinado?

David fez que sim com a cabeça.

Parecia bastante simples. Bem, a não ser pela parte do boca a boca. Mas ela podia lidar com aquilo. Certo?

O peito de David se expandiu ao encher os pulmões de ar e seu rosto ficou vermelho enquanto ele prendia a respiração.

Agora não tinha volta.

Depois de uns dez segundos, ele fez um gesto para ela e se inclinou para a frente, com os olhos fixos em sua boca. Laurel se obrigou a se concentrar e inclinou o corpo para encontrá-lo. Seus lábios se tocaram suavemente, de início, e ela quase se distraiu e inalou, de nervosismo. Então, David pressionou com mais firmeza e soprou para dentro de sua boca. Laurel deixou que seus pulmões se enchessem.

Ele se afastou e ela cometeu o erro de encontrar seus olhos. Laurel sorriu e então teve de desviar o olhar enquanto contava até dez. Daí, ele se inclinou novamente, sua mão puxando suavemente o ombro dela.

Laurel o encontrou a meio caminho, sem hesitar desta vez. David pressionou a boca contra a dela, abrindo um pouco os lábios. Ela soprou todo o ar de seus pulmões de volta para ele e sentiu que ele o inalava. David esperou um pouco antes de se afastar e romper o contato.

— Uau. — Ele exalou e passou os dedos pelos cabelos. — Uau. Foi incrível. Minha cabeça está até rodando um pouco. Acho que você exala oxigênio quase puro, Laurel.

—Você não vai cair do banco, vai? — Ela pôs as mãos nas pernas dele.

— Estou legal — disse David, respirando lentamente. — Só me dê alguns segundos. — Ele deslizou as mãos para cobrir as dela, onde ainda seguravam suas pernas. Ela ergueu os olhos, e ele sugou o lábio inferior; em seguida, riu.

— Qual é a graça?

— Desculpe — disse David, enrubescendo novamente. — É que você é tão doce...

— Como assim, doce?

Ele lambeu o lábio mais uma vez.

—Tem gosto de mel.

— Mel?

— É. Achei que estivesse ficando maluco no dia... bem, você sabe, naquele dia. Mas hoje foi a mesma coisa. Sua boca é doce mesmo. — Ele ficou quieto por um segundo, depois sorriu. — Não como o mel... como *néctar*. Isso faz mais sentido.

— Perfeito. Agora vou ter que explicar isso para todo mundo que eu beijar pelo resto da vida, a não ser que seja você ou... um elfo. — Ela quase disse o nome de Tamani. Seus dedos voaram para o anel em seu pescoço.

David deu de ombros.

— Então não beije mais ninguém além de mim.

— David...

— Só estou oferecendo a solução óbvia — disse ele, levantando as mãos em protesto.

Ela riu e revirou os olhos.

— Acho que isso vai me impedir de ser essas meninas que saem beijando todo mundo.

David balançou a cabeça.

— Você jamais poderia ser assim. Seus sentimentos são emotivos demais. Você se preocuparia em partir o coração de cada cara que beijasse.

Laurel não tinha muita certeza se ele estava dizendo aquilo como elogio ou não, mas era o que parecia.

— Humm, obrigada. Acho.

— O que é isso? — perguntou ele, apontando para o colar. — Você não para de mexer nele.

Laurel deixou o anel cair na frente da camiseta. Era como um talismã que enviava seus pensamentos diretamente a Tamani. Perguntou-se se Tamani sabia disso, que o anel teria esse efeito. Ficou surpresa pelo fato de tal possibilidade não irritá-la.

— É um anel — confessou finalmente. — Tamani me deu.

David olhou para ela de forma estranha.

— Tamani deu um *anel* para você?

— Não nesse sentido. — *Rapazes.* — É um anel de bebê. Acho que todas as fadas recebem um quando pequenas. — Contrariando o impulso de manter o anel como um segredo especial somente seu, mostrou a David o minúsculo círculo.

— É bonito mesmo — disse com má vontade. — Por que ele lhe deu esse anel?

Laurel tentou desconversar.

— Sei lá. Só queria que eu o tivesse.

David ainda olhou para o anel por um tempo, antes de soltá-lo sobre a camiseta de Laurel.

Dezesseis

— BEM NA HORA — DISSE A MÃE DE LAUREL, QUANDO ELA chegou da escola no dia seguinte. — Telefone para você.

Laurel pegou o telefone. Havia acabado de deixar David na esquina. Por que ele já estaria ligando para ela?

— Alô? — perguntou.

— Oi, Laurel. É a Chelsea.

— Oi — disse Laurel.

—Você está ocupada? Está um dia lindo. Pensei então se você não gostaria de ir visitar o Battery Point Lighthouse.

Laurel tinha ouvido falar desse antigo farol, um marco histórico da cidade, mas ainda não o vira.

— Claro — disse. — Eu adoraria ir.

— Posso passar aí em cinco minutos?

— Perfeito.

—Vai a algum lugar com David? — perguntou a mãe de Laurel quando ela desligou.

— Com Chelsea, na verdade. Ela quer ir até o farol. Tudo bem?

— Claro, acho ótimo. Fico feliz em ver você diversificar um pouco. Você sabe que eu gosto muito do David, mas acho que você deveria ter mais amigos. É mais saudável.

Laurel foi até a geladeira e abriu um refrigerante enquanto esperava.

— Recebi seu boletim de notas pelo correio hoje — disse sua mãe.

O refrigerante pareceu entalar na garganta de Laurel. Antes de florescer, ela estava indo razoavelmente bem na escola, mas não sabia até que ponto conseguira manter o nível depois que sua vida fora à loucura.

—Três A, dois B. Fiquei bastante feliz com as notas — disse a mãe com um sorriso. Então, ela soltou uma risada e completou: — Sinceramente, uma parte de mim está se achando o máximo. Eu devo ter feito um bom trabalho com você para que esteja indo tão bem assim.

Laurel revirou os olhos quando a mãe lhe entregou as notas. O B em biologia não era nenhuma surpresa; nem o A em inglês. Agora, tudo que precisava fazer era chegar até o fim do semestre. Não deveria ser tão difícil. O pior, com certeza, já havia passado.

— Por que o carro do papai está aqui? — perguntou Laurel. Sua mãe suspirou.

— O papai está doente. Ficou doente o dia inteiro. Até faltou ao trabalho.

— Uau — disse Laurel. — Há séculos ele não falta ao trabalho.

— Pois é. Eu o fiz ficar na cama o dia todo. Ele deverá estar melhor amanhã.

Ela escutou uma buzina tocar na entrada da casa.

— Chelsea chegou — disse Laurel, apanhando sua jaqueta.

— Divirta-se — disse a mãe, sorrindo.

Laurel entrou no carro da mãe de Chelsea e se acomodou no banco traseiro; Chelsea virou-se para ela, com um sorrisão.

— Oi! O farol é fantástico; é um superclássico. Você vai adorar.

A mãe de Chelsea deixou-as no estacionamento.

—Volto daqui a umas duas horas — disse ela.

—Tchau — exclamou Chelsea, acenando.

—Aonde agora? — perguntou Laurel, olhando para o oceano.

—Vamos caminhar — respondeu Chelsea, apontando para uma ilha a cerca de 150 metros da orla.

—Vamos caminhar até uma ilha?

—Tecnicamente, é um istmo, quando a maré está baixa.

Protegendo os olhos do sol, Laurel tentou ver a ilha.

— Não estou vendo nenhum farol.

— Não é como os faróis que se veem nos quadros. É só uma casa com uma luz no teto.

Chelsea caminhou na frente e elas seguiram por uma faixa estreita de areia, que conectava a ilhazinha à terra firme. Era divertido estar tão perto do oceano sem, de fato, estar dentro dele. Laurel gostou do cheiro intenso da água salgada e da brisa fresca que acariciava seu rosto e fazia o cabelo encaracolado de Chelsea balançar. Era irônico, na verdade, que ela gostasse do cheiro do oceano, já que odiava a água salgada.

Quando chegaram à ilha, havia um caminho de cascalho que subia por uma colina. Apenas alguns minutos depois, viraram uma curva e o farol surgiu à vista.

— A bem da verdade, é uma casa normal — disse Laurel, denotando surpresa.

— Exceto pela luz — disse Chelsea, apontando.

Chelsea fez as vezes de guia turística, sob o olhar vigilante de um guarda de segurança, e mostrou toda a casa a Laurel, explicando a história do farol e incluindo seu papel nos tsunamis dos quais Crescent City era vítima de tantos em tantos anos.

— São fantásticos — disse Chelsea —, pelo menos quando não ficam grandes demais.

Laurel não tinha certeza se compartilhava do entusiasmo de Chelsea.

Chelsea a levou até um jardinzinho e indicou as flores roxas que cresciam nas rochas, em toda a volta da diminuta ilha.

— São realmente lindas — disse Laurel, inclinando-se para tocar um tufo das pequenas flores.

Chelsea tirou uma manta de sua bolsa e a estendeu na grama macia. Sentaram-se ali, olhando em silêncio para o mar por alguns minutos. Laurel se sentia completamente em paz naquele lugar tão lindo e pedregoso. Chelsea vasculhou novamente em sua bolsa e tirou uma barra de chocolate para ela e entregou um pote pequeno a Laurel.

— O que é isso? — perguntou Laurel.

— Morangos. São orgânicos, se é que isso importa — acrescentou Chelsea.

Laurel sorriu e abriu a tampa.

— Obrigada. Parecem ótimos. — Um milhão de vezes melhor do que a barra de chocolate que Chelsea estava comendo.

— E aí, o que anda rolando entre você e o David?

Laurel engasgou com o morango que havia começado a mastigar e tossiu energicamente.

— Como assim?

— Só me perguntava se vocês já estão namorando.

— Bem, não precisa fazer rodeio nem nada, tá? — disse Laurel, mais para os morangos do que para Chelsea.

— Ele gosta muito de você, Laurel. — Chelsea suspirou.
— Quem me dera ele gostasse de mim pelo menos a metade disso.

Laurel cutucou os morangos com o garfo.

— Acho que gosto dele desde o dia em que ele se mudou para cá. Costumávamos jogar futebol juntos — acrescentou Chelsea, sorrindo.

Laurel podia enxergar, em sua mente, uma Chelsea com dez anos de idade — voluntariosa e franca, exatamente como agora, e não se encaixando muito com os demais — acabando de conhecer David. Que sempre aceita tudo e que nunca julga ninguém. Não era de admirar que Chelsea houvesse se apegado a ele. Mas, ainda assim...

— Chelsea, não fique chateada com o que vou dizer, mas por que você está me contando isso?

— Não sei. — Ficaram em silêncio por um tempo. — Não estou tentando fazer você se sentir mal nem nada disso — assegurou Chelsea. — David não gosta de mim desse jeito, eu sei. Sinceramente, se ele vai ter uma namorada, prefiro que seja alguém como você. Alguém que também seja minha amiga.

— Isso é bom, acho eu — disse Laurel.

— E então... você é namorada dele? — pressionou Chelsea.

— Eu não sei. Talvez?

— Isso é uma pergunta? — indagou Chelsea com um sorriso.

— Eu não sei. — Laurel fez uma pausa, então olhou de relance para Chelsea. — Você não se importa mesmo se eu falar sobre isso?

— De jeito nenhum. É como viver através dos outros.

— Você diz as coisas mais malucas, às vezes — começou Laurel, com pesar.

— Pois é, David diz a mesma coisa. Particularmente, não acho que muitas pessoas falam aquilo que realmente pensam.

— Quanto a isso, com certeza você tem razão.

— Então, é namorada ou não é? — perguntou Chelsea novamente, recusando-se a deixar para lá.

Laurel deu de ombros.

— De verdade, não sei. Às vezes, acho que é isso que eu quero, mas nunca tive um namorado antes. Nunca tive sequer um cara que fosse meu amigo íntimo. Estou adorando isso... não quero perder essa parte.

— Talvez não perca.

— Talvez. Só não estou muito segura.

— Pode haver outros benefícios — disse Chelsea.

— Como o quê?

— Se vocês já estiverem se beijando, ele poderia fazer seu dever de biologia.

— Isso é tentador — disse Laurel. — Sou péssima em biologia.

Chelsea sorriu.

— É, foi o que ele disse.

Laurel arregalou os olhos.

— Ele não falou isso! Jura?

— Não é nenhum segredo... você reclama todo dia no almoço. Acho que ele seria um namorado excelente — acrescentou Chelsea.

— Por que você está incentivando? A maioria das pessoas na sua posição estaria tentando nos separar.

— Eu *não* sou a maioria das pessoas — disse Chelsea, na defensiva. — Além disso — prosseguiu num tom mais leve —, ele ficaria superfeliz. Gosto quando David está feliz.

— Cheguei — gritou Laurel ao entrar em casa, jogando a mochila no chão e indo até a despensa em busca de um pote de peras em conserva. Sua mãe entrou alguns minutos depois, quando Laurel estava mordiscando metade de uma pera diretamente do pote. Mas, em vez do "olhar de mãe" que Laurel geralmente recebia por não usar um prato, sua mãe apenas suspirou e sorriu com cansaço.

— Você consegue se virar com seu jantar hoje?

— Claro, o que aconteceu?

— Seu pai está piorando. O estômago dói, está um pouco inchado e agora tem febre. Não é muito alta... por volta de 38 graus, mas não estou conseguindo baixá-la. Nem com compressas frias nem com banho frio, nem mesmo com minhas cápsulas de hissopo e raiz de alcaçuz.

— Sério? — perguntou Laurel. Sua mãe tinha ervas para tudo, e elas faziam maravilhas. Seus amigos geralmente a chamavam quando haviam chegado ao fim da linha e os medicamentos de venda livre nas farmácias não resolviam. — Você tentou dar a ele chá de equinácea? — sugeriu ela, já que era isso que sua mãe sempre lhe dera.

— Fiz uma jarra inteira para ele, gelado, mas ele também está com dificuldades para engolir; então, não sei se está ajudando muito.

— Aposto que foi alguma coisa que ele comeu — disse Laurel.

—Talvez — deixou escapar a mãe distraidamente, embora não parecendo muito convencida. — Ele piorou bastante logo depois que você saiu. Enfim — acrescentou, voltando a cabeça na direção da filha —, vou passar a noite lá com ele, ver se consigo deixá-lo um pouco mais confortável.

— Sem problemas. Tenho peras em calda e um montão de dever de casa.

— Que noite excitante para nós duas.

— Pois é — disse Laurel com um suspiro, olhando para a pilha de livros que esperava por ela sobre a mesa.

Dezessete

Na quinta-feira, depois da escola, Laurel pegou seu avental azul e desceu a rua até a Mark's Bookshelf. Jen, Brent e Maddie — os empregados de seu pai — vinham trabalhando horas extras; se as coisas, porém, continuassem daquele jeito, os três ultrapassariam as quarenta horas semanais até a sexta-feira. Laurel queria dar um dia de folga, pelo menos, a Brent e a Jen. Ela e Maddie dariam conta do recado. Maddie era a única funcionária que o pai de Laurel havia herdado do dono anterior da livraria. Trabalhava naquela loja havia quase dez anos e, por sorte, podia praticamente tocar a loja sozinha.

Contudo, não era com a livraria que Laurel se preocupava ao caminhar em direção à Main Street. Tinha ido ao quarto dos pais para receber algumas instruções de seu pai e ficara chocada com a aparência dele. Seu pai sempre fora magro, mas agora seu rosto estava fundo e acinzentado, com manchas escuras sob os olhos. Os lábios estavam brancos e uma leve camada de suor lhe cobria a testa. A mãe de Laurel havia tentado tudo. Cataplasmas de lavanda e alecrim no peito, chá de erva doce para o estômago, toneladas de vitamina C para fortalecer seu sistema imunológico. Nada parecia funcionar. Ela lhe dera um pouco de conhaque à noite para ajudá-lo a dormir e pingara óleo de menta no umidificador.

Ainda assim, não houvera melhora. Sem deixar que o orgulho a impedisse de tomar providências, tinha até mesmo tentado alguns medicamentos convencionais — xarope e analgésico — e nem assim ele se sentia melhor. O que todos tinham esperado que fosse uma gripe forte havia piorado muito, e muito mais rapidamente do que sua mãe poderia ter esperado.

Quando Laurel se ofereceu para ir à livraria naquela tarde para que a mãe pudesse ficar em casa com seu pai, ela a abraçara apertado e sussurrara "obrigada" em seu ouvido. Seu pai não se parecia nada com a pessoa que ele normalmente era — estava mais para uma caricatura doentia do homem que fora apenas alguns dias antes. Ele tentou sorrir e brincar como sempre fazia — ou como sempre fizera —, mas até isso era demais para ele.

Um tilintar animado soou quando Laurel abriu a porta da loja.

Maddie ergueu os olhos e sorriu.

— Laurel? Você está mais bonita cada vez que a vejo. — Abraçando-a, Laurel se deixou ficar no abraço, sentindo-se um pouco melhor. Maddie sempre cheirava a biscoitos, a especiarias e algo mais que Laurel nunca conseguia definir.

— Como está seu pai? — perguntou Maddie, com o braço ainda ao redor dos ombros de Laurel.

Sua resposta para todo mundo tinha sido um simples "Ele está bem". No entanto, quando Maddie perguntou, Laurel não pôde simplesmente se esquivar.

— Ele está com uma aparência péssima, Maddie. Só pele e osso. Minha mãe não pode fazer nada para ajudar. Nada está funcionando.

— Nem o hissopo com raiz de alcaçuz?

Laurel sorriu dolorosamente.

— Foi exatamente o que perguntei a ela.

— Bem, é um remédio milagroso, pelo que me consta.

— Não para o papai. Não dessa vez, pelo menos.

— Tenho acendido uma vela para ele todas as noites. — O que raiz de alcaçuz e hissopo eram para a mãe de Laurel as velas eram para Maddie. Católica fervorosa, tinha fileiras e mais fileiras de velas em sua janela, e acendia uma para cada coisa: de um amigo da paróquia com câncer terminal a um vizinho cujo gato havia sumido. Mesmo assim, Laurel ficou agradecida.

— Meu pai mandou a programação até o fim da semana.

Maddie riu.

— Doente na cama e ainda montando programações... ele não deve estar assim tão no bico do corvo. — Ela estendeu a mão. — Vamos dar uma olhada. — Maddie analisou a programação manuscrita. — Vejo que ele está reduzindo o horário de atendimento.

Laurel assentiu.

— É que não há funcionários suficientes para manter o horário regular.

— Tudo bem. Venho lhe dizendo há meses que é bobagem abrir às oito. Quem quer comprar livro às oito da manhã? — Maddie inclinou-se para a frente, como se fosse contar um segredo. — Para falar a verdade, não gosto nem de estar acordada às oito da manhã.

Trabalharam juntas com bastante animação durante as horas seguintes, ambas evitando mencionar o pai de Laurel, mas ele nunca estava muito longe de suas mentes. Laurel deixou Maddie terminando a papelada do fim do dia e afixou um cartaz na porta, desculpando-se pelo fechamento imprevisto da loja naquele fim de semana.

Laurel voltou para casa caminhando lentamente, o corpo todo moído depois de duas horas guardando caixas e mais caixas de livros. Ao virar a última esquina, viu um veículo grande parado na entrada de sua casa. Levou alguns segundos para registrar o que estava vendo, mas seus pés começaram a correr no segundo em que reconheceu a ambulância branca e vermelha. Entrou zunindo pela porta da frente justamente quando os paramédicos estavam descendo a escada com seu pai numa maca, e sua mãe a apenas um passo de distância.

— O que aconteceu com ele? — perguntou Laurel, os olhos fixos no pai.

Lágrimas traçavam linhas no rosto de sua mãe.

— Ele começou a vomitar sangue. Tive de chamar a ambulância.

A escada finalmente ficou livre o bastante para que ela alcançasse a mãe. Passou os braços por sua cintura.

—Tudo bem, mãe. Ele ficará feliz por você ter feito isso.

— Ele não confia nos médicos — disse sua mãe distraidamente.

— Isso não importa. Ele precisa de cuidados.

Sua mãe assentiu, mas Laurel não sabia se ela havia escutado.

—Tenho de ir com ele — disse a mãe. — Somente uma pessoa pode ir na ambulância. Acho que será melhor se eu ligar para você quando ele estiver acomodado.

— Claro, vá. Posso me cuidar.

Laurel conseguiu enganchar a bolsa no braço da mãe enquanto esta continuava indo na direção da ambulância, alheia à sua presença. Nem sequer olhou para trás quando as portas se fecharam com um estrondo.

Laurel viu a ambulância se afastar; uma sensação de aperto e de náusea oprimiu seu estômago. Que Laurel se lembrasse, seus pais nunca haviam estado num hospital antes, a não ser para visitar alguém. Ela não queria acreditar que aquilo era mais do que um vírus grave e que, com o tempo, o pai melhoraria sozinho. Não parecia ser o caso.

Voltou para dentro de casa e empurrou a porta com ambas as mãos. O som da porta se fechando pareceu ecoar pelo saguão da entrada. A casa lhe pareceu enorme e vazia sem os pais. Já estivera sozinha em casa várias vezes naqueles cinco meses desde que se mudaram para lá, mas agora parecia diferente. Assustador. Suas mãos tremiam quando virou a chave na fechadura. Escorregou encostada à porta e ficou sentada no chão por um longo tempo, conforme os últimos resquícios de luz do pôr do sol desapareciam, deixando Laurel numa escuridão melancólica.

Com a chegada do escuro veio também a permissão tácita de ter pensamentos obscuros. Laurel se obrigou a levantar e correu para a cozinha, onde acendeu todas as luzes antes de se acomodar à mesa da sala de jantar. Pegou seu dever de inglês e tentou trabalhar nele, mas, depois de ler a primeira frase, as letras começaram a se embaralhar, sem nenhum sentido, diante de seus olhos.

Tombou a cabeça sobre o livro. Seus pensamentos foram da livraria a Tamani, a David, depois de volta a seus pais no hospital e deram voltas e mais voltas até que seus olhos se fecharam.

Uma campainha estridente a despertou com um tranco de seus sonhos confusos e sem sentido. Concentrou-se no som e conseguiu apertar a tecla TALK do telefone, grunhindo um sonolento — Alô?

— Oi, meu doce, é a mamãe.

Laurel despertou de vez e fixou os olhos apertados no livro amarrotado à frente.

— O que eles disseram?

—Vão mantê-lo aqui esta noite e medicá-lo com antibióticos. Teremos de esperar para ver o que acontecerá amanhã. — Ela hesitou. — Ele nem foi para o quarto ainda; e provavelmente só irá mais tarde. Você pode ficar sozinha esta noite e vir vê-lo amanhã?

Laurel hesitou por alguns segundos. Tinha a sensação irracional de que, se fosse ao hospital, poderia fazer alguma coisa. Mas era bobagem. O dia seguinte não demoraria muito para chegar. Forçou um tom animado na voz.

— Não se preocupe comigo, mãe. Ficarei bem.

— Eu te amo.

— Também te amo.

De novo, Laurel viu-se sozinha na casa vazia. Quase por vontade própria, seus dedos encontraram o número de David. Ele disse alô antes que ela percebesse, conscientemente, que havia telefonado para ele.

— David? — disse ela, piscando. — Oi. — Ela olhou pela janela da cozinha, onde a lua estava surgindo. Não fazia ideia de que horas eram. — Você pode vir aqui?

Quando a campainha da porta tocou, Laurel correu para deixar que David entrasse.

— Me desculpe por ter ligado. Eu não fazia ideia de que horas eram — disse ela.

— Tudo bem — disse David, colocando firmemente as mãos em seus ombros. — São apenas dez horas, e minha mãe disse que eu posso chegar em casa à hora que quiser. Emergências acontecem. O que posso fazer?

Laurel deu de ombros.

— Minha mãe não está e... eu não quero ficar sozinha.

David pôs os braços ao redor de seus ombros e ela se encostou nele. Abraçou-a ali na entrada por vários minutos, enquanto ela se apertava contra seu peito, agarrando-se em busca de consolo. Ele era tão sólido e caloroso, e ela o apertou com os braços até que começaram a doer. Por um breve instante, pareceu que, talvez, tudo fosse ficar bem.

Finalmente, Laurel se soltou. Sentiu-se envergonhada depois de ter deixado que David a segurasse por tanto tempo. Ele apenas sorriu, foi até o sofá e pegou o violão.

— Quem toca? — perguntou, tocando uma corda aleatória. — Seu pai?

— Não. Humm... eu toco. Nunca fiz aulas nem nada. Eu praticamente fui aprendendo algumas coisas sozinha.

— Como é que eu não sabia disso?

Laurel balançou a cabeça.

— Nem sou muito boa, na verdade.

— Há quanto tempo você toca?

— Uns três anos. — Ela tirou o violão dele e o equilibrou no joelho. — Eu o encontrei no sótão. Era da minha mãe. Ela me mostrou a posição básica dos dedos, e agora eu toco de ouvido.

—Você tocaria alguma coisa para mim?

— Ah, não — disse Laurel, tirando os dedos das cordas.

— Por favor? Aposto que faria você se sentir melhor.

— Por que você acha isso?

Ele deu de ombros.

—Você o está segurando com tanta naturalidade. Como se realmente o adorasse.

As mãos de Laurel acariciaram o braço do violão.

— E adoro. É muito antigo. Gosto de coisas antigas. Elas têm... um passado e várias histórias.

— Então, toque. — David se reclinou, com as mãos atrás da cabeça.

Laurel hesitou, até que dedilhou o violão suavemente, fazendo alguns ajustes. Lentamente suas mãos passaram de afinar as cordas à melodia doce de "Imagine", de John Lennon. Depois do primeiro verso, Laurel começou a cantar a letra, baixinho. Parecia uma canção apropriada para aquela noite. Quando seus dedos tocaram a nota final, ela suspirou.

— Uau — disse David. — Foi realmente lindo.

Laurel deu de ombros e pousou o violão de volta no estojo.

—Você também não me disse que cantava. — Ele fez uma pausa. — Nunca ouvi nada parecido antes. Não foi como os cantores famosos cantam; foi simplesmente lindo e tranquilizante. — David pegou a mão dela. — Está se sentindo melhor?

Ela sorriu.

— Estou. Obrigada.

Ele pigarreou e apertou sua mão.

— E agora?

Laurel olhou em volta. Não havia muita coisa ali com que se entreter.

— Quer assistir a um filme?

David assentiu. — Claro.

Laurel escolheu um velho musical no qual não havia ninguém doente e ninguém morria.

— *Cantando na chuva?* — perguntou David, franzindo um pouco o nariz.

Laurel deu de ombros.

— É divertido.

—Você que sabe.

Aos quinze minutos do filme, David estava rindo enquanto Laurel apenas o observava — sua silhueta ressaltada pela tela da TV. O rosto dele estava imóvel num meio-sorriso e, de tempos em tempos, ele inclinava a cabeça para trás e ria. Era fácil esquecer todo o resto quando estava com ele. Sem parar para pensar em suas ações, Laurel escorregou para mais perto dele. Quase instintivamente, David ergueu o braço e o passou por seus ombros.

Laurel se aninhou e recostou a cabeça em seu peito. O braço dele se apertou em volta dela e ele inclinou a cabeça de forma que seu rosto se apoiasse no topo da cabeça dela.

— Obrigada por ter vindo — sussurrou Laurel com um sorriso.

— Disponha — disse David, roçando os lábios em seus cabelos.

Laurel ergueu os olhos quando a sineta soou na porta da frente da livraria. Não tinha certeza se teria energia suficiente para sorrir para mais um cliente, mas um sorriso de alívio surgiu em seu rosto quando seus olhos encontraram os de David.

— Oi — disse ela, voltando a empilhar os livros que vinha organizando na mesa ao lado da prateleira.

— Oi — disse David baixinho. — Como você está?

Laurel se forçou a sorrir.

— Estou viva.

— Ligeiramente. — Ele hesitou. — Como está seu pai?

Laurel voltou a se virar para a prateleira, piscando para eliminar as lágrimas pela quinquagésima vez naquele dia. Sentiu as mãos de David esfregando seus ombros e se reclinou contra ele, deixando-se relaxar, sentindo-se melhor... mais segura.

— Eles vão transferi-lo para o Brookings Medical Center — sussurrou, depois de alguns minutos.

— Ele piorou?

— É difícil saber.

David descansou o rosto no topo da cabeça dela.

A sineta da porta da frente soou de novo e, embora Jen corresse para atender o cliente, Laurel se afastou e respirou fundo, estremecendo, para recuperar a compostura.

— Preciso terminar isso aqui — disse ela, pegando a pequena pilha de livros da mesa. — A loja fecha em uma hora e ainda tenho mais quatro caixas para descarregar.

— Deixe-me ajudar — disse David. — É só me dizer onde pôr. — Ele sorriu. — Você pode ser a supervisora. — David apanhou a pilha de livros das mãos dela e acariciou a capa do livro de cima por alguns segundos. — Talvez eu possa vir e ajudar amanhã também.

— Você tem seu próprio emprego e me contou que precisa pagar o seguro do carro.

— Não ligo para o meu seguro idiota, Laurel. — A voz dele foi ríspida e ele fez uma pausa antes de continuar num tom mais calmo e baixo. — Esta é a primeira vez nesta semana inteira que vejo você além do almoço e das aulas. Estou com saudade de você — disse David, com um dar de ombros.

Laurel hesitou.

— Por favor?

Ela cedeu.

— Está bem, mas só até meu pai melhorar.

— O que vai acontecer logo, Laurel. Há especialistas excelentes no Brookings; eles vão descobrir o problema dele. — Sorriu. — Com muita sorte, você conseguirá arrancar uma semana de trabalho de mim.

Dez oito

A DESPEITO DAS PALAVRAS OTIMISTAS DE DAVID, UMA SEMANA se transformou em duas, e o pai de Laurel não melhorava. Laurel seguia sua vida feito um fantasma, mal falando com as pessoas, à exceção de Maddie, David e Chelsea, que frequentemente paravam na livraria para conversar. Eles ainda não tinham conseguido que Chelsea ajudasse muito — ela brincava dizendo que era uma supervisora nata —, mas a companhia dos dois amigos se tornara reconfortante para Laurel.

Cumprindo sua palavra, David estava decidido a trabalhar na livraria até que o pai de Laurel voltasse para casa. Ela começou a se sentir culpada conforme o tempo passava e ele continuava trabalhando de graça, mas era uma discussão que sempre perdia.

Alguns dias, eles passavam a tarde conversando enquanto arrumavam os livros e tiravam o pó das prateleiras e, apenas por alguns minutos, Laurel se esquecia do que estava acontecendo com o pai. No entanto, aquilo nunca durava muito. Agora que ele fora transferido, ela não o visitava diariamente, mas, quando David tirou sua carteira de habilitação, ele se ofereceu para ser seu motorista a cada dois ou três dias.

Levou Laurel e Chelsea até Brookings no primeiro dia após pegar a carteira de motorista e, embora Laurel se agarrasse ao cinto de segurança até que a junta dos seus dedos ficassem brancas e Chelsea lhe desse uma bronca toda vez que ele ultrapassava o limite de velocidade, chegaram sãos e salvos.

Laurel levou flores — apenas algumas, colhidas em seu jardim. Esperava que a lembrança de casa deixasse o pai mais ansioso por voltar. Ele estava muito fraco e só conseguiu manter os olhos abertos por alguns minutos para dizer olá e aceitar um abraço carinhoso. Logo voltou a deslizar para a inconsciência da morfina.

Foi a última vez que Laurel viu seu pai desperto. Pouco depois, os médicos começaram a mantê-lo sedado em tempo integral, para poupá-lo da dor contínua que nem mesmo a morfina conseguia eliminar completamente. Laurel ficou secretamente feliz. Era mais fácil vê-lo adormecido. Parecia tranquilo e contente. Quando estava acordado, podia ver a dor que o pai tentava esconder, e era terrivelmente óbvio até que ponto ele havia enfraquecido. Dormir era melhor.

O laboratório havia conseguido isolar uma toxina no sangue de seu pai, mas era de um tipo que os médicos nunca tinham visto e, até agora, não sabiam como tratar. Tentavam tudo — bombardeavam seu organismo com qualquer substância química que achassem que poderia ajudar, transformando-o numa verdadeira cobaia enquanto tentavam reverter os efeitos da toxina. Nada funcionava. Seu organismo estava ficando cada vez mais debilitado e, dois dias antes, os médicos haviam tirado a mãe de Laurel do quarto e informado que, embora fossem continuar tentando, se eles não conseguissem eliminar a toxina do sangue, então seria apenas uma questão de tempo antes que seus órgãos começassem a falir, um após o outro.

Em nada ajudou o fato de o Sr. Barnes começar a telefonar toda noite. Por mais de uma semana, Laurel tinha conseguido dizer apenas que sua mãe não estava em casa, mas, após algum tempo, ele não aceitou mais aquela resposta. Depois de ser interrogada duas vezes, Laurel havia começado a deixar que a secretária eletrônica atendesse a todos os telefonemas, somente tirando o fone do gancho se fosse David ou Chelsea.

E não contou absolutamente nada à mãe sobre o Sr. Barnes.

Sentia-se culpada todas as noites ao apagar as mensagens diárias — às vezes, duas delas —, mas tinha prometido a Tamani que faria tudo o que estivesse ao seu alcance.

Era estranho pensar em Tamani agora. Ele parecia quase um sonho. Alguém superior em tudo, que fazia parte do esplendor e do encanto que acompanhavam a aceitação de ser realmente uma fada. Nada daquilo parecia ser muito importante no momento. Considerou a possibilidade de ir vê-lo, mas, mesmo que tivesse como ir, o que ele poderia fazer? Seu poder de atração certamente não ajudaria o pai de Laurel.

Havia prometido que o avisaria se a propriedade estivesse em perigo, mas, como estava apagando todas as mensagens do Sr. Barnes, não corria tal risco. Ultimamente ela apenas tentava não pensar em Tamani.

Ao voltar da livraria, Laurel ouviu o toque agudo do telefone vindo de dentro de casa e correu para girar a chave na porta. Alcançou o telefone no sexto toque e ouviu a voz de sua mãe:

— Oi, mãe. Como o papai está hoje?

A linha ficou em silêncio.

— Mãe?

Ela ouviu a mãe inspirar com dificuldade e recuperar a voz.

— Acabei de falar com o Dr. Hansen — disse ela, com a voz trêmula. — Seu pai está apresentando sinais de insuficiência cardíaca. Eles lhe deram menos de uma semana.

David estava em silêncio enquanto dirigia pela estrada escura. Laurel tinha conseguido encontrá-lo no celular quando ele estava chegando em casa, e David insistira em levá-la até Brookings naquela noite em vez de esperar até a manhã seguinte. Laurel estava com o vidro da janela abaixado e, embora David devesse estar congelando, com o vento frio de outono que zunia dentro do carro, não se queixou. Ela sentia seus olhos se desviarem constantemente para ela e, uma ou duas vezes, ele estendeu a mão, passando-a pelo braço dela, mas permaneceu em silêncio.

Entraram no estacionamento do Brookings Medical Center e David pegou a mão de Laurel enquanto seguiam o trajeto familiar até o quarto do pai dela. Laurel bateu levemente na porta aberta e enfiou a cabeça pela cortina que rodeava a entrada. Sua mãe estava sentada ao lado de uma mesinha, com um homem de costas para eles — ela acenou para que Laurel e David entrassem.

Laurel reconheceu o homem imediatamente. Seus ombros eram largos e volumosos, numa camisa apertada para o seu tamanho. E havia algo em sua presença que deixava seus nervos à flor da pele. Era o Sr. Barnes.

Laurel se encostou à parede com os braços cruzados no peito enquanto sua mãe continuava conversando com ele. Ela sorriu e assentiu várias vezes, e, embora Laurel não pudesse ouvir o que o homem dizia, sua mãe repetia frequentemente "Ah, sim", e "É claro", e assentia entusiasticamente. Laurel estreitou os olhos ao observar a mãe sorrindo e assentindo — assinando papéis sem dar sequer uma olhada no que estava escrito. Aquilo era estranho demais.

Sua mãe não gostava de contratos, não confiava no "juridiquês", como chamava. Sempre estudava atentamente todos os formulários e acordos, geralmente riscando algumas linhas antes de assinar. Agora, porém, Laurel a via assinar cerca de oito páginas sem ler uma só palavra.

Barnes não tinha sequer olhado na direção deles durante todo o tempo.

A pele de Laurel começou a formigar e ela apertou a mão de David enquanto Barnes obtinha mais algumas assinaturas, entregava um maço de papéis grampeados para a mãe de Laurel e guardava o resto em sua pasta. Ele lhe deu um aperto de mão e se virou, seus olhos encontrando os de Laurel quase instantaneamente. Desviou o olhar de Laurel para David, e de volta a Laurel. Seu rosto produziu um sorriso malicioso que fez Laurel dar um passo para trás.

— Laurel — disse ele num tom de voz que soou completamente falso para ela —, eu estava exatamente perguntando sobre você. Parece que nenhum dos meus recados foi dado. — Ele terminou a frase com o mais leve dos grunhidos, e Laurel apertou os dentes, conforme seu peito se enchia de terror.

Barnes deu de ombros e sua expressão ficou presunçosa.

— Por sorte, consegui encontrar sua mãe; então, deu tudo certo.

Laurel não disse nada ao olhar para ele, desejando que ela e David tivessem chegado apenas uma hora antes. Eles poderiam ter... o quê? Ela nem sabia, mas gostaria de ter descoberto.

— Foi um prazer vê-la novamente, Laurel. — Ele olhou brevemente para a mãe de Laurel, que ainda estava sorrindo. — Sua filha é... — Ele fez uma pausa e estendeu a mão na direção de Laurel. Ela tentou se afastar, mas já estava encostada à parede. Virou o rosto, mas os dedos ásperos roçaram sua face. — ... adorável — completou ele.

Quando Barnes afastou a cortina e saiu, Laurel soltou a respiração e percebeu que estivera apertando tanto a mão de David que os dedos dele estavam brancos.

Laurel trincou os dentes.

— O que ele estava fazendo aqui? — perguntou, com a voz tremendo.

Sua mãe olhava para a cortina ainda balançando pela saída do homem.

— O quê? — perguntou ela, virando-se na direção de Laurel e David. — Ah, humm... — Dirigindo-se para a mesa, começou a arrumar os papéis numa pilha. — Ele veio finalizar os documentos da venda da propriedade em Orick.

— Mãe, você prometeu pensar no assunto.

— Eu pensei. E, aparentemente, você decidiu pensar um pouco por mim — disse ela, lançando um olhar significativo para Laurel. —Você vai me dar todos os recados de agora em diante, entendeu?

Laurel olhou para o chão.

— Sim, mãe — disse baixinho.

Sua mãe olhou para os papéis sobre a mesinha e passou o dedo pelas bordas, endireitando as folhas já arrumadas.

— Na verdade, eu tinha decidido que, se você quisesse manter as terras em família, nós daríamos um jeito. — A esperança inundou Laurel. Talvez não fosse tarde demais! — Mas isso já não é mais uma possibilidade. — A mãe de Laurel ficou quieta por um tempo e, quando tornou a falar, sua voz estava fraca e exaurida. — Ele apareceu aqui e aumentou a oferta. — Ela ergueu os olhos e encontrou o olhar de Laurel. — Tive de aceitar.

O estômago de Laurel se revirou e sua respiração ficou mais difícil diante da ideia de perder as terras... perder Tamani.

— Mãe, você não pode vender! — A voz de Laurel saiu alta e aguda.

Os olhos de sua mãe endureceram e ela olhou para o pai de Laurel por um instante, antes de atravessar o quarto em dois passos até a filha e agarrar seu braço. Saiu do quarto, puxando-a violentamente consigo. O braço de Laurel era frágil no aperto esmagador; ela não se lembrava de sua mãe jamais tê-la tratado de forma tão rude. Dirigindo-se até um canto, soltou o braço de Laurel, que se controlou para não esfregá-lo.

— Isso não tem a ver só com você, Laurel. Não posso me aferrar a algo tão valioso só porque você gosta. A vida não funciona dessa forma. — O rosto de sua mãe estava tenso e ríspido.

Laurel encostou-se à parede e deixou que a mãe desabafasse. Durante semanas ela fora uma verdadeira rocha, mas ninguém podia suportar tamanho estresse sem explodir de vez em quando.

— Me desculpe — sussurrou Laurel. — Eu não devia ter gritado.

Com um suspiro profundo, a mãe de Laurel parou de andar de um lado para o outro e olhou para a filha. Seu rosto lentamente relaxou até desmoronar num acesso de lágrimas. Ela recuou até a parede e, vagarosamente, escorregou até o chão, enquanto as lágrimas corriam por seu rosto. Laurel respirou fundo e cruzou o pequeno espaço para se sentar ao lado da mãe. Passou um braço por sua cintura e inclinou a cabeça em seu ombro. Era estranho estar consolando a mãe.

— Machuquei seu braço? — perguntou baixinho, depois que a torrente de lágrimas se acalmou.

— Não — mentiu Laurel.

A mãe suspirou profunda e pesadamente.

— Eu realmente considerei não vender, Laurel. Mas já não tenho mais escolha. Por causa dessas contas do hospital, estamos afundados em dívidas.

— Não temos seguro?

Sua mãe balançou a cabeça.

— Não cobre muito. Nunca achamos que fôssemos precisar. Mas, com todos os exames e cuidados médicos, há muito... muitas contas a pagar.

— Não há outro jeito?

— Queria que houvesse. Venho pensando a respeito, mas não tenho mais de onde tirar dinheiro. É a propriedade ou a loja. E, para ser sincera, a propriedade vale muito mais. Já estendemos nosso crédito até o limite só para manter seu pai aqui. Ninguém nos emprestará mais dinheiro.

A mãe se virou para Laurel.

— Preciso ser prática. A verdade é que... — Fez uma pausa, e as lágrimas encheram novamente seus olhos. — Pode ser que seu pai não desperte. Nunca mais. Preciso pensar no futuro. A loja é nossa única fonte de renda. E, mesmo que ele desperte, não há como se recuperar de um golpe financeiro como este sem vender *alguma coisa*. Sabendo quanto seu pai adora a loja, o que você queria que eu fizesse?

Laurel queria se desviar dos olhos castanhos tão tristes da mãe, mas não podia. Afastou Tamani da mente e tentou pensar de forma racional. Empinou o queixo e assentiu lentamente.

—Você tem de vender as terras.

O rosto de sua mãe estava emaciado, e seus olhos abatidos. Ela ergueu a mão para tocar o rosto de Laurel.

— Obrigada por entender. Eu gostaria de ter outra opção, mas não tenho. O Sr. Barnes voltará amanhã cedo com outros documentos para finalizar a venda. Ele vai fazer a escritura o mais rápido possível e, com sorte, o dinheiro estará na nossa conta em uma semana.

— Uma semana? — Era tudo tão rápido.

Sua mãe assentiu.

Laurel hesitou.

—Você ficou estranha enquanto ele estava aqui. Estava toda contente e concordando com tudo que ele dizia.

Ela deu de ombros.

— Suponho que era minha cara de negócios. Só não queria que nada acontecesse e prejudicasse a venda. O Sr. Barnes ofereceu o suficiente para cobrir todas as contas hospitalares e ainda sobrar um pouco. — Suspirou. — Não sei o que ele sabe, mas quero vender enquanto o valor está alto.

— Mas você assinou tudo que ele colocou na sua frente — continuou Laurel. — Nem sequer *leu*.

Sua mãe assentiu com desamparo.

— Eu sei. Mas é que não dá tempo. Quero aproveitar essa oferta enquanto ainda está valendo. Se eu hesitar mais uma vez, ele poderá chegar à conclusão de que nós somos enrolados demais e retirar a oferta de uma vez por todas.

— Acho que isso faz sentido — disse Laurel —, mas...

— Chega, Laurel, por favor. Não posso discutir com você agora. — Ela pegou a mão de Laurel. —Você precisa confiar que estou fazendo o melhor que posso. Está bem?

Laurel assentiu com relutância.

Sua mãe se levantou do chão e enxugou os últimos vestígios de lágrimas do rosto. Puxou Laurel para que se levantasse e a abraçou.

— Nós vamos conseguir sobreviver — prometeu. — Não importa o que aconteça, vamos encontrar uma maneira.

Quando entraram novamente no quarto do pai, os olhos de Laurel foram até a cadeira onde Barnes havia se sentado. Não era típico dela antipatizar tanto com alguém sem conhecer, mas o simples pensamento de se sentar na cadeira em que Barnes sentara a deixou arrepiada. Foi até a mesa e pegou o cartão dele.

JEREMIAH BARNES, CORRETOR DE IMÓVEIS

Abaixo havia um endereço.

Parecia suficientemente legítimo, mas Laurel não ficou satisfeita. Deslizou o cartão para o bolso de trás da calça e foi até David.

— Está com fome, David? — perguntou, olhando-o de forma significativa.

Ele não percebeu absolutamente nada.

— Na verdade, não.

Aproximando-se mais, agarrou um punhado de tecido de trás da sua camisa.

— Mãe, vou levar David para comer alguma coisa. Voltaremos dentro de algumas horas.

Sua mãe ergueu os olhos, um pouco surpresa.

— Já passa das nove.

— David está com fome — disse Laurel.

— Morrendo — concordou David, sorrindo.

— E ele me trouxe até aqui no meio de uma semana de aula — acrescentou Laurel.

A mãe olhou para eles com desconfiança durante alguns segundos e, então, voltou sua atenção ao marido adormecido.

— Não tentem a comida da cantina — advertiu ela.

— Por que é mesmo que estamos fazendo isso? — perguntou David depois de terem dirigido quase uma hora à procura do bairro certo.

— David, tem alguma coisa errada com aquele cara. Posso sentir.

— Sim, mas rondar o escritório dele e espiar pelas janelas? Aí já é um pouco demais.

— Bem, o que você espera que eu faça? Que telefone para ele e pergunte se ele gostaria de me explicar por que me assusta tanto? Isso vai funcionar mesmo... — resmungou Laurel.

— E aí, o que você vai dizer aos policiais quando eles prenderem a gente? — perguntou David com sarcasmo.

— Ah, tenha dó — disse Laurel. — Está escuro. Nós só vamos andar em volta do escritório, espiar por algumas janelas e ter certeza de que tudo está em ordem. — Ela fez uma pausa. — E se, por acaso, eles deixaram uma janela aberta, aí a culpa não é minha.

—Você é maluca.

—Talvez, mas você está aqui comigo.

David revirou os olhos.

— Aqui é Sea Cliff — disse Laurel de repente. — Apague os faróis.

David suspirou, mas estacionou o carro e apagou os faróis. Sorrateiramente, foram até o final da rua sem saída e pararam em frente a uma casa dilapidada, que parecia ter sido construída no começo de 1900.

— É aqui — sussurrou Laurel, apertando os olhos para ler o cartão e os números no parapeito da casa.

David olhou para a construção imponente.

— Isto não se parece com nenhuma imobiliária que eu já tenha visto. Parece abandonada.

— Menor a chance de sermos pegos, então. Vamos.

David apertou mais sua jaqueta de encontro ao corpo, enquanto ambos caminhavam pela lateral da casa e começavam a espiar pelas janelas. Estava escuro e a lua era nova, mas Laurel ainda se sentia exposta em sua camiseta azul-clara. Desejou não ter deixado a jaqueta preta no carro, mas, se voltasse agora, poderia não ter coragem de tentar novamente.

A casa era uma estrutura enorme e esparramada, com apêndices ligeiramente mais novos agregados ao prédio principal em forma de anexos aleatórios. Laurel e David olharam pelas janelas e viram algumas formas grandes e indistintas nos cômodos escuros.

— Móveis velhos — garantiu David, mas a casa estava praticamente vazia. — Não há a menor possibilidade de ele realmente trabalhar aqui. Por que colocaria esse endereço no cartão de visita?

— Porque está escondendo alguma coisa — sussurrou Laurel de volta. — Eu sabia.

— Laurel, você não acha que isto aqui está muito além da nossa capacidade? Deveríamos voltar para o hospital e chamar a polícia.

— E dizer o quê? Que um corretor de imóveis colocou um endereço falso no cartão de visita? Isso não é crime.

— Vamos contar à sua mãe, então.

Laurel balançou a cabeça.

— Ela está desesperada para vender. E você a viu com esse tal de Barnes. Era como se estivesse em transe. Apenas sorria e concordava com tudo o que ele dizia. Nunca a vi fazer isso antes. E aquelas coisas que ela assinou, só Deus sabe o que eram! — Laurel espiou por uma esquina formada por um anexo particularmente torto e acenou para David. — Estou vendo uma luz.

David correu para se agachar ao lado dela. De fato, próximo aos fundos da casa, uma luz brilhava por uma janelinha. Laurel estremeceu.

— Frio?

Ela balançou a cabeça.

— Nervosismo.

— Mudou de ideia?

— De jeito nenhum. — Laurel engatinhou adiante, tentando evitar os ramos grandes e o lixo jogado pelo quintal. A janela era suficientemente baixa para que ambos pudessem espiar do lado de dentro ainda ajoelhados no chão, e Laurel e David se posicionaram a cada lado. O vidro estava coberto por persianas, mas, como estavam tortas, era fácil ver pelas fendas. Ouviram vozes e movimentos lá dentro. Com a janela fechada, no entanto, não puderam identificar nenhuma palavra. Laurel respirou fundo várias vezes para se acalmar e, então, virou a cabeça para olhar pela janela.

Viu Jeremiah Barnes quase imediatamente, com sua figura imponente e a cara estranha. Ele estava sentado diante de uma mesa, trabalhando em alguns papéis que ela só podia deduzir que levaria para sua mãe assinar na manhã seguinte. Havia dois homens em pé, juntos, jogando dardos na parede. Se Barnes era feio, aqueles dois eram decididamente grotescos. A pele lhes pendia do rosto como se não estivesse devidamente grudada e a boca era retorcida num esgar severo. O rosto de um deles era uma confusão de cicatrizes e manchas e, mesmo do outro lado do cômodo, ela podia ver que um de seus olhos era quase branco, e o outro quase negro. O outro homem tinha cabelos ruivos que cresciam num padrão estranho de tufos, que nem mesmo o chapéu que ele usava podia esconder totalmente.

— Laurel. — David estava acenando para que ela viesse até seu lado da janela. Ela se abaixou sob o peitoril e espiou por outro ângulo. — Que diabo é aquilo?

Acorrentado à extremidade mais distante do cômodo havia algo que parecia ser metade humano, metade animal. Sua cara era formada por caroços de carne retorcidos, costurados quase aleatoriamente. Dentes grandes e acavalados apontavam entre os lábios em uma mandíbula inchada, sobre a qual havia uma monstruosidade bulbosa que poderia ter sido um nariz. Era vagamente humanoide, e Laurel podia ver farrapos de roupas em volta de seus ombros e abdômen. Mas havia uma coleira amarrada no pescoço, dando-lhe a aparência de um bizarro animal de estimação. A figura grotesca estava encurvada num tapete sujo, aparentemente adormecida.

As unhas de Laurel se fincaram no peitoril da janela ao olhar fixamente para a coisa. Sua respiração estava entrecortada e áspera e, por alguma razão, ela não conseguia desviar os olhos. Justo quando achou que conseguiria reunir coragem para virar a cabeça, um olho azul se abriu e encontrou o dela.

Dezenove

LAUREL SE ATIROU PARA LONGE DA JANELA.

— AQUELA COISA olhou para mim.

— Acha que ela viu você?

— Não sei. Mas temos que ir. Agora! — Ela escutou ruídos guturais vindos de dentro e seus joelhos pareceram se colar ao chão.

Os dois homens gritaram para a criatura ficar quieta, mas Barnes os silenciou gritando uma palavra que Laurel não reconheceu. Ouviu, em seguida, um cantarolar suave, e, em poucos segundos, os uivos da estranha criatura haviam se aquietado.

Laurel voltou a se inclinar na direção da janela, mas sentiu um leve puxão em sua camiseta. Ela se virou.

David balançou a cabeça para ela e apontou para o carro.

Laurel fez uma pausa, mas ainda não estava satisfeita. Levantou um dedo para David e deu mais uma espiada furtiva pela lateral da janela.

Seus olhos se depararam com o olhar desigual de Jeremiah Barnes.

— Corra! — sibilou ela para David, lançando-se para a frente da casa. Antes, porém, que conseguisse dar mais que um passo, ouviu o vidro estilhaçar e foi agarrada pelo pescoço e puxada através da janela para dentro da sala imunda. Dedos grosseiros arranhavam sua garganta. Percebem a janela de madeira quebrar-se contra suas costas.

Então, Laurel se viu voando. Gritou apenas um instante antes de atingir a parede no lado oposto da sala. Sua cabeça girava. Ouviu, como se vindo de longe, um grunhido de David, quando ele bateu na parede ao lado dela. Laurel tentou focar a visão conforme a sala parecia girar a seu redor. David estendeu a mão e a puxou; ela sentiu um fio de sangue quente pingar em seu ombro.

A sala finalmente parou de girar e Laurel ergueu os olhos para a cara de zombaria de Barnes.

— O que temos aqui? — perguntou ele, sorrindo com crueldade. — A garotinha de Sarah. Ouvi mais coisas sobre você hoje do que gostaria de saber.

Laurel abriu a boca para retrucar, mas David apertou seu braço. Ela sentiu um líquido grosso, denso, escorrer da ferida dolorida em suas costas e se perguntou quanto estrago a janela quebrada havia provocado.

— Boa menina, Bess — disse Barnes, dando tapinhas na cabeça careca do estranho animal. Depois se agachou ao lado de Laurel e David. — Por que vocês estão aqui? — perguntou numa voz baixa, porém controladora.

Laurel sentiu que sua boca se abria por conta própria.

— Nós... nós tínhamos de descobrir por que você... por que você... — Em seguida, ela conseguiu recuperar o controle de sua vontade, obrigou-se a fechar a boca e olhou feio para Barnes.

— Nós pudemos perceber que alguma coisa estava errada — disse David. — Viemos ver se conseguíamos descobrir o que era.

Laurel voltou seus olhos arregalados para David. Ele olhava diretamente em frente, com uma expressão levemente confusa no rosto, estranhamente parecida com a que Laurel tinha visto em sua mãe apenas uma hora antes.

— David! — sibilou ela.

— E o que vocês estavam planejando fazer se descobrissem alguma coisa? — perguntou Barnes naquela voz estranhamente coercitiva.

— Conseguir provas. Levá-las à polícia.

— David! — gritou Laurel, mas ele não parecia ouvi-la.

— Por que estão tão preocupados? — perguntou Barnes.

De novo, David abriu a boca, mas havia segredos demais que poderiam escapar dali. Laurel fechou os olhos, desculpou-se mentalmente e deu um tapa na cara de David, o mais forte que conseguiu.

— Merda! Ai! Laurel! — David cobriu a bochecha com a mão, movendo o maxilar para a frente.

Um suspiro de alívio escapou dos lábios de Laurel e ela apertou a mão de David, que parecia confuso.

— Já ouvi o suficiente — disse Barnes, levantando-se.

O homem ruivo sorriu — uma caricatura sinistra de um sorriso real, fazendo Laurel se encolher de medo e se apertar contra o peito de David.

—Vamos quebrar as pernas deles. Um pouco de exercício me faria bem.

Laurel sentiu David se enrijecer e sua respiração ficou curta e irregular.

Barnes balançou a cabeça.

— Não aqui; este endereço está no meu cartão. Já tenho bastante sangue para limpar. — Agachou-se novamente e olhou de um para o outro por um longo minuto. — Vocês dois gostam de nadar?

Laurel estreitou os olhos e olhou furiosa para o homem, mas David a segurou.

— Imagino que vocês achariam bem... refrescante dar um mergulho no rio Chetco esta noite. — Barnes se levantou e agarrou David pelos ombros, erguendo-o de um puxão. — Reviste-o. — Os outros dois homens sorriram e começaram a esvaziar os bolsos de David — carteira, chaves e uma latinha de pastilhas. Barnes pegou as chaves, jogou-as para o Cicatriz e devolveu as pastilhas e a carteira aos bolsos de David. — Para que a polícia possa identificar você quando os corpos forem encontrados na primavera — disse ele, dando uma risadinha.

Sem David para segurá-la, Laurel se atirou para cima de Barnes, direcionando as unhas para seu rosto, seus olhos, qualquer coisa. Barnes jogou David para seus comparsas e agarrou os braços de Laurel, torcendo-os às suas costas até ela chorar de dor. Aproximou a boca do ouvido dela e acariciou seu rosto. Laurel não pôde sequer se desviar. —Você fica aí quietinha — sussurrou num tom tranquilizante. — Porque, se não ficar — prosseguiu ele, com a mesma doçura —, vou arrancar seus braços.

David estava lutando com seus captores, gritando e tentando chegar até Laurel, mas não podia fazer melhor do que ela.

— Quietos! — rugiu Barnes, numa voz que encheu a sala e ecoou pelas paredes. A boca de David se fechou bruscamente. — Pegue o carro — disse Barnes. — Dirija até cruzar a rua Azalea e jogue-os no rio. E não se esqueça de colocar pesos nos dois — acrescentou cinicamente. — Certifique-se de que esta aqui — indicou Laurel com um gesto — não reapareça antes que os papéis sejam assinados amanhã. — Riu. — O ideal seria somente na primavera, mas, desde que não seja amanhã, realmente não me importa quando os encontrarão. E deixe o carro por lá. Não no estacionamento... ao lado de alguma trilha. Não preciso do carro de um moleque desaparecido estacionado na frente do meu *escritório.* — Olhou de relance para eles. —Voltem caminhando.Vai fazer bem a vocês.

— Você não vai escapar disso impunemente — murmurou Laurel por entre os dentes.

Barnes apenas riu. Soltando o braço dela, olhou para a mancha vermelha em sua mão — o sangue de David.

— Que desperdício — disse Barnes, limpando o sangue da mão com um lenço branco. — Leve-os daqui.

Os dois homens amarraram Laurel e David juntos e os atiraram no banco traseiro do carro de David.

— Vocês podem gritar o quanto quiserem agora — disse o Ruivo com um sorriso amplo. — Ninguém vai escutar.

As luzes da rua tremulavam sobre o carro em movimento, iluminando apenas o suficiente para que Laurel distinguisse o rosto de David. Seu maxilar estava enrijecido e ele parecia tão assustado quanto ela, mas também não tentava gritar.

— É agradável sair um pouco e fazer isso novamente, não é? — disse o Cicatriz, falando em voz alta pela primeira vez. Ao contrário de seu companheiro, a voz do Cicatriz era grave e macia, o tipo de voz que se esperaria ouvir do mocinho em um filme antigo em preto e branco, e não daquela cara rude e desfigurada.

— É mesmo — disse o Ruivo com uma risada, um som sibilante e catarrento que fez o estômago de Laurel revirar. — Ando tão cansado de ficar sentado naquele lugar velho e imundo, esperando que aconteça alguma coisa excitante...

— Estamos entre os melhores da horda inteira. Mas o Barnes trata a gente como se não valêssemos nada. Só nos manda cuidar de crianças. Crianças!

— Pois é. — Alguns segundos se passaram em silêncio. — Devíamos destroçá-los em pedacinhos em vez de jogá-los no rio. Isso, sim, faria você se sentir melhor.

Uma risadinha suave daquela voz perfeita de astro de cinema preencheu cada centímetro do carro, apesar do volume baixo. Um calafrio percorreu a espinha de Laurel.

— Eu gostaria muito de fazer isso. — Virou-se para olhar Laurel e David, com um sorriso terrivelmente calmo. Em seguida, suspirou e voltou os olhos para a estrada. — Mas eles não poderão ser encontrados durante alguns dias. Será mais difícil esconder pedaços... mesmo num rio. — Fez uma pausa. — É melhor seguirmos as ordens.

— Laurel?

O sussurro de David a distraiu por um abençoado instante.

— Sim?

— Sinto muito por não ter acreditado em você com relação a Barnes.

— Tudo bem.

— É, mas eu deveria ter confiado em você. Gostaria de... — Sua voz sumiu por alguns segundos. — Gostaria que tivéssemos...

— Não se atreva a começar a se despedir, David Lawson — sibilou Laurel o mais baixo que podia. — Isso ainda *não* terminou.

— Ah, é? — perguntou David, frustrado. — E o que você sugere?

— Vamos pensar em alguma coisa — sussurrou ela quando o sinal de seta começou a soar e o carro diminuiu a velocidade. Laurel sentiu as rodas triturarem as pedras de uma estrada de terra e viu que deixavam todas as luzes para trás. Seguiram um percurso acidentado por vários minutos antes que os homens parassem o carro e abrissem as portas.

— Chegou a hora — disse o Cicatriz, e seu rosto era como uma tábua inerte e ilegível.

— Você não precisa fazer isso — disse David. — Podemos ficar de bico calado. Ninguém...

— Psiu — disse o Ruivo, colocando a mão sobre a boca de David. — Apenas escute. Está escutando?

Laurel fez uma pausa. Ela ouviu alguns pássaros e grilos, mas, acima de tudo, ouviu o fluxo distante do rio Chetco.

— Este é o som do seu futuro, esperando para levá-los embora. Vamos — disse ele, colocando David rudemente em pé. — Vocês têm um compromisso e não gostaríamos que se atrasassem.

Empurraram seus prisioneiros adiante pela trilha escura, enquanto um dos homens cantava roucamente e em tom muito desafinado:

— *Oh, Shenandoah, I long to see you. Away you rolling river.*

— Laurel fez uma careta ao chutar, outra vez, uma pedra com o pé descalço e desejou, pela primeira vez na vida, ter calçado sapatos de verdade em vez de chinelos.

As árvores se abriram e eles se detiveram em frente ao rio. Laurel puxou o ar pelo nariz ao ver as corredeiras de águas espumantes que passavam rapidamente. Cicatriz a empurrou para o chão.

— Você fica aqui sentada — grunhiu ele. — Nós já voltamos.

Laurel não tinha como se apoiar com as mãos e apenas se esparramou de barriga para baixo, o rosto contra a lama escura e úmida. David logo se esparramou ao lado dela e, finalmente, ambos perceberam como era desesperadora a situação. Tudo culpa dela, e Laurel sabia disso, mas como se pedia desculpas por fazer alguém ser morto?

— Não foi assim que imaginei que tudo fosse terminar — murmurou David.

— Nem eu — disse Laurel. — Morte pelas mãos de... o que você acha que eles são? Eu não... eu não acho que sejam humanos. Nenhum deles. Talvez nem mesmo o Barnes.

David suspirou.

— Nunca estive tão relutante em admitir, mas acho que você tem razão.

Ficaram em silêncio por alguns momentos.

— Quanto tempo você acha que vai demorar? — perguntou Laurel, os olhos fixos nas corredeiras espumosas.

David balançou a cabeça.

— Não sei. Por quanto tempo você consegue prender a respiração? — Ele riu, mal-humorado. — Imagino que você vá durar muito mais do que eu. — Mas seu riso parou subitamente e ele suspirou.

Levou dois segundos para a mente de Laurel juntar as coisas.

— David! — Uma minúscula centelha de esperança nasceu em sua cabeça. — Lembra-se da experiência? Na sua casa, na sua cozinha? — Ela ouviu os murmúrios dos dois homens que voltavam da beira do rio. — David, respire muito, mas muito fundo — sussurrou ela.

Os homens carregavam pedras enormes e cantavam uma canção que Laurel não reconheceu. Mais voltas de corda foram passadas em seus pulsos, e ela sentiu que Cicatriz testava o peso de uma pedra quase tão grande quanto uma bola.

Alguns minutos se passaram e David permaneceu na mesma posição.

— Está pronto? — perguntou Cicatriz a seu companheiro.

Laurel olhou para o rio. O que estavam esperando? Que fossem andando? Como se sentisse a pergunta dela, Cicatriz apanhou Laurel com uma das mãos e a pedra com a outra, como se nenhuma das duas pesasse mais do que um quilo. O Ruivo fez o mesmo com David. Antes que Laurel pudesse assimilar essa nova anomalia, Cicatriz a arremessou. O ar frio soprou em seu rosto e ela gritou, voando pelo ar até pouco além do meio do rio. Mal conseguiu inalar uma golfada de ar antes que a pedra afundasse, arrastando-a para o fundo.

A água a feriu como se fosse feita de agulhas gélidas, enquanto a escuridão estrondosa se fechava sobre sua cabeça. Piscou para manter os olhos abertos e aguçou os ouvidos para escutar David. A pedra dele passou rapidamente por ela, quase a atingindo na cabeça ao afundar em meio à escuridão lodosa. Laurel envolveu o peito de David com suas pernas quando ele deslizou pela água ao seu lado. A pedra à que estava presa repuxou seus braços, mas ela continuou apertando as pernas em volta de David. Esperava que ele tivesse conseguido inalar uma boa quantidade de ar.

Passaram-se apenas alguns segundos antes que as pedras batessem contra o leito do rio, com um ruído sinistro. Laurel olhou para cima, mas não pôde ver sequer um filete de luz. Conseguia divisar apenas um leve esboço da pele branca de David diante de seus olhos e não sabia se ele ainda estava consciente. Sua boca explorou a escuridão procurando a dele. O alívio a inundou quando sentiu que o rosto dele também se movia. As bocas se encontraram e Laurel se concentrou em selar seus lábios com os dele antes de soprar gentilmente para dentro de sua boca. David prendeu a respiração por alguns segundos e soprou parte do ar de volta para a boca de Laurel. Esperando que ele entendesse o que ela estava fazendo, Laurel afastou a boca e começou a se remexer, testando suas amarras.

A água estava congelante, e Laurel sabia que precisava ser rápida. Primeiro, tinha de passar as mãos à frente do corpo ou nada daquilo funcionaria — talvez não conseguisse se aproximar de David o suficiente para lhe dar outra respiração se não pudesse usar as mãos. Inclinou-se para a frente e tentou passar os braços por baixo das costas e sob as pernas, mas suas costas não se curvavam tanto assim. Sentiu rasgar a pele de seus pulsos quando puxou com mais força, sabendo que David não poderia prender o fôlego por muito tempo mais. Sua coluna doeu quando ela a forçou a se dobrar mais e, depois, um pouco mais ainda.

Seu corpo se rebelou, mas finalmente suas mãos deslizaram sob os joelhos e ela libertou as pernas, procurando freneticamente por David. Passou os braços em volta do pescoço dele e pressionou novamente a boca contra a sua. Expiraram e inspiraram juntos várias vezes, enquanto ela decidia o que fazer em seguida. Soprou uma grande quantidade de ar para dentro dos pulmões de David e se separou dele novamente. Seguindo a corda que a prendia à pedra, chegou ao fundo; seus dedos entorpecidos procuraram por alguma coisa afiada.

Mas o rio era rápido demais. Qualquer coisa que algum dia pudesse ter sido afiada, a essa altura, já fora desgastada até virar uma superfície lisa e escorregadia. Deixou-se flutuar de novo até David para respirar mais vezes antes de descer outra vez, agora seguindo a corda dele. Seus dedos lutaram com o nó em volta da pedra e, lentamente, começaram a soltar uma fibra da corda.

Após mais algumas tentativas, voltou a subir nadando para dar mais fôlego a David. Ele estava se esforçando para colocar os braços para a frente, como Laurel havia feito, mas não era tão flexível quanto ela e não fizera nenhum progresso. Depois de uma inalação profunda, David voltou a remexer os braços, mas não estava nem perto de conseguir. Laurel cerrou os dentes; ela teria de fazer aquilo sozinha. Voltou a descer com dificuldade pela corda até o nó em volta da pedra de David.

Foram necessárias mais três respirações antes que o nó se desfizesse em suas mãos. No entanto, a corda ainda estava presa sob a enorme rocha. Firmando os pés contra o leito do rio, Laurel tentou levantar a pedra, procurando liberar o último pedaço da corda. Seus pés escorregaram e ela se livrou do único chinelo que havia sobrevivido ao mergulho gelado. Os dedos de seus pés encontraram um apoio melhor nas frestas das rochas e ela fez força contra a pedra, tentando fazê-la rolar, ainda que só alguns centímetros. Sentiu que a pedra começava a se mover e empurrou com mais força. A pedra se mexeu de repente e os pés de Laurel escorregaram na direção contrária. O rio a apanhou em sua corrente, com os braços para trás, conforme a corda se retesava.

A figura branca de David passou por ela, levada pela correnteza e fora do seu alcance, antes que Laurel pudesse tentar agarrá-lo. Menos de um segundo se passou até que ele sumisse de vista, deixando apenas uma minúscula trilha de bolhas como sinal de sua presença.

David havia sumido, e Laurel se sentiu uma idiota. Devia ter planejado melhor aquilo. Só o que podia pensar, enquanto olhava freneticamente pela escuridão, era que já se passara um longo tempo desde a última respiração de David.

O pânico se infiltrou em seus pensamentos e Laurel tentou não deixar que ele a dominasse. A falta de ar já havia começado a ferroar seu peito, mas era muito menos incômodo do que qualquer das outras coisas que ela estava sentindo naquele momento. Seus pés estavam esfolados de empurrar a pedra de David, e seus pulsos doíam onde a corda ainda apertava enquanto ela se debatia na corrente sem poder fazer nada.

Fechou os olhos e pensou em seus pais por alguns segundos, recuperando uma ilusão de calma. Ela *não* deixaria que sua mãe perdesse a família inteira. Colocando uma das mãos na frente da outra, aos poucos, Laurel se arrastou pela corda até a pedra. Havia funcionado com David e era, provavelmente, sua melhor esperança. Por causa do frio, seus dedos estavam ainda mais desajeitados, e Cicatriz tinha feito um trabalho melhor do que seu parceiro. Os nós se soltaram mais lentamente e, quando ela finalmente os desfez, seu peito gritava por ar com uma agonia que jamais sentira antes.

E a parte difícil ainda estava por vir.

Encontrou um bom apoio para os pés e empurrou sua pedra, implorando para que cedesse com mais facilidade.

Nem um milímetro sequer.

Praguejou em sua mente e, mesmo na água, as lágrimas surgiram em seus olhos. Levou alguns preciosos segundos para mover as pedras menores ao redor daquela que prendia a corda e firmou novamente os pés doloridos. Empurrou com todas as suas forças e, quando a escuridão começou a nublar seu campo de visão, a pedra deu sinais de deslizar. Laurel mudou as mãos de lugar e empurrou de novo, expelindo o restante de ar de sua boca ao forçar a pedra por mais alguns centímetros. Mais um, mais um, só mais um.

De repente, ela vagava pela água feito uma boneca de trapo, sem nenhuma ideia de onde ficava a superfície. Bateu loucamente os pés, tentando se localizar na água turva. Seu dedão chutou uma pedra com uma força desesperada e ela dobrou as pernas contra a rocha, impulsionando-se com as poucas forças que lhe restavam. Quando achou que não aguentaria nem mais um segundo, seu rosto rompeu a superfície e Laurel inalou uma golfada de ar.

A corrente ainda a arrastava e, embora tentasse nadar na direção da margem, seu corpo havia perdido toda a força. Seus pés roçaram o fundo do rio e ela tentou ficar em pé, mas as pernas não lhe obedeceram. A força da água a jogou para baixo, e seus braços e pernas bateram nas rochas ao tentar recuperar o controle.

Então, algo circundou seu pescoço, empurrando-a para baixo por alguns segundos. Laurel chorou, sabendo que fora encontrada pelos dois brutamontes, agora prontos para terminar o trabalho que haviam começado. Mas quando o círculo pesado chegou à sua cintura, ele a puxou para cima e a retirou da água, afastando-a das rochas impiedosas.

— Peguei você — disse David em seu ouvido, acima do ruído da corrente. Seus braços, ainda amarrados, circundavam a cintura dela. Avançando com esforço pela água rasa em direção à margem, arrastou-a até se distanciar um pouco do rio e subir pela margem coberta de junco, antes de desabar no chão. Ele batia os dentes de frio perto do ouvido dela e ambos ofegavam em busca de ar. — Obrigado, meu Deus — suspirou David, enquanto os braços que rodeavam Laurel se afrouxavam.

Vinte

VÁRIOS MINUTOS SE PASSARAM ANTES QUE QUALQUER DOS DOIS pudesse se mover. David tremia de frio quando soltou Laurel.

— Pensei que nunca mais fosse ver você — disse ele. — Você ficou lá embaixo por quase quinze minutos *depois* que consegui passar os braços para a frente e pude ver meu relógio.

Quinze minutos! Laurel ficou agradecida por ter libertado David primeiro em vez de a si mesma. Ele estaria morto depois de apenas cinco minutos.

— Como você conseguiu chegar à margem?

David sorriu.

— Sendo muito, mas muito teimoso. Eu não estava nem um pouco convencido de que iria conseguir, mas continuei batendo os pés e respirando sempre que podia e, por fim, cheguei à parte rasa. — Ele se inclinou para perto dela até seus ombros se tocarem.

— Não fazia ideia de onde você estava. Eu não conseguiria sequer chegar aonde você estava amarrada, pois a escuridão era total. Simplesmente fiquei andando pela margem, para cima e para baixo, procurando qualquer sinal seu.

— E se os dois feiosos estivessem lá esperando? — ralhou Laurel.

— Era um risco que eu estava disposto a correr — disse David baixinho. Um tremor violento sacudiu seu corpo e Laurel ficou em pé, cambaleando.

— Precisamos aquecer você um pouco — disse ela. — Poderá ficar com hipotermia depois de tanto tempo nessa água.

— E você? Você ficou muito mais tempo.

Laurel balançou a cabeça.

— Eu não tenho sangue quente, lembra? Venha, vamos procurar alguma coisa afiada para cortar essa corda. — Inclinou-se e começou a apalpar o chão.

— Não — disse David. — Vamos voltar para o meu carro. Tenho uma faca lá. Vai demorar menos no fim das contas.

— Você acha que consegue encontrá-lo?

— É melhor que encontre; caso contrário, de nada vai adiantar ter sobrevivido ao rio.

Exaustos, caminharam rio acima durante vários minutos, antes que as coisas começassem a parecer familiares.

— Ali — exclamou Laurel, apontando para o chão. Ela pôde ver seu chinelo branco caído serenamente à margem, com a água lambendo a ponta. — Devo ter perdido quando o Cicatriz me levantou do chão.

David fez uma pausa, olhando fixamente para o chinelo.

— Como eles fizeram aquilo, Laurel? Ele me ergueu com uma só mão!

Laurel assentiu.

— A mim também. — E ela não queria contar a ele quão pesadas as pedras tinham sido. — O carro deve estar por aqui — disse Laurel, indicando com a cabeça. Queria deixar aquele rio para trás, para nunca mais voltar.

— Você quer isto? — perguntou David, abaixando-se para pegar o chinelo dela.

O estômago de Laurel se revirou ao olhar para a sandália branca danificada. Seus pés latejavam, mas ela não podia sequer pensar em calçar aquele chinelo novamente.

— Não — disse com firmeza. — Pode jogar no rio.

Sem lua para guiá-los, seguiram muito lentamente pela trilha. Duas vezes tiveram de retornar, mas menos de meia hora se passou até David se abaixar ao lado de seu carro, procurando a chave reserva no vão sobre a roda.

— E eu que disse à minha mãe que isso era uma péssima ideia — disse David, com os dentes batendo de novo. — Mas ela garantiu que, um dia, eu ficaria feliz por ela ter colocado uma chave reserva aqui. — Ele apanhou a chave prateada e a segurou com as mãos trêmulas. — Acho que não era exatamente isso que ela tinha em mente. — David introduziu a chave na fenda do porta-malas e ambos suspiraram de alívio ao ouvir o clique e ver a tampa se abrir. — Vou comprar flores para minha mãe quando chegar em casa — prometeu ele. — E chocolates também.

David procurou em seu kit de emergência, desajeitadamente, e tirou um pequeno canivete. Demorou alguns minutos para cortar as cordas grossas, mas era um milhão de vezes melhor do que tentar fazê-lo com uma pedra. Ele deu partida no carro e ligou o aquecimento no máximo quando ambos se acomodaram nos bancos da frente, estendendo as mãos para as saídas de ventilação e tentando secar as roupas ainda úmidas.

— Você devia tirar a camisa e vestir a minha jaqueta — disse Laurel. — Não é muito, mas, pelo menos, está seca.

David balançou a cabeça.

— Não posso fazer isso; você precisa dela.

— Meu corpo se ajusta a qualquer temperatura em que esteja; sempre fez isso. É você que precisa se aquecer. — Ela viu a expressão de David se alterar, conforme ele se debatia entre seus ideais cavalheirescos e a necessidade extrema de se aquecer.

Laurel revirou os olhos e apanhou a jaqueta do banco traseiro.

—Vista-a — ordenou.

Ele hesitou, mas, depois de segundos, tirou a camisa molhada e a substituiu pela jaqueta.

—Acha que pode dirigir?

David fungou.

— Posso dirigir até chegarmos a uma delegacia de polícia. Será que vai dar certo?

Laurel deteve a mão de David sobre o câmbio.

— Não podemos procurar a polícia.

— Por que não? Dois homens acabam de tentar nos matar! Acredite em mim, é para isso que servem os policiais.

— Seja o que for, é muito mais forte do que os policiais, David. Você se esqueceu de como aqueles dois nos jogaram no rio, como se não pesássemos nada? O que você acha que eles vão fazer com alguns policiais?

David olhou fixamente para o velocímetro, mas não disse nada.

— Eles não são humanos, David. E qualquer um que *seja* humano só vai se machucar, se tentar detê-los.

— Então, o que vamos fazer? — perguntou David, com a voz ríspida. — Ignorá-los? Correr para casa com o rabo entre as pernas?

— Não — disse Laurel baixinho. —Vamos falar com Tamani.

Lágrimas aliviadas arderam nos olhos de Laurel quando ela cruzou a linha de árvores e sentiu o conforto familiar da floresta a envolvendo. Afastou os cabelos emaranhados do rosto e tentou inutilmente penteá-los com os dedos, enquanto caminhava com dificuldade pela trilha mal-iluminada em direção ao riacho. Estava tão exausta que mal conseguia pôr um pé machucado na frente do outro.

— Tamani? — chamou baixinho. Sua voz parecia anormalmente alta na noite escura e parada. — Tamani? Preciso de ajuda.

Tamani surgiu caminhando ao lado dela tão silenciosamente que ela não o notou até ele falar.

— Posso concluir que o garoto no veículo é David?

Ela parou de andar e seus olhos o absorveram. Naquela noite, ele não usava armadura, mas sim uma camisa preta de mangas longas e uma calça ajustada, que se fundiam quase completamente à sombra. A noite era tão escura que Laurel via apenas o contorno de seu rosto, com todos aqueles ângulos suaves e absurdamente bonitos. Queria se atirar em seus braços, mas se controlou.

— Sim, é o David.

Os olhos dele eram gentis, porém inquisitivos.

— Por que o trouxe?

— Não tive escolha.

Tamani ergueu uma sobrancelha.

— Pelo menos, diga a ele para permanecer no carro.

— Estou tentando, Tamani, mas ele era minha única forma de chegar aqui hoje.

Tamani suspirou e olhou para trás, para onde Laurel havia deixado David no carro.

— Tenho de admitir... estou realmente feliz por você estar aqui, mas a floresta está cheia de fadas e de elfos esta noite... Não é uma boa hora.

— Por que eles estão aqui?

— Houve recentemente um bocado de atividade inimiga na área. Não sabemos por quê. É só o que posso dizer. — Ele lançou um olhar rápido para o caminho à frente. — Vamos mais adiante. — Tomou a mão dela e continuou seguindo pela trilha.

O primeiro passo lançou uma dor aguda por sua perna quando um graveto fino se enterrou em seu pé já machucado.

— Pare, por favor. — Sua voz foi uma súplica abafada, mas ela já não se importava mais se parecia envergonhada. Lágrimas correram por seu rosto e Tamani parou e se virou.

— Qual é o problema?

Agora que as lágrimas haviam começado, Laurel não podia mais se controlar. O pânico e o pavor daquela noite a inundaram de maneira tão tangível quanto a corrente do rio Chetco, e ela ofegou em busca de ar.

Então, os braços de Tamani estavam em volta dela, e seu peito era quente, apesar do ar frio. Ele acariciou suas costas de cima a baixo, até que tocou o corte onde ela havia sido ferida pela janela, e ela não pôde evitar um gemido.

— O que aconteceu com você? — sussurrou Tamani em seu ouvido enquanto suas mãos percorriam os cabelos dela.

Laurel agarrou a frente da camisa dele com os dedos para tentar se equilibrar. Tamani se inclinou e passou os braços sob o corpo dela, tirando o peso de seus pés doloridos e aninhando-a contra si. Laurel fechou os olhos, hipnotizada pela cadência graciosa dos passos dele, que nunca pareciam produzir nenhum ruído. Ele percorreu a trilha por alguns minutos e a acomodou numa parte macia do terreno.

Uma fagulha brilhou e Tamani acendeu o que parecia ser uma esfera de metal do tamanho de uma bola pequena. A luz bruxuleante brilhou por centenas de buracos diminutos, enchendo a pequena clareira com uma luz suave. Tamani tirou a bolsa que carregava nos ombros e ajoelhou-se ao lado dela. Sem dizer uma palavra, pôs um dedo sob seu queixo e virou seu rosto para um lado e para o outro. Passou, então, para seus braços e suas pernas, murmurando a cada arranhão e esfoladura que encontrava. Gentilmente, ele levou os pés de Laurel até seu colo e ela sentiu os aromas familiares de lavanda e ilangue-ilangue quando ele esfregou algo morno nas solas machucadas. Formigou e quase ardeu por um minuto, antes de esfriar e acalmar a dor lancinante.

— Você está ferida em algum outro lugar? — perguntou Tamani depois de tratar todos os machucados que podia ver.

— Nas costas — disse Laurel, virando-se de lado e levantando a camiseta.

Tamani soltou a respiração em um assovio baixo.

— Este aqui está bem feio. Vou precisar fazer um curativo.

—Vai doer? — disse Laurel lentamente, conforme o calor da pequena esfera parecia envolver seu corpo.

— Não, mas você terá que ser cuidadosa durante alguns dias, enquanto cicatriza.

Laurel assentiu e apoiou o rosto no braço.

— Onde você conseguiu esses ferimentos, Laurel? — perguntou ele enquanto seus dedos macios trabalhavam no corte profundo. — Fadas não são conhecidas por serem desajeitadas.

A língua de Laurel ficou grossa e lenta ao explicar. — Eles tentaram nos matar. A David e a mim.

— Quem? — A voz dele era suave, mas Laurel pôde sentir a intensidade por trás das palavras.

— Não sei. Criaturas feias, não humanas. Homens que convenceram minha mãe a vender as terras.

— Feias?

Laurel assentiu. Ela fechou os olhos enquanto lhe contava sobre seu pai e Jeremiah Barnes, e sua fala começou a ficar arrastada.

— Uma toxina? — insistiu Tamani; ela sentia os olhos ficarem cada vez mais pesados e a voz dele parecia cada vez mais distante.

— Devem assinar uns papéis amanhã — suspirou Laurel, forçando-se a transmitir a mensagem mais importante enquanto sua pele formigava de leve, como se estivesse exposta ao sol do meio-dia.

Asas **228**

Alguns segundos depois, um braço deslizou em volta dela e Laurel se agarrou a ele enquanto Tamani descansava o rosto contra seus cabelos.

— Durma — sussurrou Tamani. — Não vou deixar que mais nada machuque você.

— D-d-david, ele está esperando...

— Não se preocupe — tranquilizou-a Tamani, acariciando seu braço. — Ele também está dormindo. Shar vai se assegurar de que ele esteja em segurança. Vocês dois só precisam descansar agora.

Só o que ela conseguiu fazer foi assentir ao se aninhar novamente no peito de Tamani e deixar que tudo o mais se esvaísse de sua mente.

Dedos gentis passaram pelos cabelos de Laurel quando ela se espreguiçou vagarosamente e rolou para ficar de costas. Seus olhos se abriram e se depararam com os de Tamani.

— Bom-dia — disse ele com um sorriso suave, sentado ao lado da cabeça dela.

Laurel sorriu, então seus olhos se elevaram até o céu estrelado e à pequena lâmpada que ainda pendia dos galhos acima dela.

— Já é dia?

Tamani riu.

— Bem, é bem cedo ainda, imagino, mas sim.

— Você dormiu?

Ele negou com a cabeça.

— Muita coisa a fazer.

— Mas...

— Ficarei bem. Já fiz coisa pior. — Seu sorriso desapareceu e ele enrijeceu o maxilar. — Está na hora de ir.

— Ir aonde? — perguntou ela, sentando-se.

— Cuidar dos trolls antes que eles terminem de matar o seu pai.

— Trolls? — Ela balançou a cabeça. Com certeza tinha entendido mal. Havia se levantado muito rápido, era isso. — Meu pai? Você pode ajudar o meu pai?

— Não sei — admitiu Tamani. — Mas isso não vai importar se não cuidarmos primeiro dos trolls. — Tamani inclinou a cabeça levemente para um lado. — Pode sair, Shar. Eu sei que você está escutando.

Outro rapaz saiu silenciosamente de trás de uma árvore que Laurel teria jurado ser pequena demais para escondê-lo. Ele tinha a mesma postura confiante de Tamani e os mesmos olhos verdes. A raiz de seus cabelos também era verde, mas o restante era louro-claro e comprido, preso atrás e deixando o rosto à mostra. Shar tinha a mesma perfeição que ela ainda não estava acostumada a ver em Tamani; seu rosto, no entanto, era mais rude, cheio de ângulos marcados, enquanto o de Tamani era mais suave. Shar era mais alto que Tamani — quase tão alto quanto David —, com pernas compridas e fortes, e braços e peito sólidos.

— Laurel, Shar. Shar, Laurel — disse Tamani sem olhar para o outro.

Laurel ficou olhando, com os olhos arregalados, mas Shar apenas assentiu com a cabeça e cruzou os braços no peito, ouvindo e reclinando-se contra a árvore de onde havia acabado de sair.

— Eu deveria ter percebido que eram os trolls que estavam tentando comprar essas terras. As criaturas que você descreveu não podem ser outra coisa. Precisamos cuidar deles antes que esses papéis sejam assinados.

— Trolls? Trolls de verdade? Está falando sério? Por que... trolls... iriam querer comprar essas terras? Só porque vocês vivem aqui?

Tamani relanceou um olhar sobre o ombro para Shar antes de se voltar para Laurel.

— Não. É porque o portal está aqui.

— Portal?

—Tamani, você está indo longe demais — resmungou Shar. Tamani girou o corpo novamente.

— Por quê? Você não acha que ela, entre todos do reino, tem o direito de saber?

— Não cabe a você decidir isso. Você está deixando ficar pessoal demais.

— E *é* pessoal — disse Tamani, com a voz cheia de amargura. — Sempre foi pessoal.

— Devemos seguir o planejado — insistiu Shar.

—Venho seguindo o que foi planejado há doze anos, Shar. Mas os trolls a poucas horas de obter o título de propriedade dessas terras e desfazer tudo pelo que trabalhamos também não faz parte do plano. — Ele fez uma pausa, olhando com raiva para seu parceiro. — As coisas mudaram e ela precisa saber o que está em jogo.

—A Rainha não ficará contente.

— A Rainha passou a maior parte de seu reinado me atormentando. Talvez seja bom a maré virar, para variar.

— Eu confio em você, Tamani, mas você sabe que não vou poder encobrir isso.

Um longo momento passou enquanto os dois homens se avaliavam.

— Que seja — disse Tamani, virando-se para Laurel. — Eu lhe disse, uma vez, que guardava algo muito especial. Não é algo que eu possa recolher e levar para outra parte... é por isso que essas terras são tão importantes. É um portal para o reino. A única barreira sobre uma entrada para Avalon.

— Avalon? — ofegou Laurel.

Tamani assentiu.

— Existem quatro portais no mundo inteiro que levam até lá. Centenas de anos atrás, os portais ficavam abertos. Eles ainda eram secretos e protegidos por aqueles que os conheciam, mas o fato é que pessoas demais sabiam. Desde o princípio dos tempos, os trolls vêm tentando tomar Avalon. É uma terra tão perfeita que a natureza não é o único recurso abundante por lá. Ouro e diamantes são tão comuns quanto paus e pedras. Eles não significam nada para nós a não ser como decoração. — Tamani sorriu. — Nós gostamos de coisas que brilham, sabe?

Laurel riu ao pensar nos prismas de cristal que havia pendurado na janela de seu quarto anos atrás.

— Achei que fosse apenas uma preferência pessoal.

— Nunca conheci nenhuma fada que não gostasse — disse Tamani com um sorriso. — Os trolls sempre tentaram comprar sua entrada para o mundo humano com dinheiro. Alguns trolls passam a vida inteira procurando tesouros, e Avalon é um tesouro grande demais para ser dispensado. Foi um lugar de morte e destruição durante séculos, quando os trolls tentavam nos dominar e destruir, e as fadas e os elfos lutavam desesperadamente para proteger seu lar. Mas, durante o reinado do Rei Artur, tudo mudou.

— Rei Artur? O Rei Artur? Você está brincando!

— Nem um pouco, embora, assim como tudo o mais, as histórias nunca sejam contadas direito. Digo uma coisa: se você quiser guardar um segredo, transforme-o numa história humana. Eles vão alterá-la tanto em cem anos que ninguém jamais poderá separar o que é verdade do que é mito.

— Eu poderia me ofender com isso se não tivesse descoberto que é a mais pura verdade.

Tamani deu de ombros.

— O que o Rei Artur fez?

— Na verdade, o que seu mago Merlin fez. Artur, Merlin e Oberon...

— Oberon? O Oberon de Shakespeare?

— Shakespeare não foi o primeiro a torná-lo famoso, mas, sim, esse Rei Oberon. Juntamente com Artur e Merlin, Oberon criou uma espada que continha tamanho poder mágico que quem a brandisse certamente sairia vitorioso na batalha.

— Excalibur — disse Laurel, ofegante.

— Exatamente. Oberon, Artur e Merlin lideraram o maior exército que Avalon já viu numa batalha contra os trolls, para bani-los para sempre. As fadas e os elfos, Artur e seus cavaleiros, Merlin e suas três amantes, e o próprio Oberon. Os trolls não tiveram a menor chance. As fadas e os elfos livraram Avalon dos trolls, e Oberon criou os portais para protegê-la contra seu retorno. Mas, até mesmo para uma fada ou um elfo de inverno, era mais magia do que qualquer planta viva poderia suportar. O maior rei na história das fadas e dos elfos deu sua própria vida para fazer o portal que eu guardo.

— É tudo tão inacreditável — disse Laurel.

— É a sua história — disse Tamani. — Sua tradição.

Shar resmungou atrás dele, mas Tamani o ignorou.

— É por isso que é tão importante que essas terras não caiam nas mãos dos trolls. Os portais não podem ser destruídos... mas as barreiras que os protegem, sim. E, se essas barreiras forem destruídas, Avalon ficará à mercê de qualquer um. Nosso lar se tornará novamente um lugar de guerra e destruição. Temos registros da terrível vingança que os trolls exerceram sobre Camelot e só podemos imaginar o destino semelhante que aguarda Avalon se eles conseguirem entrar.

— Por que agora? Minha mãe vem tentando vender essas terras há séculos. Eles já poderiam tê-las comprado anos atrás.

Tamani balançou a cabeça.

— Nós não sabemos. Sinceramente, quase tenho medo de descobrir. Trolls odeiam perder. Nunca dão um passo a não ser que tenham certeza de que podem ganhar. Talvez tenham reunido um grupo grande. Talvez... talvez... — Suspirou. — Nem sei. Mas eles têm algum segredo que acham que lhes dará vantagem. E, a não ser que descubramos o que é, pode ser que não tenhamos nenhuma chance. — Tamani fez uma pausa. — Não achávamos que eles sequer soubessem onde ficava o portal.

— Por que não? Eles não vêm tentando entrar desde que os portais foram feitos?

— Vamos dizer apenas que pouquíssimos trolls saíram de Avalon com vida. Desconfiamos, por muitos e muitos anos, que os sobreviventes soubessem mais ou menos onde ficava... e que pudessem ter passado a informação adiante; mas, até agora, eles nunca foram capazes de identificar a localização exata.

— O que vai acontecer se eles a encontrarem?

— Se a encontrarem, nós os mataremos. É para isso que estamos aqui. Mas isso não é o pior que poderia acontecer. Se conseguirem comprar as terras, poderão mandar um exército de humanos, em algum projeto de construção fictício, para derrubar tudo mais rapidamente do que poderíamos eliminá-los sem atrair a atenção desses humanos. As barreiras são bem fortes, mas não são invencíveis. Alguns tratores e explosivos *poderiam* derrubá-las. No mínimo poderiam expor o portal a qualquer um que quisesse encontrá-lo.

— Você disse que eles fizeram meu pai ficar doente? — sussurrou Laurel.

Tamani olhou para ela por um longo tempo, seus olhos brilhando de raiva.

— Eu acredito que sim. Também acredito que, por causa dessa *toxina*...

Shar pigarreou e se dirigiu a Laurel.

—Tamani adora falar, mas tenho certeza de que você concorda que o tempo é curto.

Tamani apertou os lábios e olhou para o céu.

— Eu demorei bastante *mesmo* — disse ele. — Precisamos ir. Queremos pegá-los quando o céu estiver clareando.

— Por quê?

—Trolls são criaturas da noite, preferem dormir quando o sol está brilhando. Se conseguirmos pegá-los no fim da sua jornada, eles estarão cansados e enfraquecidos.

Laurel assentiu. Espreguiçou-se mais uma vez e, hesitante, se levantou, testando cuidadosamente seu peso. Para sua surpresa, seus pés quase tinham voltado ao normal. Não estava cansada nem letárgica, e todo o seu corpo estava revitalizado.

— Como você fez isso? — perguntou ela.

Tamani sorriu e apontou para a lâmpada.

—Você disse que queria ver um pouco de magia.

Laurel examinou a esfera de metal.

— O que ela faz?

— Atua como se fosse luz do sol artificial. Permite que seu corpo se regenere como se você estivesse sob sol intenso. Não se pode usar com muita frequência ou suas células acabarão percebendo a diferença, mas é bastante útil em emergências. No entanto — disse ele, procurando em sua bolsa uma vez mais —, é provável que você queira isto. — Entregou-lhe um par de mocassins macios, igual ao que ele estava usando.

Enquanto Laurel amarrava os cadarços, Shar deu um passo à frente e pôs a mão no ombro de Tamani.

— Boa sorte para vocês. Já chamei reforços; devem estar aqui dentro de uma hora.

— Esperemos que você não precise deles — respondeu Tamani.

— Se realmente forem trolls e eles souberem tanto quanto você desconfia, imagino que esta clareira se tornará o lar de muitas, mas muitas sentinelas mais.

— E isso não é pouco, considerando as últimas semanas — disse Tamani com sarcasmo.

— Tem certeza de que não precisa de alguém para ir com você?

— É melhor se formos poucos — Tamani sorriu. — Além disso, eles são apenas quatro, e um deles é um troll de baixa categoria. Você só está com inveja porque não quero deixá-lo vir junto.

— Talvez um pouco. Mas, sério, Tam, um deles é de nível superior. Não o subestime. Não quero ter de ir procurar pelos seus restos.

— Não terá de fazê-lo, prometo.

Shar ficou em silêncio por um momento; então, ergueu o queixo e assentiu.

— Que o olho de Hécate acompanhe você.

— E a você — disse Tamani gentilmente, virando-se.

Conforme caminhavam rapidamente pela trilha, Laurel ficou surpresa por se sentir tão bem. Depois da batalha para tirar a si mesma e a David do rio, tinha ficado mais exaurida do que jamais se lembrava de ter ficado. Agora, sentia-se decididamente cheia de vida, e a pressão gentil da mão de Tamani na dela lhe dava vontade de saltar.

No entanto, olhou para a expressão sombria de Tamani e decidiu resistir àquele impulso em particular.

Em alguns minutos, viram o carro.

—Você está pronto? — perguntou Laurel.

— Para eliminar um bando de trolls? Sim. Para conhecer David? Definitivamente, não.

Vinte e Um

DAVID SE COMPORTOU BASTANTE BEM AO CONHECER TAMANI, sobretudo levando-se em conta que fora despertado subitamente por um rapaz m estranho, que não fez mais do que olhar feio para ele enquanto Laurel gaguejava as apresentações. David aceitou melhor do que ela a ideia de que os homens eram trolls, o que a fez se perguntar se ele realmente estava acordado — talvez estivesse em estado de choque. No entanto, David estava disposto a servir de motorista.

Tamani se acomodou no banco de trás e deixou a porta aberta, convidando Laurel, com o olhar, a se sentar ao seu lado. Ela olhou para David — as roupas amarrotadas e sujas da aventura no rio e um hematoma começando a se formar no rosto, onde ela o havia estapeado — e sorriu, desculpando-se, ao fechar silenciosamente a porta traseira e deslizar para o banco do carona. Tamani não aceitou a derrota tão facilmente e, quando David tomou a direção da rodovia, ele se inclinou para a frente e passou o braço em volta do apoio de cabeça de Laurel, pousando a mão sobre o ombro dela.

Se David viu, naquela luz fraca, não fez nenhum comentário.

Laurel olhou para o relógio. Quase quatro da manhã. Suspirou.

— Minha mãe vai ter um treco. E a sua? — perguntou a David.

— Espero que não. Eu disse que talvez passasse a noite com você, e ela falou que não tinha problema se eu perdesse um dia de escola. Mas vou telefonar assim que for um horário decente para avisar que estou com você.

— Se ela soubesse... — Laurel deixou suas palavras pairando no ar.

— Qual é o plano? — perguntou David, mudando de assunto.

Tamani respondeu.

—Vocês me levam até a tal casa, eu cuido dos trolls, vocês me trazem de volta. Bastante simples.

— Conte-me mais sobre esses trolls — disse David. — Eram as coisas mais assustadoras que já vi na vida.

— Espero que continue assim.

David estremeceu.

— Eu também. Quando eles nos levaram para o rio, esse... esse troll me levantou como se eu não pesasse nada. Não sou um cara *tão* pequeno assim.

— É mais alto do que eu, reconheço. —Tamani se virou para Laurel, e seu tom condescendente desapareceu tão rapidamente quanto surgira. — Trolls são... bem, são quase um acidente da evolução. São animais, como você, David... primatas mesmo, mas não são exatamente humanos. São mais fortes que os humanos, como você descobriu... também são capazes de se curar muito rápido. É como se a evolução tivesse tentado fazer uma espécie de super-humano, mas acabou não dando muito certo.

— Só porque eles são feios? — perguntou David.

— Ser feio é apenas um efeito colateral. O problema é que não são equilibrados.

— Como assim, não são equilibrados? — perguntou Laurel.

— Falta-lhes simetria. A simetria também é algo diferente nas fadas e nos elfos. Os humanos são, em grande parte, simétricos...

o máximo que os animais podem ser, com suas células caóticas. Dois olhos, dois braços, duas pernas. Tudo no mesmo comprimento e proporção... mais ou menos. Impressionante, realmente, considerando...

— Considerando o quê?

— Considerando que suas células são tão irregulares. Você não pode negar isso; pelo menos se é tão inteligente quanto Laurel vive me dizendo. — A observação foi feita lentamente e em voz baixa, mas aparentemente apaziguou David. — Laurel e eu — ele acariciou o pescoço dela ao dizer aquilo — somos exatamente simétricos. Se você pudesse nos dobrar ao meio, cada parte seria exatamente igual à outra. É por isso que Laurel se parece tanto com suas modelos de moda. Simetria.

— E os trolls não são? — perguntou Laurel, desesperada para desviar o assunto de si mesma.

Tamani balançou a cabeça.

— Nem de longe. Lembra-se de que você me disse que Barnes tinha o olho caído e o nariz torto? Aí está a assimetria física. Embora seja bastante sutil nele. Normalmente, não é assim. Já vi bebês trolls tão deformados que nem mesmo suas mães feias os queriam. Pernas crescendo da cabeça, pescoço encaixado de lado nos ombros. É uma visão terrível. Há muito, muito tempo, as fadas os adotavam, mas, quando a evolução desiste de você, a morte é inevitável. E é mais do que apenas o aspecto físico. Quanto mais estúpido você é, ou seja, quanto mais a evolução erra com você, menos simétrico é seu corpo.

— E por que os trolls não se extinguem? — indagou David.

— Infelizmente, eles têm tanto acertos quanto falhas; trolls como Barnes, que conseguem se encaixar no mundo humano. Alguns são até mesmo capazes de exercer certo nível de controle sobre os humanos. Não fazemos ideia de quantos, mas eles podem estar em toda parte.

— Como se pode distingui-los dos humanos?

— Aí é que está o problema... não é fácil. É quase impossível, às vezes, embora não como sentinela. Os trolls simplesmente não respondem à nossa magia.

— Nem um pouco? — perguntou Laurel.

— Não à magia de primavera, pelo menos, o que é uma pena. Meu trabalho hoje seria muito mais fácil. Existem alguns sinais que distinguem os trolls dos humanos, mas muitos deles podem ser escondidos.

— Que tipo de sinais? — quis saber Laurel.

— Originalmente, os trolls viviam nos subterrâneos porque a luz do sol era prejudicial demais à pele deles. Com as invenções modernas, como os filtros solares e os cremes, agora vivem muito melhor, mas mesmo assim a pele deles raramente se mostra saudável.

A expressão de Laurel se crispou quando ela se lembrou de como a pele de Bess estava rachada e descascada em volta da coleira.

— Além da assimetria, seus olhos geralmente são de cores diferentes, mas as lentes de contato também podem esconder isso. A única forma de ter certeza é observar sua força ou pegá-los comendo um pedaço grande de carne sangrenta.

— Barnes ficou fascinado pelo sangue no meu braço — comentou Laurel.

— Mas você não sangra — disse Tamani.

— Bem, não era meu sangue; era o de David.

— No *seu* braço?

Laurel assentiu.

— Ele cortou o braço quando atravessou a janela. Do mesmo modo que cortei as minhas costas.

— Havia bastante sangue? — perguntou Tamani.

— O suficiente para cobrir a palma da mão de Barnes quando ele me agarrou.

Tamani riu.

— Isso explica por que ele jogou você no rio. Nenhum troll que se preze tentaria afogar uma fada. Ele não sabia que você era uma.

— Por que ele saberia?

Tamani suspirou.

— Infelizmente, é muito fácil para os trolls distinguirem os humanos das fadas. O olfato de um troll é bastante apurado para identificar sangue, que as fadas não têm. A não ser que você esteja florescendo, um troll não será capaz de farejá-la em absoluto. Agora, deparar-se com o que parece ser um humano sem cheiro de sangue o alertaria de imediato.

— Mas David sangrou em mim. Então ele sentiu o cheiro de sangue e não desconfiou?

— É a única explicação lógica.

— E lá no hospital?

— Hospitais cheiram absurdamente a sangue para um troll. Nem mesmo o cloro pode diminuir o cheiro. Ele não teria notado nem dez fadas num hospital.

— E na sua casa — disse David — eu estava com cheiro de fumaça, da fogueira.

— Ele foi à sua casa! — exclamou Tamani, a mão no ombro de Laurel apertando-a um pouco. —Você se esqueceu de mencionar isso.

— Faz muito tempo. Eu não sabia o que ele era.

A mão de Tamani apertou mais seu ombro.

—Você teve muita, *muita* sorte. Se ele tivesse percebido antes o que você era, provavelmente estaria morta agora.

A cabeça de Laurel estava começando a girar e ela a recostou no apoio — bem ao lado do rosto de Tamani. Ela não corrigiu o erro.

Aproximaram-se de Brookings, e Tamani começou a interrogar Laurel sobre a disposição da casa.

— Seria mais fácil se eu fosse com você — protestou ela depois de descrever a casa com todos os detalhes que podia lembrar. Que não eram muitos, pois estivera escuro demais.

— De jeito nenhum. Não vou colocá-la em risco... você é importante demais.

— Não sou tão importante assim — resmungou Laurel, escorregando um pouco em seu assento.

—Você vai herdar as terras, Laurel. Não leve isso na brincadeira.

— Eu poderia ajudar... dar cobertura.

— Não preciso da sua ajuda.

— Por quê? — retrucou Laurel. — Porque não sou uma sentinela especialmente treinada?

— Porque é perigoso demais — respondeu Tamani bruscamente, levantando a voz. Ele voltou a se recostar no banco. — Não me faça perder você novamente — sussurrou ele.

Ela se ajoelhou no banco e se virou para olhar para ele. Seu rosto mal era visível na luz fraca da manhã. — E se eu garantir que ficarei fora do campo de visão? Se alguma coisa acontecer com você, precisaremos saber.

A expressão dele não se alterou.

— Não vou tentar lutar nem nada — prometeu.

Tamani fez uma pausa e meditou sobre aquilo por alguns segundos.

— Se eu disser que não, você vai me seguir de qualquer forma?

Asas 242

— É claro.

Ele suspirou e revirou os olhos.

— Escute. — Inclinou-se para a frente, seu nariz quase tocando o dela ao falar baixo, mas com uma intensidade que quase fez Laurel desejar não tê-lo trazido. — Se houver problemas, você me deixará para trás. Voltará diretamente até Shar e o avisará sobre o que aconteceu. Promete?

Ela negou com a cabeça.

— Eu não poderia deixar você para trás.

— Quero a sua palavra, Laurel.

— Não vai acontecer nada, de qualquer jeito. Como você disse a Shar, não há nada com que se preocupar.

— Não tente mudar de assunto. Sua palavra.

Laurel mordeu o lábio inferior, pensando se havia alguma maneira de escapar daquilo, mas Tamani não deixaria barato.

— Está bem — disse ela, mal-humorada.

— Então você pode vir.

— E eu? — perguntou David.

— Impossível.

— Por quê? — quis saber David, agarrando o volante. — Eu seria de mais ajuda do que Laurel... sem querer ofender — acrescentou ele, com um sorriso.

— Bem, acho que pode vir — respondeu Tamani, sorrindo perversamente —, se quiser servir de isca.

— Tamani! — protestou Laurel.

— É verdade. Não apenas ele é humano, mas tem várias feridas abertas. Barnes sentiria o cheiro dele a uns 30 metros de distância. Talvez mais. Ele será a isca; caso contrário, não poderá vir. — Tamani se inclinou para a frente de novo e deu um soco leve no ombro de David, que qualquer pessoa teria visto como um gesto amigável, mas que Laurel sabia que não era bem assim.

— Não, companheiro. Você vai dirigir o carro da fuga.

David não tinha como discutir. A não ser que quisesse insistir em ser isca.

Saíram da Rodovia 101 e tomaram a rua Alder justo quando o céu começava a ficar rosado. Quando chegaram à rua Maple e começaram a reconstituir a rota que ela e David tinham feito na noite anterior, Laurel sentiu o nervosismo aumentar. Estivera tão confiante e arrogante na noite anterior. Sabia que estava certa e estivera determinada a encontrar respostas. Agora sabia de primeira mão o que estava enfrentando e sua confiança minguava rapidamente.

— Tamani? — perguntou ela, mesmo sabendo que aquele não era o momento certo. — Como pode uma planta derrotar um troll superforte?

Pela primeira vez, Tamani não sorriu. Seu rosto era uma rocha e seus olhos estavam velados.

— Com astúcia — respondeu ele baixinho. — Com astúcia e velocidade. É a única vantagem que tenho.

Laurel não gostou nem um pouco daquilo.

Vinte e Dois

O CARRO DE DAVID ENTROU LENTAMENTE NO BECO SEM SAÍDA que terminava no despenhadeiro sobre o mar.

— É aquela casa lá no final — disse Laurel apontando-a.

— Vamos parar aqui, então — decidiu Tamani.

David estacionou o carro próximo ao meio-fio, e os três ficaram ali sentados, olhando para a casa enorme. À luz do início da manhã, podiam ver que a casa já havia sido cinza. Laurel observou as bordas curvas lascadas nos beirais e as molduras decoradas das janelas, tentando visualizar a linda casa que devia ter sido cem anos atrás. Há quanto tempo ela pertencia aos trolls? Laurel estremeceu, perguntando-se se eles haviam comprado a casa ou simplesmente massacrado a família moradora e tomado posse da propriedade. No momento, a última hipótese parecia muito mais provável.

Tamani estava tirando um cinto de sua bolsa e vasculhando os bolsos menores. Entregou a Laurel uma correia de couro com uma faquinha.

— Por via das dúvidas — disse ele.

A faca pareceu pesar em sua mão e, por alguns segundos, ela apenas a olhou.

— É para colocar em volta da cintura — ironizou Tamani.

Laurel olhou feio para ele, mas passou a correia em volta da cintura e a afivelou.

— Pronta? — perguntou Tamani. Sua expressão agora estava séria. As mechas de cabelo que pendiam sobre sua testa lançavam sombras compridas que pareciam faixas cruzando seus olhos. Suas sobrancelhas estavam franzidas em concentração e uma pequena ruga sobressaía em sua testa, arruinando o que poderia ser uma propaganda de revista com um modelo masculino absorto em pensamentos.

— Pronta — sussurrou Laurel.

Tamani saiu do banco traseiro do carro e fechou a porta com muito cuidado. Laurel desafivelou o cinto de segurança e sentiu a mão de David em seu ombro. Ele olhou rapidamente para Tamani quando ela ergueu os olhos para ele.

— Não vá — sussurrou David de forma impetuosa.

Ela apertou a mão dele.

— Tenho de ir. Não posso deixá-lo ir sozinho.

David endureceu o maxilar e assentiu com raiva.

— Volte — ordenou ele.

Laurel não conseguiu obrigar sua boca a formar as palavras, mas fez que sim e abriu a porta. Tamani enfiou a cabeça pela abertura e olhou para David:

— Dentro de dez minutos, aproxime-se um pouco mais com o carro e estacione. Se ainda houver alguém naquela casa que não saiba que estamos lá, é porque estamos mortos.

David engoliu em seco.

— Fique muito atento. Se um deles vier até o carro para pegar você, vá embora; se eles vierem, então é porque já é tarde demais para nós. Dirija até as terras de Laurel e avise Shar.

Laurel não gostou daquela parte.

Tamani hesitou.

— Sinto muito por não poder deixá-lo fazer mais do que isso — disse num tom sincero. — De verdade, eu sinto. — Fechou a porta, pegou a mão de Laurel e caminhou em direção à casa sem olhar para trás.

Laurel olhou por cima de seu ombro e encarou David por um longo tempo antes de se virar.

Eles contornaram a casa ampla praticamente da mesma maneira que David e Laurel haviam feito na noite anterior. Laurel sentiu o peito se apertar ao reconstituir seus passos e se aproximar silenciosamente das criaturas que haviam tentado matá-la. *Quem caminha por livre e espontânea vontade ao encontro da própria morte?*, perguntou-se ela, balançando a cabeça. Manteve, porém, os olhos grudados nas costas de Tamani. Sua postura confiante, mesmo enquanto andava sorrateiramente próximo à parede, deu-lhe um pouco de coragem. *Estou aqui por ele*, repetiu Laurel várias vezes em sua mente até aquilo começar a parecer lógico.

Quando se aproximaram da janela quebrada, Tamani estendeu a mão e a manteve imóvel ao lado da borda descascada. Ele espiou lá dentro pela janela destruída, que os trolls nem sequer se deram ao trabalho de cobrir com tábuas, e buscou algo num dos bolsos de seu cinto. Tirou daí o que parecia ser um canudo marrom e deslizou alguma coisa pequena dentro dele. Abaixou-se apoiado em um joelho e se estendeu para longe da janela, expondo-se por apenas um instante a quem quer que estivesse na sala. Soprou no canudo e Laurel ouviu algo zunir pelo ar.

Em seguida, Tamani prostrou-se de barriga para baixo, arrastando-se sob o peitoril lascado da janela em direção aos fundos da casa. Laurel o seguiu, ficando também de bruços.

— O que você fez? — sussurrou ela.

Tamani apenas colocou um dedo sobre os lábios e continuou rastejando adiante. Em alguns segundos, Laurel ouviu o zumbido baixo de uma conversa. Alguns metros à frente, Tamani havia parado e inspecionava o pouco que podia ver à volta da parede. Olhou para cima, para uma treliça extremamente velha, e um diminuto sorriso tocou seus lábios. Virou-se para ela, apontou para o chão a seu lado e enunciou silenciosamente: "Fique aqui."

Laurel quis argumentar, mas, como seus olhos detectaram rachaduras e rompimentos na treliça, concluiu que o peso extra poderia, excepcionalmente, *não* ajudar. Tamani escalou a treliça silenciosamente — algo que Laurel não achou que fosse possível, naquela estrutura bamba de madeira — e pareceu mais um macaco ágil trepando por uma árvore do que qualquer coisa remotamente humana.

Laurel se agachou perto do canto externo da casa e espiou pela lateral. Cicatriz e seu amigo estavam descansando num sofá sujo, na varanda igualmente suja. As vozes eram baixas demais para que ela pudesse captar o que estavam dizendo, mas, levando em conta a conversa deles no carro, na noite anterior, provavelmente era melhor assim.

Cicatriz bocejou e o outro troll parecia estar prestes a dormir. Laurel ouviu um ruído mínimo, conforme Tamani seguia pelo teto, mas, aparentemente, ambos os trolls estavam cansados ou distraídos demais, pois nenhum deles sequer levantou os olhos.

Embora o estivesse esperando, Laurel teve de abafar um grito de surpresa quando Tamani saltou do telhado e pousou graciosamente diante dos trolls. Ele estendeu as mãos com incrível velocidade e golpeou sonoramente a cabeça dos trolls, uma contra a outra. Os dois caíram sobre as almofadas do sofá e não se moveram mais.

Laurel deu um passo e pisou em uma folha seca.

— Espere — disse Tamani baixinho. — Primeiro, deixe-me terminar. Você não vai querer ver isso.

Era uma tentação grande demais. Ele não estava olhando para ela; então, ela não escondeu a cabeça atrás da parede — apenas observou, num fascínio extasiado, perguntando-se o que ele iria fazer.

Tamani firmou o joelho contra o ombro do Cicatriz e segurou seu rosto com as duas mãos. Quando Laurel percebeu o que iria acontecer, já era tarde demais. Seus olhos se recusaram a fechar quando Tamani torceu a cabeça do troll com um estalo e o ruído de ossos triturados alcançou seus ouvidos. Tamani deixou o Cicatriz recair nas almofadas e, ao voltar sua atenção para o outro troll, ela não pôde evitar olhar para o rosto inerte — desprovido de vida e, pela primeira vez, sem a expressão retorcida de escárnio.

Quando Tamani levantou o joelho até o ombro do outro troll, Laurel rapidamente recuou na quina da casa e tapou os ouvidos com os dedos. Não que fizesse alguma diferença. O ruído do pescoço do Ruivo sendo quebrado chegou a seus ouvidos internos, e sua mente se encheu com a imagem que seus olhos não podiam ver. O toque suave de Tamani em seu ombro a fez pular de susto.

— Vamos, precisamos seguir em frente. — Tamani puxou Laurel pelo braço para o mais longe possível dos trolls mortos, mas ela ainda pôde espiar à sua volta e olhar para as duas formas que pareciam estar simplesmente dormindo.

— Você tinha de fazer aquilo? — sussurrou ela, tentando se lembrar de que aqueles homens haviam tentado matar a ela e a David. Mas eles pareciam tão inofensivos na luz fraca da manhã, com aquela expressão frouxa e pacífica no rosto deformado.

— Sim. Uma das regras das sentinelas é nunca deixar um troll hostil com vida. É algo que jurei fazer. Eu disse que você não deveria ter vindo.

Tamani levou um instante para pegar algo de seu cinto e borrifar nas dobradiças da porta dos fundos. Quando a abriu, ela se moveu silenciosamente. Laurel se lembrou de Bess e seguiu Tamani com hesitação, mas ela estava deitada, imóvel, no chão. Tamani se agachou ao lado dela e removeu um pequeno dardo de seu pescoço. Laurel se lembrou do canudo marrom e percebeu o que ele havia feito.

— Ela está morta? — sussurrou Laurel.

Tamani balançou a cabeça.

— Só dormindo. Os dardos da morte são muito maiores e não funcionam tão rapidamente. Ela teria dado uns bons latidos e arruinado tudo. — Ele estava enfiando novamente a mão no cinto. Suspirou ao destapar um frasco pequeno. — Estes são os que sempre me causam arrependimento. Os que são estúpidos demais para saber o que fazem. Não são mais culpados do que um leão ou um tigre que ataca sua presa... pelo menos, no início. Mas, depois que são ensinados a ser inimigos ferozes das fadas e a obedecer a todas as ordens de seus mestres, eles nunca mais deixam de ser perigosos. — Puxou uma das pálpebras de Bess para baixo e pingou duas gotas de um líquido amarelo. — Ela estará morta em alguns minutos — disse ele, colocando o frasco novamente na bolsa.

Tamani se voltou para Laurel e pôs o rosto próximo ao dela para que pudesse sussurrar em seu ouvido.

— Não sei onde está o outro. Se pudermos encontrá-lo e pegá-lo de surpresa, será fácil. Portanto, siga-me, mas nem mais uma palavra daqui para a frente, entendido?

Laurel assentiu e esperou que pudesse agir com a metade da habilidade dele. Nunca em sua vida se sentira desajeitada —

sempre fora mais graciosa que os outros —, mas, comparada a Tamani, ela era um completo desastre. Observando os pés dele e pisando exatamente sobre suas pegadas, conseguiu subir as escadas de forma mais ou menos silenciosa.

Passaram por três portas onde não se via nada além de móveis cobertos por lençóis e partículas de poeira esvoaçantes. Tamani espiou pela quarta porta e imediatamente pôs a mão no cinto. Laurel pôde ver a sombra de Barnes se alongando no chão à luz do sol que entrava pela janela oriental; de alguma forma, até sua sombra era inconfundível. Tamani sacou novamente o canudo comprido e se apoiou num joelho. Respirou fundo e mirou cuidadosamente. Com um sopro, o dardo voou.

Laurel manteve os olhos grudados à sombra. Houve um solavanco e um grunhido mínimo. Segundos eternos se passaram, e a cabeça da sombra tombou com um ruído seco sobre a escrivaninha. Tamani apontou para o chão onde Laurel estava encolhida contra a parede e, mais uma vez, sussurrou para ela ficar ali.

Dessa vez, ela obedeceu.

Tamani avançou furtivamente e se agachou por alguns segundos ao lado do troll imóvel. Laurel viu, pelas sombras, as mãos dele se erguendo até as laterais da cabeça do troll. Sabendo o que viria a seguir, fechou os olhos fortemente e cobriu os ouvidos com as mãos. O próximo som que ouviu não foi o de uma fratura, mas um golpe surdo que sacudiu a parede às suas costas.

— Você pensou que seus truquezinhos de elfo funcionariam comigo?

Os olhos de Laurel se arregalaram e ela se lançou para o lugar em que Tamani estivera poucos segundos atrás. Não viu o troll, e Tamani estava encolhido no chão perto da parede, sacudindo a cabeça e olhando raivosamente para Barnes. Viu a sombra comprida saltar sobre Tamani e abriu a boca para gritar uma advertência, mas Tamani havia desaparecido antes mesmo que Barnes colidisse contra a parede, rachando-a. Tamani voava pela sala enquanto Laurel tentava pressionar o corpo cada vez mais à parede. A casa toda tremia com as investidas repetidas de Barnes contra Tamani, e este continuava escapando por pouco, a toda velocidade. Laurel observava a dança feita pela sombra dos dois e prendeu a respiração, temendo que cada movimento, cada ruído que fizesse, pudesse revelar sua presença.

Com um grito e um golpe forte de seus braços compridos, Barnes atingiu Tamani no peito e o atirou contra a parede diretamente oposta à da porta atrás da qual Laurel se agachara. Rachaduras se espalharam pela parede no ponto em que Tamani a atingiu e ele deslizou até o chão. Laurel desejou que ele se levantasse e saltasse para longe, mas a cabeça de Tamani apenas tombou para o lado e ele respirou ruidosamente.

— Assim está melhor — disse Barnes.

Laurel enfiou a cabeça novamente pela lateral da porta, mas nada aconteceu; Barnes estava com as costas voltadas para ela enquanto, parado no meio da sala, elevava-se sobre Tamani. Inclinou-se para a frente e observou Tamani antes de explodir em sua gargalhada áspera.

— Olhe só para você. É apenas um garoto. Um bebê. Será que ao menos tem idade para ser uma sentinela?

— Tenho idade suficiente — disse Tamani com a voz rouca, olhando furiosamente para o troll.

— E eles mandam *você* para me enfrentar? Esse povo das fadas e dos elfos sempre foi tolo...

Tamani chutou com uma perna, mas dessa vez foi lento demais. Barnes o agarrou pela panturrilha e a torceu, erguendo Tamani do chão e girando-o no ar antes de jogá-lo novamente contra a parede, com força o bastante para produzir mais algumas rachaduras.

— Você quer que seja do modo mais difícil, então farei do modo mais difícil — disse Barnes. — Para dizer a verdade, também gosto do modo difícil.

Os olhos de Laurel se arregalaram quando Barnes tirou uma pistola do cinto, apontou-a para Tamani e puxou o gatilho.

Vinte e Três

UM GRITO AGUDO, ENSURDECEDOR, REVERBEROU NA CABEÇA DE Laurel quando a sala se encheu com o ruído do tiro, mas, de alguma forma, foi apenas um pequeno gemido que escapou de seus lábios. Conforme o cheiro de pólvora queimava seu nariz, um grito abafado forçou caminho até sua consciência. Os olhos de Laurel se abriram de repente e voaram até Tamani. O rosto dele estava contorcido de dor, e um gemido saía por entre os dentes fortemente cerrados. Tamani apertava a perna e seus dedos estavam ensopados de seiva, enquanto olhava com fúria para o troll.

Barnes apontou a arma novamente e, dessa vez, Tamani não pôde abafar um grito de agonia quando a bala atravessou sua outra coxa. O corpo inteiro de Laurel estremeceu, pois o grito de Tamani pareceu invadir todas as células simétricas e organizadas de seu corpo, atirando-as num completo caos. Ela se arrastou um pouco mais à frente e Tamani lançou-lhe um olhar que ordenava que ficasse quieta. Imediatamente após olhar para ela, os olhos dele se desviaram para Barnes. Uma camada de suor brilhou na testa de Tamani quando o troll pousou a arma sobre a escrivaninha, com um baque surdo, e andou até ele.

—Você não irá a parte alguma, irá?

Ódio queimava nos olhos de Tamani, fixos naquela forma maciça.

— Você veio justamente no dia em que devo ir assinar os papéis da propriedade onde fica seu precioso portal. Não sou burro a ponto de achar que isso seja coincidência. Como você sabia?

Tamani apertou os lábios e não disse nada.

Barnes chutou o pé dele e um grunhido baixo rompeu seu controle rígido.

— Como? — berrou Barnes.

Ainda assim, Tamani não disse nada e Laurel se perguntou por quanto tempo suportaria presenciar aquilo. Os olhos de Tamani estavam firmemente fechados e, quando ele os abriu, olhou diretamente para ela por um instante.

Laurel sabia o que ele queria. Queria que ela cumprisse sua promessa. De fato, queria que Laurel lhe desse as costas, descesse as escadas sozinha e voltasse até sua propriedade para buscar Shar.

Ela lhe dera sua palavra.

Mas sabia que não poderia fazer aquilo. Não poderia abandoná-lo. Em um instante evidente, Laurel percebeu que preferiria morrer com ele a deixá-lo ali para morrer sozinho.

Naquele momento de rendição, seus olhos recaíram sobre a pistola.

Barnes a havia deixado sobre a escrivaninha e não estava prestando a menor atenção na arma. Sob as pálpebras semicerradas, Tamani seguiu o olhar de Laurel. Tornou a olhar para ela e balançou a cabeça num movimento tão curto que Laurel mal o viu. Depois, encolheu-se e gemeu quando Barnes chutou sua perna novamente.

— Como?

Barnes se agachou na frente de Tamani. Laurel sabia que aquela era a melhor oportunidade que poderia ter. Moveu-se para a frente, pé ante pé, tentando imitar os passos habilidosos que vira Tamani dar toda a manhã.

— Dentro de dez segundos, vou pegar o seu pé e quebrar todos os caules da sua perna.

As mãos de Laurel se fecharam em volta do aço frio e ela tentou se lembrar de tudo o que seu pai havia lhe ensinado sobre armas alguns anos atrás. Aquela era uma pistola pesada e quadrada — do tipo que quase se parece com uma pistola-d'água. Procurou pela trava ou pelo cão e não viu nenhum dos dois. Fechou os olhos por um segundo, desejando com todas as suas forças que aquela fosse uma arma do tipo aponte-e-dispare.

—Você tem mais uma chance de me dar uma resposta, elfo. Um, dois...

— Três — Laurel terminou por ele, apontando a arma para sua cabeça.

Barnes ficou paralisado.

— Levante-se — ordenou Laurel, parando um pouco além do alcance dele.

Lentamente, Barnes se levantou e se virou um pouco para ela.

— Encoste na parede — disse Laurel. — Longe dele.

Barnes riu.

—Você realmente acha que vai atirar em mim? Uma coisinha miúda como você?

Laurel se encolheu ao apertar o gatilho, quase soltando um grito de alívio quando seus esforços mandaram uma bala na parede. Ela apontou a arma novamente para Barnes.

— Está certo — disse ele, recuando alguns passos e virando-se totalmente para encará-la. Seus olhos se arregalaram quando a reconheceu. — Pensei que tivesse mandado matar você.

— Pense mais na próxima vez — respondeu Laurel, com orgulho por sua voz não tremer tanto quanto suas pernas.

— Será que os meus rapazes se esqueceram... Espere, não. — Farejou o ar com desconfiança. —Você... Eu não... — Sua voz sumiu quando ele se voltou para Tamani e deu uma risadinha sinistra. — Agora eu entendi. As fadas recorreram ao truque das crianças trocadas. Crianças trocadas! — Ele baixou o olhar para Tamani, o tom de voz descontraído. — Quando é que vocês vão aprender que fomos nós, os trolls, que inventamos todas as ideias boas?

Laurel disparou outro tiro na parede e Barnes deu um pulo.

— Chega de conversa — disse ela.

Os dois ficaram ali parados, numa espécie de impasse. Barnes parecia ter quase certeza de que ela não iria atirar nele, e Laurel tinha tanta certeza quanto ele de que não conseguiria fazê-lo. Mas não podia deixar que Barnes percebesse.

Infelizmente, a única maneira de eliminar as dúvidas era, de fato, atirar nele. Sentiu os dedos suados no gatilho ao levantar a arma até que o cano ficasse diante do rosto dele, bloqueando-o de sua visão.

Aquilo era o mais longe que ela podia chegar.

— Lembre-se do que conversamos, Laurel — disse Tamani muito tranquilamente. — Ele mandou matar você, envenenou seu pai, manipulou sua mãe... Ele fará tudo novamente se você deixá-lo escapar.

—Ah, pare com isso, você me elogia demais — disse Barnes com um sorriso de escárnio.

Uma respiração irregular e ruidosa escapava da boca de Laurel enquanto ela tentava fazer com que seus dedos se contraíssem. Mas seus braços se abaixaram um pouco e um sorriso repuxou o canto da boca de Barnes.

— Eu sabia que você não iria conseguir — caçoou. Então, encurvou-se e voou para cima dela.

Só o que Laurel viu foram seus olhos vermelhos e assassinos e suas mãos estendidas mais como garras do que dedos. Ela nem sequer sentiu a arma em sua mão quando seus dedos apertaram o gatilho e o estouro de um tiro soou em seus ouvidos. O corpo de Barnes sacudiu-se para trás quando a bala atravessou seu ombro. Laurel gritou e soltou a arma.

Com um grunhido, Tamani se impulsionou para a frente e agarrou a pistola. Barnes rugiu de dor, mas seus olhos encontraram Laurel novamente.

— Deixe-a em paz, Barnes! — gritou Tamani, apontando a arma.

Barnes mal teve tempo de focalizar os olhos na arma apontada para sua cabeça. No instante em que Tamani puxou o gatilho, Barnes saltou em direção à janela e a atravessou, caindo no chão. O tiro de Tamani perfurou a parede, inofensivo. Laurel correu para a janela quebrada e teve um último vislumbre de Barnes fugindo na direção do rio, antes que sua figura ensanguentada desaparecesse na direção de um morro.

Tamani deixou a arma cair no chão com um estrondo. Laurel, de joelhos, atirou-se em seus braços. Ele gemeu no ouvido dela, e, quando ela tentou se afastar, apertou-a contra o peito.

— Nunca, *nunca mais* me assuste desse jeito.

— Eu? — protestou Laurel. — Não fui eu quem levou um tiro! — Seus braços circularam o pescoço dele, e seu corpo todo estremeceu.

Ela levantou a cabeça subitamente ao ouvir passos subindo as escadas. Tamani a afastou levemente para o lado e apanhou a arma, apontando-a para a porta.

O rosto branco de David apareceu no alto da escadaria. Tamani suspirou e deixou a arma cair novamente no chão, relaxando os braços.

— Escutei os tiros e vi Barnes sair correndo — disse ele com a voz tremendo. —Vocês estão bem?

— Pelo olho de Hécate, nenhum de vocês dois sabe seguir ordens? — resmungou Tamani.

— Aparentemente, não — respondeu Laurel secamente.

— O que aconteceu aqui? — perguntou David, olhando com os olhos arregalados o desastre na sala.

— Conversaremos no carro. Rápido, David, Tamani precisa de ajuda. — Cada um se colocou sob um braço de Tamani e conseguiram levantá-lo do chão. Ele estava tentando ser corajoso, mas Laurel se encolhia cada vez que um gemido engasgado escapava de seus lábios. Praticamente o estavam arrastando até a porta quando Laurel parou. — Espere — disse ela, transferindo todo o peso de Tamani para David. Correu, então, até a escrivaninha e olhou os papéis. A camada superior estava borrifada com sangue. *Sangue de troll*, pensou Laurel com uma careta. Em seguida, respirou fundo e se obrigou a examiná-los. Pegou tudo o que mencionasse sua mãe ou o endereço de sua propriedade e levou consigo. Por sorte, não era muita coisa. —Vamos — disse ela, abaixando-se novamente sob o braço de Tamani.

Estavam em silêncio ao passar pelos corpos dos trolls mortos. O sol já havia saído totalmente e Laurel esperava que ninguém os visse arrastando uma pessoa obviamente ferida até o carro. De forma tardia, cogitou se mais alguém, além de David, teria escutado os tiros. Olhando de um lado a outro da rua, para as outras casas dilapidadas, não teve muita certeza de que aquilo importasse. Parecia ser uma vizinhança na qual tiros eram coisas comuns.

David acomodou Tamani no banco de trás e tentou deixá-lo mais confortável, mas o elfo empurrou suas mãos.

— Apenas me leve até Shar. Rápido.

David segurou a porta de Laurel aberta, mas ela balançou a cabeça e, sem olhar para ele, sentou-se no banco traseiro com Tamani.

Laurel acomodou o peito e a cabeça de Tamani em seu colo e ele se agarrou a ela como uma criança, gemendo cada vez que David passava por um quebra-molas. Seu rosto estava lívido, e o cabelo negro molhado de suor. Tentou fazê-lo abrir os olhos, mas ele se recusou. Conforme sua respiração foi ficando cada vez mais entrecortada, Laurel olhou para David, que a viu pelo retrovisor.

— Não podemos ir mais rápido? — implorou ela.

David apertou os lábios e balançou a cabeça.

— Não posso passar do limite de velocidade, Laurel. É arriscado demais. O que você acha que um policial diria se nos parasse e visse Tamani? — Seus olhos encontraram os dela no retrovisor. — Estou indo o mais rápido a que me atrevo... juro.

Lágrimas encheram os olhos de Laurel, mas ela assentiu, tentando não notar que o aperto de Tamani em seus braços ficava cada vez mais fraco.

A estrada estava praticamente vazia, mas Laurel manteve a respiração presa durante todo o caminho por Crescent City e Klamath, enquanto passavam perto de outros carros. Um homem até chegou a olhar para ela, e Laurel se perguntou se os óculos escuros que ele usava estariam escondendo olhos de cores diferentes. Quando ela teve certeza de que o homem era um troll enviado para eliminá-los, ele desviou o olhar e dobrou em uma rua lateral.

Finalmente, surgiu a via de entrada para a propriedade, e David saiu da rodovia. O caminho sem asfalto era bastante irregular, mas Tamani não reclamou quando o carro sacolejou sobre os buracos. Laurel prendeu a respiração quando David chegou ao final do caminho e parou o carro.

— Por favor, rápido, David — implorou Laurel num sussurro.

David correu até o outro lado do carro e ajudou a retirar Tamani. Eles o arrastaram até além da casa e seguiram pela trilha já conhecida. Assim que passaram pela linha de árvores, Laurel começou a gritar com a voz entrecortada pelos soluços:

— Shar! Shar! Precisamos de ajuda.

Quase instantaneamente, Shar surgiu na trilha, saindo de trás de uma árvore. Se ficou chocado, seu rosto não o demonstrou.

— Eu o levo — disse ele bem calmo. Pegou Tamani de David e Laurel, e o levantou gentilmente sobre seus ombros. — Você não pode avançar mais — disse Shar a David. — Não hoje.

David franziu a testa e olhou para Laurel. Ela atirou os braços em volta dele.

— Sinto muito — sussurrou ela e se virou para seguir a trilha.

David agarrou sua mão.

—Você vai voltar, não vai? — perguntou.

Laurel assentiu.

— Prometo. — Então, ela puxou a mão e correu pela trilha seguindo a forma inerte de Tamani.

Assim que David se afastou, mais sentinelas apareceram na trilha, acrescentando seus ombros sob o peso de Tamani — um desfile de rapazes incrivelmente bonitos, vários em armadura camuflada. Cada fada que aparecia fazia com que Laurel se sentisse melhor. Tamani já não estava sozinho — as fadas encontrariam um jeito de consertar tudo. Precisava acreditar nisso. Levaram-na por uma trilha sinuosa que parecia estranhamente desconhecida e pararam em frente a uma árvore antiquíssima que, mesmo no ar frio do fim de outono, não havia mudado de cor.

Várias fadas se alternaram para posicionar a palma da mão numa depressão leve que havia na árvore. Por alguns segundos, ninguém se moveu e nada aconteceu. Então, a árvore começou a balançar e Laurel ofegou, surpresa, quando uma rachadura surgiu na base da árvore, que se alargou e aumentou, empurrando o tronco e dando-lhe a forma de um arco. O ar se iluminou e brilhou até ficar quase ofuscante demais para olhar. Fez-se um lampejo brilhante e Laurel piscou. No instante necessário para que ela fechasse os olhos e os abrisse novamente, o ar luminoso havia se transformado em um portão dourado, ornamentado com flores brancas resplandecentes e reluzindo de pedras preciosas.

— Este é o portal para Avalon? — perguntou Laurel a Shar, ofegante.

Shar mal lhe dirigiu um olhar.

— Impeçam-na de entrar; Jamison já está vindo.

Lanças se cruzaram na frente de Laurel e ela percebeu que tinha dado vários passos à frente. Foi quase dominada pela intensa necessidade de passar pelas lanças e correr até os portões iluminados, mas forçou seus pés a permanecerem onde estavam. O portão agora começava a se mover, oscilando e abrindo-se lentamente num arco, enquanto todas as fadas recuavam para abrir espaço. Laurel não conseguiu ver muito, esforçando-se contra as lanças, mas seus olhos identificaram uma árvore verde-esmeralda, uma faixa de céu azul-celeste e raios de sol que brilhavam como diamantes. O denso aroma de terra fresca a dominou, juntamente com um perfume poderoso e inebriante que não podia identificar. Um homem de cabelos brancos, vestindo uma túnica prateada comprida e esvoaçante, esperava no outro lado do portão reluzente. Laurel não pôde evitar encará-lo enquanto ele avançava para se pôr ao lado de Tamani. Ao passar o dedo pelo rosto de Tamani, voltou os olhos para os elfos que carregavam uma maca.

— Levem-no, rápido — disse, indicando que avançassem.
— Ele está se esvaindo.

Tamani foi transferido para a maca branca macia e Laurel observou, impotente, quando ele foi levado através da luz brilhante que emanava do portal. Ela precisava acreditar que ele ficaria bem, que tornaria a vê-lo. Certamente, ninguém poderia adentrar um mundo tão repleto de beleza e não se curar.

Quando olhou para cima, os olhos do ancião do povo das fadas estavam sobre ela.

— Suponho que esta seja ela — disse ele. Sua voz era doce demais, musical demais para pertencer a este mundo. Ele caminhou na sua direção como se flutuasse no ar, e o rosto que ela encarou era tão belo... Ele parecia resplandecer, e seus olhos eram gentis, azuis e rodeados por rugas que não se estendiam em riscos desiguais, como vira no rosto de Maddie, mas em dobras exatas e uniformes, como cortinas perfeitamente plissadas. Ele sorriu gentilmente para ela, e a dor das últimas 24 horas desapareceu. —Você foi muito corajosa — disse Jamison, naquela voz doce e angelical. — Não achamos que iríamos precisar de você tão cedo. Mas as coisas nunca saem conforme o planejado, não é mesmo? — Ela balançou a cabeça e olhou novamente através do portal, onde podia ver apenas o topo da cabeça de Tamani.

— Ele... ele vai ficar bem?

— Não se preocupe. Tamani sempre foi mais forte do que todos esperariam dele. Especialmente por você. Vamos cuidar bem dele. — Colocando a mão no ombro dela, convidou-a a seguir pelo caminho desconhecido. —Você me acompanharia numa caminhada?

Ela manteve os olhos fixos no portal para Avalon, mas respondeu instintivamente:

— É claro.

Caminharam em silêncio por alguns minutos antes que Jamison parasse e a convidasse a sentar-se em um tronco caído. Ele se sentou ao lado dela, os ombros quase se tocando.

— Conte-me sobre os trolls — pediu ele. — Vocês, obviamente, enfrentaram alguns problemas.

Laurel assentiu e contou a ele como Tamani fora cuidadoso e corajoso. Os olhos de Jamison brilharam de respeito quando ela descreveu como Tamani se recusara a falar, mesmo depois de ter levado um tiro. Ela não esperava falar sobre si mesma, mas começou a contar como tinha pegado a arma e que não havia conseguido atirar no monstro até que sua vida dependesse daquilo. E, mesmo assim, fora praticamente de forma acidental.

— Então ele escapou? — Não havia crítica em sua voz.

Laurel assentiu.

— Não é culpa sua, sabe? Tamani é uma sentinela treinada e leva seu trabalho muito a sério. Já você, você foi feita para curar, não para matar. Acho que teria ficado decepcionado se você fosse capaz de matar alguém, mesmo em se tratando de um troll.

— Mas agora ele sabe. Ele sabe quem eu sou.

Jamison assentiu.

— E ele sabe onde você mora. Você deve ficar vigilante. Tanto pelo bem dos seus pais quanto pelo seu. Estou nomeando você protetora deles. Só você conhece os segredos que poderão mantê-los vivos.

Laurel pensou em seu pai, deitado numa cama de hospital, talvez dando seus últimos suspiros naquele mesmo instante.

— Meu pai está morrendo e, em alguns dias, não haverá ninguém além da minha mãe e de mim. Não posso ser o que você deseja — admitiu ela com a voz trêmula. Afundou o rosto nas mãos e foi engolida pelo desespero.

Os braços do ancião a rodearam instantaneamente, pressionando-a contra seu manto, que acolheu o rosto dela numa maciez como a das plumas.

— Você precisa se lembrar de que é uma de nós — sussurrou ele em seu ouvido. — Nós estamos aqui para ajudá-la de todas as formas que pudermos. Nossa ajuda é um direito... um patrimônio seu. — Jamison procurou em seu manto volumoso e tirou um frasco pequeno e cintilante, repleto de um líquido azul-escuro.

— Para momentos difíceis — disse ele. — Este é um elixir raro que uma de nossas fadas de outono fez há muitos anos. Criamos pouquíssimas poções capazes de ajudar os humanos atualmente, mas você precisa disto agora, e poderá precisar novamente no futuro. Duas gotas na boca devem bastar.

As mãos de Laurel tremiam quando ela as estendeu para o diminuto frasco. Jamison o colocou na mão dela e a cobriu com a sua.

— Guarde-o com cuidado — advertiu. — Não estou certo de que temos outra fada de outono suficientemente forte para fazer um elixir como este. Pelo menos, por ora.

Laurel assentiu.

— Também gostaríamos de ajudá-la em mais um aspecto. Porém — disse ele, levantando o dedo comprido no ar —, é uma oferta condicional.

— Qualquer coisa de que vocês precisem — disse Laurel com sinceridade — eu conseguirei.

— Não é uma condição para você. Tome — disse ele, abrindo a mão e revelando o que parecia ser uma pedra de cristal bruto quase do tamanho de uma bola de tênis. — Eu gostaria que você oferecesse isto à sua mãe. — Colocou, então, a pedra na mão de Laurel, e ela a olhou, boquiaberta.

— É um diamante?

— Sim, filha. Um diamante desse tamanho deve ser suficiente para qualquer necessidade que vocês possam ter. Essa é a nossa oferta. Você sabe que foi colocada com seus pais humanos com o único objetivo de obter as terras na eventualidade da morte deles.

— Quando Laurel assentiu, ele continuou: — Eventos recentes

tornaram seu propósito muito mais importante e devemos fazer com que essa transferência de propriedade seja feita mais cedo. Essa pedra é para os seus pais, se eles colocarem a propriedade em um fundo no seu nome assim que a saúde do seu pai permitir. O que e como você contará a eles é uma decisão somente sua. — A voz dele se tornou firme. —Você *precisa* ser a proprietária dessas terras, Laurel. E certamente estamos dispostos a pagar um preço justo para que isso aconteça.

Laurel assentiu e guardou a pedra em seu bolso.

—Tenho certeza de que eles irão concordar.

— Acredito que esteja certa — disse Jamison. —Você precisa se apressar. O tempo do seu pai já está sendo medido em horas, não em dias.

— Obrigada — sussurrou Laurel, virando-se para ir embora.

— Laurel?

— Sim?

— Espero vê-la novamente em breve. Muito em breve — acrescentou Jamison. Seus olhos cintilavam quando ele moveu os velhos lábios num sorriso doce e sábio.

Vinte e Quatro

PARECIA IMPOSSÍVEL QUE O PERCURSO DE CARRO ENTRE Brookings e Orick pudesse parecer mais longo do que quando estivera segurando Tamani moribundo em seus braços. No entanto, sozinha com David — e com dois dos maiores tesouros que podia imaginar em seus bolsos —, os quilômetros se arrastavam mais devagar do que nunca. As palavras do ancião do povo das fadas martelavam em sua cabeça. *O tempo do seu pai já está sendo medido em horas, não em dias.* Ele tinha dito horas, no plural, mas o que aquilo significava? E quão próximo da morte seria tarde demais? Laurel ficava tirando o frasco do bolso e o acalentando nas mãos, então voltava a guardá-lo, sem ter certeza de qual seria a opção mais segura. No fim, deixou-o no bolso — ainda que não fosse por outra razão que a de evitar que David fizesse perguntas que não poderia responder.

Coisa que, até aquele momento, ele não fizera. Depois de abraçá-la quando ela saíra tropeçando dentre as árvores, ele havia calmamente aberto a porta do carro e perguntado:

— Para o hospital? — E não dissera uma só palavra desde então. Laurel estava agradecida por seu silêncio. Ainda não havia decidido o que podia e o que não podia contar a ele. Semanas antes, prometera-lhe contar tudo o que Tamani dissesse, a não ser que fosse um segredo das fadas, mas não havia realmente esperado ser depositária de tais detalhes.

Agora ela os conhecia. Sabia a localização do portal que faria com que qualquer troll pudesse matá-la, ou a seus entes queridos, para ter acesso a ele. Contar a David talvez servisse apenas para colocá-lo em mais perigo.

Portanto, a melhor coisa a dizer no momento era nada.

Finalmente, entraram no estacionamento do hospital e contemplaram o edifício alto e cinzento.

—Você quer que eu entre com você?

Laurel balançou a cabeça.

— Nós dois estamos imundos. Pelo menos, se eu estiver sozinha, talvez não chame tanto a atenção. — *Até parece*, acrescentou ela, mentalmente.

— Então ficarei aqui fora e tentarei tranquilizar minha mãe. — Ele hesitou; em seguida, pousou as mãos sobre as dela. — Preciso voltar a Crescent City em algumas horas... minha mãe já vai ter um treco quando eu telefonar. Ela me deixou umas vinte mensagens. Mas, se você precisar de qualquer coisa... — Sua voz foi diminuindo e ele deu de ombros. — Você sabe onde me encontrar.

—Vou descer logo para me despedir de você. Agora tenho que ir ver meu pai.

— Eles lhe deram uma coisa para salvá-lo, não deram?

Os olhos de Laurel se encheram de lágrimas.

— Desde que não seja tarde demais.

—Vá, então... vou esperar você aqui.

Laurel se inclinou para abraçá-lo antes de abrir a porta do carro e correr para a entrada do hospital.

Tentou ficar o máximo possível fora da vista das pessoas. Sua regata estava manchada de lama das margens do rio Chetco, e ela havia se esquecido de pegar a jaqueta de volta de David para se cobrir. Para completar, seu cabelo estava todo emaranhado, o jeans rasgado no joelho direito, e ela ainda usava os mocassins antiquados.

Pelo menos o rio tinha lavado o sangue de David de sua camiseta, e ela não estava com o rosto coberto de hematomas como ele. *Não visíveis, pelo menos,* pensou, tocando um ponto particularmente dolorido em sua bochecha.

Conseguiu chegar ao quarto do pai sem ser abordada por ninguém — embora houvesse recebido vários olhares curiosos — e respirou fundo antes de bater à porta e abri-la. Espiou atrás da cortina e viu a mãe dormindo com a cabeça sobre a coxa de seu pai. O quarto estava cheio de sons familiares: o bipe do coração do pai, o ruído suave do oxigênio soprando pelo tubo em seu nariz, o zumbido do manguito do aparelho de pressão inflando-se em seu braço. No entanto, em vez de serem assustadores, como nas últimas três semanas, aqueles sons lhe trouxeram um alívio instantâneo. Seu pai estava vivo, ainda que por pouco tempo.

Os olhos da sua mãe se abriram com um tremor.

— Laurel? Laurel! — Levantou-se cambaleando e correu até a filha, atirando os braços ao seu redor. — Onde você esteve? Fiquei apavorada quando você não voltou ontem à noite. Pensei... nem sei o quê. Um milhão de coisas horríveis, tudo de uma vez. — Sacudiu um pouco os ombros de Laurel. — Se eu não estivesse tão feliz em ver você, eu a deixaria de castigo por um mês. — Sua mãe deu um passo para trás e olhou para Laurel. — O que aconteceu com você? Está horrível!

Laurel se atirou rapidamente no abraço da mãe — o abraço que tivera certeza de que nunca mais sentiria quando estava presa sob as águas turvas do Chetco.

— Foi uma longa noite — disse ela com a voz trêmula e as lágrimas ameaçando cair.

Sua mãe a apertou entre os braços enquanto Laurel olhava sobre seu ombro e observava o pai. Ele estava deitado naquela cama de hospital havia tanto tempo que era quase estranho imaginá-lo acordando e levantando-se dali. Laurel se afastou da mãe.

— Tenho uma coisa para o papai. — Ela riu. — Também tenho uma coisa para você. Nunca faça uma viagem sem trazer presentes, certo? — Sua mãe olhou pra ela com estranhamento e Laurel continuou rindo baixinho para si mesma.

Foi até o outro lado da cama do pai e puxou um banco de rodinhas até perto da cabeceira.

— Não deixe ninguém entrar — disse ela à mãe enquanto retirava o frasquinho do bolso.

— Laurel, o que é...?

— Está tudo bem, mãe. Vai fazê-lo melhorar. — Destampou o frasco e puxou algumas gotas do líquido precioso com o conta-gotas. Com muito cuidado, inclinou-se sobre o pai e pingou duas gotas azuis e cintilantes do elixir em sua boca. Então, vendo seu rosto pálido, ela deixou cair só mais uma gota. Por via das dúvidas. Olhou para a mãe. — Agora ele vai melhorar.

A mãe de Laurel olhava para ela boquiaberta.

— Onde você conseguiu isto?

Laurel olhou para a mãe com um sorriso cansado.

— Você não perguntou sobre o seu presente — disse ela, evitando a pergunta.

Sua mãe afundou na poltrona ao lado da cama e Laurel empurrou até lá o banquinho para sentar-se ao lado dela. Ficou calada por alguns segundos, sem ter certeza de por onde começar. Por onde se começa uma história tão imensa? Relanceou o olhar para o relógio na parede e pigarreou.

— O Sr. Barnes não virá hoje. — Sua mãe se inclinou para a frente como se fosse dizer alguma coisa, mas Laurel prosseguiu, falando antes dela: — Ele não virá nunca mais, mãe. Espero que você nunca mais o veja. Ele não é o que você pensa.

O rosto de sua mãe ficou branco. — Mas... mas a propriedade, o dinheiro, não sei como... — Sua voz sumiu e as lágrimas começaram a correr por seu rosto.

Laurel estendeu a mão para colocá-la em seu braço.

— Vai dar tudo certo, mãe. Tudo ficará bem.

— Mas, Laurel, nós já conversamos sobre isso. Não existe outro jeito.

Laurel tirou o diamante do seu outro bolso e o segurou na palma da mão.

— *Existe* outro jeito.

Os olhos de sua mãe se moveram com cansaço do diamante para o rosto de Laurel e de volta para o diamante.

— Onde você arranjou isto, Laurel? — perguntou ela com firmeza, os olhos fixos na pedra bruta e reluzente.

— Pediram-me para lhe transmitir uma proposta.

— Laurel, você está me deixando assustada — disse a mãe, com a voz trêmula.

— Não, não. Não se assuste. Está tudo bem. Há... — hesitou — alguém... que deseja que as terras fiquem na nossa família. Mais especificamente, que sejam minhas. Estão dispostos a lhe dar este diamante em troca de você passar a propriedade para o meu nome.

Sua mãe a encarou em silêncio por um longo tempo.

— Para o seu nome?

Laurel assentiu.

— Em troca disso? — disse a mãe, indicando a pedra.

— Exatamente.

— E salvar seu pai?

— Sim.

— Não entendo.

Laurel baixou os olhos para o diamante. Durante todo o caminho de Brookings a Orick, não tinha conseguido se decidir sobre o que diria à mãe. Agora que o momento havia chegado, ainda não tinha certeza.

— Mãe? Eu... eu não sou como você.

— Como assim, não é como eu?

Laurel se levantou e foi até a porta. Fechou-a, desejando que tivesse um trinco. Voltou lentamente até sua mãe.

—Você nunca se perguntou por que eu sou tão diferente?

—Você não é diferente. Você é maravilhosa... você é linda. Não sei por que, de repente, está duvidando disso.

— Eu me alimento diferente.

— Mas você sempre foi saudável. E...

— Eu não tenho pulsação.

— O quê?

— Eu não sangro.

— Laurel, isso é rid...

— Não é, não. Quando foi a última vez que me cortei? Quando foi a última vez que você me viu sangrar? — Sua voz agora estava mais alta.

— Eu... eu... — Sua mãe olhou ao redor, subitamente confusa. — Eu não me lembro — disse ela fracamente.

E então tudo, *tudo* em sua vida, de repente, fez sentido.

—Você não se lembra — disse Laurel baixinho. — É claro que não se lembra. — Eles não iriam deixar que sua mãe se lembrasse das dezenas de vezes em que deveria ter desconfiado que algo estava errado. As centenas de vezes em que algo fora um pouquinho estranho demais. Laurel subitamente se sentiu fraca.

— Ah, mãe, eu sinto muito.

— Laurel, não entendi uma palavra do que você disse desde que entrou neste quarto.

— Sarah? — Uma voz rouca e frágil fez as duas se virarem.

— Mark! Mark, você acordou! — gritou sua mãe, esquecendo-se de sua confusão. Elas se colocaram a cada lado da cama do pai, agarrando suas mãos enquanto ele piscava, hesitante.

Seus olhos entraram em foco e passearam pelo quarto, vislumbrando a miríade de equipamentos médicos que apitavam e zumbiam à sua volta.

— Onde, diabos, eu estou? — perguntou ele com a voz áspera.

Quando Laurel voltou ao estacionamento usando uma camiseta limpa da mãe, David estava sentado sobre o porta-malas do carro, esperando.

— Está tudo bem? — perguntou ele calmamente.

Laurel sorriu.

— Está, sim. Ou vai ficar.

— Seu pai acordou?

Laurel sorriu suavemente e assentiu.

— Ele ainda está meio grogue por causa de toda a morfina e dos calmantes que lhe deram, mas, assim que passar o efeito, ele estará pronto para ir embora. — Subindo no porta-malas ao lado dele, David passou o braço em volta dela. Laurel deixou a cabeça recair em seu ombro. — Como sua mãe reagiu? — perguntou ela.

David riu.

— Bastante bem, levando em conta que menti descaradamente. Disse a ela que deixei o celular no carro a noite inteira e que dormimos no quarto do seu pai. — Ele olhou para o pequeno celular em suas mãos. — Bem, metade disso é verdade.

Laurel revirou os olhos.

— Ela me deu um sermão e me disse que eu era irresponsável, mas não me proibiu de usar o carro como castigo nem nada. Isso é graças a você, imagino. Ela sabe que eu estou ajudando.

— Sim — respondeu Laurel com um suspiro. A mãe de David jamais saberia da missa a metade.

— Só não sei o que ela vai dizer quando vir isto — continuou David, apontando para o grande hematoma em seu rosto. — E isto — acrescentou, olhando o corte em seu braço. — Na verdade, como eu não faço ideia do que havia naquele rio, deveria provavelmente tomar uma vacina antitetânica ou algo assim. E uns pontos, talvez. — Riu, mal-humorado. — Imagino que vou ter de inventar alguma coisa para explicar isso também.

Laurel olhou para o corte largo e vermelho por vários segundos antes de tomar uma decisão. Se David não merecia, então, quem? Retirou o frasquinho de elixir do bolso e o destampou cuidadosamente.

— O que você está fazendo? — perguntou David.

— Psiu — sussurrou Laurel, virando a cabeça dele para que pudesse alcançar sua bochecha. Ela umedeceu a ponta do dedo no líquido e esfregou no hematoma arroxeado. — Pode arder um pouco — avisou ao pingar outra gota no corte em seu braço.

Quando finalmente terminou de guardar o frasco no bolso, o hematoma já havia quase desaparecido e David olhava, boquiaberto, para o corte que desbotava, indo de vermelho-vivo a um cor-de-rosa suave, bem diante de seus olhos. Mais alguns minutos e nem sequer haveria uma cicatriz.

— Foi isso que você deu para o seu pai? — perguntou ele, ainda olhando fixamente para o corte que sumia.

Laurel assentiu.

David sorriu.

— Ele estará em pé em questão de segundos. O que é ótimo — disse ele, fingindo-se afrontado. — Estou ficando cansado da maneira como você me trata, como se eu fosse um escravo naquela livraria. Tenho meus direitos, sabia? — acrescentou ele com uma risada, quando Laurel começou a bater em seu ombro. David segurou os pulsos dela até ela desistir e os dois ficaram em silêncio. — Quando você irá voltar? — perguntou ele.

Laurel deu de ombros.

— Não imagino que meu pai tenha de ficar aqui muito mais. Talvez eles o liberem neste fim de semana.

— Tem certeza de que esse negócio vai curar tudo?

— Tenho.

David sorriu, olhando para seu braço liso.

— Pessoalmente, também tenho bastante certeza. — Ficou calado por alguns segundos. — O que você disse à sua mãe?

Laurel suspirou.

— Comecei a lhe contar a verdade, mas então meu pai acordou. Tenho que contar alguma coisa a ela. No entanto, ainda não sei com certeza o quê.

— Acho que a verdade é a melhor opção. Bem, não a respeito de tudo. Pode ser que você queira passar por cima dos trolls e de como seus pais receberam um monstro assassino em casa.

Laurel assentiu.

— Mas eles precisam saber a verdade sobre você. Você não deveria ter de se esconder em sua própria casa.

Seus dedos se entrelaçaram e David apertou a mão dela.

— Fadas, elfos, trolls, o que mais existe por aí em que eu nunca havia acreditado? Remédios mágicos, aparentemente. Obrigado, a propósito.

— Não, é mais do que justo — respondeu Laurel. — Eu fiz você passar por poucas e boas. E não estou me referindo apenas à confusão com os trolls.

— Eu sabia no que estava me metendo quando me ofereci. — Deu de ombros. — Bem, suponho que não soubesse de *tudo*, mas sabia que você era diferente. Desde a primeira vez que vi você, sabia que havia algo... algo especial em você. — Sorriu. — E eu tinha razão.

— Especial? — zombou Laurel. — É assim que você chama?

— Sim — insistiu David. — É assim que eu chamo. — Ele fez uma pausa e pegou a mão dela, virando-a e cobrindo-a com as suas. Observou-a em silêncio por algum tempo, então levantou a mão até o rosto dela e a puxou um pouco mais para perto. Laurel não resistiu quando os lábios dele roçaram os dela, suaves como o beijo de um vento leve. Ele se afastou e olhou para ela.

Laurel não disse nada; não se inclinou para a frente. Se ele iria se envolver em tudo aquilo em que a vida dela havia se transformado, teria de ser uma escolha dele. Ela sabia o que queria, mas não se tratava mais somente dela.

Após uma leve hesitação, David a segurou mais perto de seu peito e a beijou de novo, dessa vez mais demoradamente. Laurel quase suspirou de alívio quando seus braços enlaçaram a cintura dele. Os lábios dele eram suaves, mornos e gentis — assim como o próprio David.

Quando o beijo terminou, ele ficou na frente dela segurando suas mãos. Nenhum dos dois falou nada. Nada precisava ser dito. Laurel sorriu e deslizou o dedo pela lateral do rosto dele; depois, desceu do porta-malas do carro.

David entrou no banco do motorista, com os olhos ainda fixos em Laurel. Ela acenou ao ver o carro dar ré e sair do estacionamento, descendo silenciosamente pela rua, de volta à Rodovia 101 e dirigindo-se novamente para a vida normal.

Vinte e Cinco

— TEM CERTEZA DE QUE NÃO QUER QUE EU VÁ COM VOCÊ?
— perguntou a mãe de Laurel ao entrar na propriedade pela estrada comprida e irregular.

— Se você for comigo, pode ser que eles não apareçam — disse Laurel. — Eu estarei segura. — Sorriu diante das árvores densas. — Acho que não existe outro lugar na Terra onde eu poderia estar mais segura.

Laurel havia passado os últimos três dias convencendo os pais de que era uma fada e a maior parte daquela manhã garantindo a eles que o melhor que podiam fazer era aceitar a proposta de seus iguais. E, embora estivessem céticos, suas objeções ao acordo pareciam insignificantes comparadas ao fato de terem salvado a vida dele. Isso e a avaliação inicial do diamante bruto, que tinha um valor aproximado de pouco menos de 800 mil dólares.

Laurel se inclinou e abraçou a mãe.

—Você vai voltar, não vai? — perguntou sua mãe.

Lembrando-se de como David tinha feito a mesma pergunta, Laurel sorriu.

— Sim, mãe, vou voltar.

Ela desceu do carro para o ar frio e revigorante. O céu estava nublado, com nuvens pesadas que ameaçavam chuva, mas Laurel se recusou a ver aquilo como um presságio.

— É só o ar do inverno — murmurou baixinho. Ainda assim, agarrou a bolsa contendo os mocassins macios de encontro ao peito, como se o gesto pudesse protegê-la das más notícias que eventualmente estariam esperando por ela na floresta.

Não podiam ser más notícias, no entanto. Não podiam! Adentrou a sombra da floresta e seguiu pela trilha em direção ao rio. Sabia que devia estar rodeada de sentinelas das fadas, mas não se atreveu a chamar — não estava totalmente segura de que tivesse voz para fazê-lo, ainda que pudesse reunir a coragem.

Quando chegou ao riacho caudaloso, pousou a bolsa sobre a rocha na qual estivera sentada na primeira vez que vira Tamani. Sentou-se ali novamente, esperando. Apenas esperando.

— Olá, Laurel.

Ela reconheceria aquela voz em qualquer lugar; havia assombrado seus sonhos durante os últimos quatro dias. Não, não era verdade. Durante os últimos dois meses. Ela se virou e atirou-se nos braços de Tamani, e ondas de alívio a cobriram, enquanto suas lágrimas molhavam a camisa dele.

— Eu deveria levar tiros com mais frequência — disse ele, com os braços apertados em volta dela.

— Nunca mais leve um tiro — ordenou Laurel, com o rosto colado ao peito dele. Suas camisas eram sempre tão macias. Naquele instante, ela nunca mais queria afastar o rosto do tecido suave. As mãos dele tocavam seus cabelos, acariciando seu ombro, limpando uma lágrima de sua têmpora — tudo ao mesmo tempo. Enquanto isso, um leve murmúrio de palavras que ela não entendia fluía de sua boca, confortando-a tão eficazmente quanto qualquer feitiço poderia ter feito. Para ela não importava que Tamani tivesse apenas uma magia fraca — *ele* era mágico.

Asas **278**

Quando finalmente o soltou, Laurel riu e enxugou as lágrimas.

— Estou feliz em ver você, estou mesmo. Você está bem? Só se passaram quatro dias...

Tamani deu de ombros.

— Estou um pouco dolorido e, tecnicamente, estou aqui para me recuperar, e não a serviço. Eu sabia que você viria. E queria estar aqui quando viesse. — Inclinou-se para a frente e afastou uma mecha do cabelo dela para trás da orelha.

— Eu... eu... eu... trouxe os sapatos de volta — gaguejou Laurel, erguendo a bolsa com os mocassins. A proximidade dele sempre a fazia tremer.

Tamani balançou a cabeça.

— Eu os fiz para você.

— Mais uma coisa para me lembrar de você? — perguntou Laurel, tocando o minúsculo anel em volta do seu pescoço.

— Lembretes nunca são demais. — Os olhos de Tamani circularam pela pequena clareira. Ele pigarreou. —Vamos primeiro ao mais importante: fui designado para perguntar a você como nossa proposta foi recebida.

— Bastante bem — respondeu Laurel no mesmo tom fingido de formalidade. — Os documentos serão redigidos o mais brevemente possível. — Ela revirou os olhos. —Acho que eles vão me dar as terras como presente de Natal.

Tamani riu; então, puxou-a um pouco mais para perto.

—Vamos sair daqui — disse ele. —As árvores têm olhos.

— Não acho que sejam as árvores — disse Laurel, sarcasticamente.

Tamani riu.

—Talvez não. Por aqui.

Tamani pegou a mão de Laurel ao guiá-la por uma trilha que serpenteava para um lado e outro, mas não parecia ir realmente a lugar algum.

— Seu pai está bem? — perguntou Tamani, apertando a mão dela.

Laurel sorriu.

—Vão lhe dar alta hoje à tarde. Ele pretende voltar ao trabalho com força total amanhã cedo. — Ela ficou séria. — É por isso que estou aqui. Vamos para Crescent City daqui a algumas horas. Eu... — Olhou para os próprios pés. — Não sei quando vou poder voltar.

Tamani se virou e olhou para ela; seus olhos eram poços profundos de algo que ela não sabia exatamente identificar.

—Você veio aqui para dizer adeus?

Pareceu tão duro, quando ele perguntou. Ela assentiu.

— Por enquanto.

Tamani remexeu algumas folhas mortas no chão, com o pé descalço.

— E o que isso significa? Você está escolhendo David e não eu?

Laurel não tinha ido até lá para falar de David.

— Eu gostaria que fosse diferente, Tamani. Mas não posso viver no seu mundo agora. Tenho de viver no meu. O que devo fazer? Pedir à minha mãe ou a David para me trazerem até aqui de carro de vez em quando para que eu possa visitar meu namorado?

Tamani se virou e deu mais alguns passos, mas Laurel o seguiu.

— Eu deveria escrever cartas ou telefonar para você? Não tenho opções.

—Você poderia ficar — disse ele, tão baixinho que ela mal o ouviu.

— Ficar?

—Você poderia viver aqui... comigo. — Ele continuou antes que ela pudesse falar. —Você será proprietária das terras a qualquer momento. E há uma casa aqui. Você poderia ficar!

Pensamentos maravilhosos de uma vida com Tamani giraram pela cabeça de Laurel, mas ela os empurrou para um lado.

— Não, Tam. Não posso.

—Você morou aqui antes. E tudo era ótimo.

— Ótimo? Como é que tudo era ótimo? Eu estava constantemente vigiada e vocês alimentavam meus pais com elixires de memória como se fossem água!

Tamani se concentrou no chão.

—Você deduziu isso?

— Era a única explicação lógica.

— Eu não achava legal, se isso serve de consolo.

Laurel respirou fundo.

— Eles... alguma vez *me* fizeram esquecer? Depois que cheguei aqui, quero dizer.

Tamani não conseguia olhar nos olhos dela.

— Algumas vezes.

—Você fez isso alguma vez? — perguntou ela, hesitante.

Tamani olhou-a com os olhos arregalados, e então balançou a cabeça.

— Eu não podia. — Inclinou-se para mais perto dela, sua voz tão baixa que ela mal podia ouvir. — Eu deveria ter feito, uma vez. Mas não pude.

— O que aconteceu?

Ele coçou o pescoço.

— Eu odeio o fato de você não se lembrar.

— Me desculpe.

Ele deu de ombros.

—Você era bem pequena. Eu era uma sentinela nova... tinha vindo para cá havia uma semana, talvez... e fui desleixado, deixando que você me visse.

— Eu vi você?

— Sim, você tinha uns dez anos em idade humana. Eu simplesmente levantei o dedo até os lábios para aquietar você e voltei a me esconder atrás de uma árvore. Você procurou por mim durante um ou dois minutos, mas decorrida uma hora parecia já ter esquecido.

Laurel ficou quieta por um longo tempo.

— Eu... eu me lembro disso. Vagamente. Era você?

A alegria brilhou nos olhos de Tamani.

—Você se lembra?

Laurel rompeu o contato visual.

— Um pouco — disse ela baixinho. Pigarreou. — E quanto aos meus pais? Você já os dopou?

Tamani suspirou.

— Algumas vezes. Tive de fazê-lo — acrescentou ele antes que Laurel pudesse discutir. — Era meu trabalho. Mas só duas ou três vezes. Quando cheguei aqui, você já era mais cuidadosa. Não precisávamos remendar você uma vez por semana. E, nas vezes em que seus pais chegaram perto demais, tentei designar outra sentinela para o trabalho. — Ele deu de ombros. — Sempre achei que era um péssimo plano, de qualquer maneira.

Laurel ficou quieta por um momento.

— Obrigada, acho.

— Não fique brava. Não seria assim, se você ficasse aqui agora. Você já sabe de tudo. Até seus pais sabem. Não teríamos mais que fazer isso.

Laurel balançou a cabeça.

—Tenho que ficar com meus pais. Eles estão mais em perigo do que nunca. Recebi a responsabilidade de protegê-los. Não posso dar as costas para eles agora. Eles são humanos... e talvez isso pareça menos importante para você, mas eu os amo e não vou deixá-los para que sejam assassinados pelo primeiro troll que detectar o cheiro deles. Não vou mesmo!

— Então, por que você está aqui? — perguntou ele com amargura.

Ela ficou calada por alguns segundos, tentando controlar as emoções.

—Você não sabe quanto eu gostaria de poder ficar? Eu amo essa floresta. Eu amo... — Ela hesitou. — Eu amo estar com você. Ouvir sobre Avalon, sentir sua magia nas árvores. Toda vez que vou embora daqui, eu me pergunto por que estou indo.

— Então, por que você vai? — A voz dele estava mais alta agora, exigente. — Fique — disse ele, agarrando suas mãos. — Fique comigo. Levarei você para Avalon. *Avalon*, Laurel. Você pode ir para lá. Poderemos ir juntos.

— Chega! Tamani, eu não posso. Simplesmente não posso ser parte do seu mundo neste momento.

— Do *seu* mundo.

Laurel assentiu.

— Meu mundo — cedeu ela. — Minha família depende demais de mim. Tenho de viver minha vida humana.

— Com David — disse Tamani.

Laurel balançou a cabeça, frustrada.

— Sim, se você tem que saber. David é muito importante para mim. Mas eu lhe disse, não é uma questão de escolher entre você e David. Não estou tentando decidir quem é meu verdadeiro amor. Não é assim.

—Talvez não para você.

A voz dele era baixa — mal se ouvia —, mas a intensidade a atingiu como um golpe.

— O que é preciso, Laurel? Fiz tudo o que podia imaginar. Levei um tiro para proteger você. Me diga o que mais tenho de fazer e eu farei. O que quer que seja, só para que você fique.

Laurel se obrigou a olhar em seus olhos — lagos profundos de uma emoção que jamais pudera identificar. Sua boca ficou seca e ela tentou recuperar a voz.

— Por que você me ama tanto, Tamani? — Era uma pergunta que ela vinha querendo fazer havia semanas. — Você mal me conhece.

Acima da cabeça deles, o céu estrondou.

— E se... e se isso não for verdade?

Estavam à beira de um precipício, ela podia sentir. E não tinha certeza de ter a força necessária para se atirar.

— Como poderia não ser verdade? — sussurrou ela.

Aqueles olhos ardentes não se desviaram dos dela.

— E se eu dissesse que a minha vida e a sua foram entrelaçadas há muito tempo? — Ele deslizou os dedos entre os dela, levantando seus punhos unidos.

Laurel olhou fixamente para as mãos.

— Não estou entendendo.

— Eu lhe disse que você tinha sete anos quando veio viver com os humanos. No entanto, no mundo das fadas e dos elfos, você era mentalmente muito mais velha, lembra? Você tinha uma vida, Laurel. Tinha amigos. — Fez uma pausa, e Laurel podia ver que ele estava tentando manter o controle sobre suas emoções. — Você tinha a mim. — A voz de Tamani não era mais que um sussurro. — Eu conhecia você, Laurel, e você me conhecia. Éramos apenas amigos, mas muito bons amigos. Eu... eu lhe pedi para não ir, mas você me disse que era seu dever. Eu aprendi o que era dever e responsabilidade com *você*. — Ele baixou os olhos e ergueu as mãos dela até seu peito. — Você disse que tentaria se lembrar de mim, mas eles fizeram você esquecer. Achei que eu fosse morrer na primeira vez que você olhou para mim e não me reconheceu.

Os olhos de Laurel se encheram de lágrimas.

— Eu menti... sobre o anel — disse Tamani com a voz suave e séria. — Eu não lhe dei um anel qualquer. Era seu. Você me deu para que eu o guardasse até que chegasse o momento de devolvê-lo a você. Você pensou... você esperou... que isso pudesse ajudá-la a se lembrar da sua vida antes de vir para cá. — Ele deu de ombros. — Obviamente, não funcionou, mas eu lhe prometi que tentaria.

A chuva fria escorria pelos braços de Laurel enquanto ela ficava ali, quieta.

— Nunca desisti de você, Laurel. Jurei que encontraria uma forma de voltar para a sua vida. Tornei-me uma sentinela assim que eles permitiram e cobrei todos os favores que podia para que me designassem para este portal. Jamison me ajudou. Eu devo a ele mais do que poderia pagar. — Ele levantou as mãos dela até seu rosto e roçou um beijo suave em seus dedos. — Observei você durante anos. Vi você passar de garotinha a uma fada totalmente crescida. Nós éramos os melhores amigos quando pequenos, e eu estive quase todos os dias com você durante os últimos cinco anos. Será que é assim tão absurdo que eu tenha me apaixonado por você?

Ele riu baixinho.

— Você costumava vir aqui, se sentar perto do rio, tocar seu violão e cantar. Eu me sentava em cima de uma árvore e simplesmente ouvia você. Era o que eu mais gostava de fazer. Você canta tão lindamente.

As mechas de sua franja eram macias e úmidas, pendendo sobre sua testa. Laurel deixou que seus olhos percorressem o corpo dele: sua calça preta macia amarrada nos joelhos, a camisa verde ajustada no peito e o rosto simétrico que era mais perfeito do que qualquer garoto humano poderia ter desejado.

—Você esperou por mim todo esse tempo? — perguntou ela num sussurro.

Tamani assentiu.

— E esperaria ainda mais. Algum dia você virá para Avalon, e, quando esse dia chegar, mostrarei tudo o que tenho para lhe oferecer no meu mundo, *nosso* mundo. Você escolherá a mim. Você virá para *casa* comigo. — Ele segurou o rosto dela em suas mãos.

Lágrimas arderam nos olhos de Laurel.

—Você não sabe isso, Tamani.

Ele passou a língua nervosamente pelos lábios um segundo antes que um sorriso forçado cruzasse seu rosto.

— Não — disse ele roucamente. — Não sei — completou, suas mãos no rosto dela, gelado um segundo atrás, e que agora parecia aquecer-se com o calor dos olhos dele, conforme seus dedos lhe traçavam o contorno. — Mas tenho de acreditar; tenho de ter esperança.

Laurel queria dizer a ele para ser realista — para não esperar pelo que poderia jamais acontecer. Não conseguia, porém, forçar as palavras a saírem de sua boca. Soava falso até mesmo em sua mente.

— E eu esperarei, Laurel. Esperarei tanto quanto for preciso. *Nunca* desisti de você. — Ele pressionou os lábios à testa dela. — E nunca desistirei.

Tamani puxou-a para mais perto e a abraçou, e nenhum dos dois disse uma palavra. Por um momento perfeito, ninguém mais existia no mundo além daquele espaço diminuto na trilha das árvores.

—Venha — disse Tamani, apertando-a mais uma vez. — Sua mãe vai ficar preocupada.

Caminharam de mãos dadas, seguindo pelo caminho sinuoso até Laurel começar a reconhecer onde estava.

—Vou deixar você aqui — disse ele, a cerca de 30 metros da linha de árvores.

Laurel assentiu.

— Não será para sempre — prometeu ela.

— Eu sei.

Laurel ergueu a fina corrente de prata que prendia o anel e o observou — seu significado, agora, era muito mais convincente.

—Vou pensar em você, exatamente como prometi.

— E eu vou pensar em você, exatamente como tenho feito todos os dias — disse ele. — Adeus, Laurel.

Tamani se virou e voltou pela trilha curva, com os olhos de Laurel seguindo-o às suas costas. Cada passo que ele dava parecia levar uma parte do coração dela. Sua camisa verde estava a ponto de desaparecer atrás de uma árvore, e Laurel fechou os olhos com força.

Quando os reabriu, ele havia desaparecido.

Foi como se a magia da floresta houvesse sumido com ele. A vida que podia sentir ao seu redor, a magia que emanava através do portal... As árvores à sua volta pareciam sem vida e vazias.

— Espere — sussurrou ela. Deu um passo e seus pés começaram a correr. — Não! — O grito foi arrancado de sua garganta quando ela começou a afastar os galhos da sua frente. —Tamani, espere! — Ela virou mais uma curva e seus olhos procuraram por ele. — Tamani, por favor! — Seus pés a impulsionaram adiante, desesperada por um vislumbre daquela camisa verde-escura.

E, então, lá estava ele, com o corpo virado na sua direção e uma expressão cautelosa no rosto. Ela não parou, nem sequer diminuiu o passo. Quando chegou perto dele, agarrou a frente de sua camisa com ambos os punhos, puxando-o para si e levantando o rosto para que seus lábios se apertassem contra os dele. O calor tomou conta dela quando puxou o rosto dele para mais perto, mais apertado. Os braços dele se fecharam em volta dela e os seus corpos se uniram, com uma certeza que ela não se preocupou em questionar. Seus lábios se encheram com a doçura da boca de Tamani, e ele a agarrou como se, de alguma forma, pudesse puxá-la para dentro dele, torná-la uma parte sua.

Por um instante, Laurel realmente se sentiu parte dele. Como se o beijo fosse uma ponte a unir dois mundos, ainda que apenas por aquele breve e luminoso instante.

Um suspiro que continha o peso dos anos estremeceu Tamani quando os rostos se afastaram.

— Obrigado — sussurrou Tamani, quase baixo demais para ser ouvido.

— Eu... — Laurel pensou em David, em casa, esperando pelo retorno dela. Por que, quando ela estava com um, só conseguia pensar no outro? Não era justo se sentir tão dividida todo o tempo. Não era justo para ela, nem para David, nem para Tamani. Ergueu os olhos, forçando-se a encontrar o olhar dele.

— Não sei o que vai acontecer. Meus pais estão em perigo. Eles precisam de mim, Tam. — Laurel sentiu uma lágrima deslizar por seu rosto. — Tenho de protegê-los.

— Eu sei. Eu não devia ter pedido.

— Se não fosse por eles, eu... — *Eu o quê?*, pensou ela. Não sabia a resposta.

— A fadinha que lhe deu esse anel, eu não me lembro dela, Tam. Eu não me lembro de você. Mas algo... uma parte de mim se lembra. Algo dentro de mim, dessa época, se importa com você. — Ela abaixou a cabeça. — E eu me importo com você agora.

Tamani deu um sorriso estranho e melancólico.

— Obrigado por essa centelha de esperança, por mais efêmera que seja.

— Sempre há esperança, Tamani.

— Agora, sim.

Ela assentiu, forçou seus dedos a soltarem a camisa de Tamani e se virou para voltar pelo caminho por onde tinha vindo.

AGRADECIMENTOS

UM AUTOR NÃO PASSA DE UMA PEQUENA PARTE DO PROCESSO DE criação de um livro, e várias pessoas nessa empreitada merecem minha infinita gratidão. Minha incrível agente, Jodi Reamer: onde eu estaria sem você? Tara Weikum, minha editora; estou convencida de que não existe no mundo ninguém que pudesse ter moldado este livro de forma mais perfeita do que você. Um imenso obrigada pela ajuda contínua de Erica Sussman; agradeço muito por você ter continuado ao meu lado. Meus agradecimentos à assistente de Tara, Jocelyn Davies, cujo sorriso luminoso e generosidade são tão notáveis e estimados. A toda a equipe da Harper, que tem sido mais do que extraordinária, muito obrigada. Um agradecimento especial a Melissa Dittmar, Liz Frew, Cristina Gilbert, Andrea Pappenheimer e Dina Sherman, que fizeram de tudo para que eu me sentisse bem-vinda. E a Laura Kaplan, por todo o trabalho que ela já fez e pela montanha de trabalho que ainda fará. A Editora Harper é realmente o melhor lugar do mundo para se trabalhar.

Onde eu estaria sem os velhos amigos que me acompanharam desde o começo? Agradeço a David McAfee, Pat Wood, Michelle Zink e John Zakour, que acreditaram mais em mim do que eu mesma. Stephenie, você abriu tantas portas para mim e sempre estarei agradecida. Obrigada. E, é claro, às novas amigas Sarah Rees Brennan, Saundra Mitchell e Carrie Ryan, além das admiráveis escritoras de primeira viagem do www.feastofawesome.com. Vocês são incrivelmente incríveis. Agradeço imensamente à minha fabulosa professora de escrita ficcional na Lewis-Clark State College — assim como colega escritora —, Claire Davis; devo a você as bases das minhas habilidades como escritora. Um reconhecimento especial às garotas Carson: Hannah, Emma e Bethany, por serem minhas leitoras beta. Vocês não têm preço!

Finalmente, à minha extraordinária família, que também lidera meu fã-clube. Duane, Trina, Kara, Richard, Emily, Corbett: obrigada. A meus filhos maravilhosos, Audrey, Brennan e Gideon, que exigem pouquíssimo de mim e, mesmo quando o fazem, são a luz da minha vida. E, mais do que qualquer outra pessoa, agradeço a você, Kenny. Sem você, nada disso teria sido possível.

Impresso no Brasil pelo
Sistema Cameron da Divisão Gráfica da
DISTRIBUIDORA RECORD DE SERVIÇOS DE IMPRENSA S.A.
Rua Argentina 171 – Rio de Janeiro, RJ – 20921-380 – Tel.: 2585-2000